必勝ダンジョン運営方法 16

雪だるま
YUKIDARUMA
絵 ファルまろ
FARUMARO

モンスター文庫

アスリン
人族。
家事手伝い。
ウィードで
雪まつり！
シェーラ
兎人族。
ガルツ国の第七王女。

ラビリス
サキュバス族。
ダンジョン副代表。
フィーリア
ドワーフ族。
仕事区鍛冶担当。

ルナ
神族。駄目神。
ヒフィー
女神。
ヒフィー神聖国の
神聖女。

ユキ（鳥野和也）
日本人。
ダンジョンマスター。
リリーシュ
女神。
教会司祭。

ホワイトデーは
手作りで…
タイキ（中里大輝）
日本人。勇者。

インタビュー　ザ・大関

運と人を味方につける

武田葉月

双葉文庫

必勝ダンジョン運営方法⑯

雪だるま

必勝ダンジョン運営方法16

CONTENTS

落とし穴55掘：何を飲もうか？

side：フィーリア

「はふっー。寒いのです」

季節はすっかり冬。

年越しも終わって、お正月も通り過ぎて、本格的に寒さが到来したのです。

ここ数日で一気に冷え込み、冬はしっかりと雪が積もったウィードはすっかり、一面真っ白になっているのです。

「寒いねー」

「そうねー」

「そうですね」

「そうだね」

「……寒い」

今は学校が終わって、ヴィリアやヒイロと一緒に遊んでいるのです。

最近は学校に週2、3回ぐらいしか顔を出していないので、一緒にいる時間が少ないのです。

だから、こうやって、仲の良いヴィリアとか、ヒイロと一緒に遊んで学校のことを聞くのですけど……。

「寒すぎるのです。今日は喫茶店にでも行くのです」

「うん。それがいいと思う。寒すぎるから風邪引いちゃう」

「そうね。喫茶店にでも行きましょう」

「はい。それがいいでしょう」

「きっさてん？」

「聞いたことない。なにそれ？」

んにゅ？

ああ、そう言えばヴィリアとヒイロは知らないのです。

「えーと、お茶を飲むお店なのです」

「うん。お菓子とかもあるよ」

「2人の言う通り、美味しいお茶やお菓子を食べる所よ」

「ユキさんが前々から言っていた軽食屋さんですね。そこでお話をしたり、ゆっくりするのが目的の場所です」

そう皆で説明すると、2人は少し不安な表情になり……。

「えっと……そういうお店は高いんじゃ……」

「お小遣い今月もう少ない」

そんなことを言ったのです。

うん。納得なのです。

普通は高いと思う。しかーし、なんていったって、兄様が考えた場所が高いわけないのです!!

あ、高級店も作っているってラッツ姉様やミリー姉様は言っているけど、それはまあ今はなしなのです。

「大丈夫なのです。りーずなぶるな価格で提供すると兄様が言っていたのです」

「私も行ったことあるけど、そんなに高くないよ」

「そうねー。ちょっと高いお菓子2つ分ぐらいかしら?」

「そのぐらいですね。でも、私たちが誘いましたし、奢りますよ」

シェーラの言う通りなのです。

2人の分は私たちが出すのです。

「あ、そんな……」

「やったー。お小遣い少ないから助かったー」

「こら、ヒイロ!! お小遣いの管理はちゃんとしなさいって……」

「ヴィリお姉、五月蠅(うるさ)い……。今月はお正月とかで色々使うのは仕方ないの」

うん。

それは仕方ないのです。

出店で色々美味しいものを食べているとお小遣いなんてすぐになくなるのです。

と、思うのですけど、ヴィリアがお姉ちゃんとしてヒイロを叱る意味もよく分かるのです。

……うにゅー、どうしたらいいんだろう？

アスリン、ラビリス、シェーラもどう声をかけていいか分からず、ヒイロがお説教されている姿を見ているだけです。

これでヒイロが反省して涙目にでもなればよかったのですが、特に堪えた様子もないのです。

……最近、ヒイロはヴィリアから姉離れをしているようで、少し反抗期みたいなのです。

そんなことを考えつつ、2人のやり取りを眺めていると……。

「ん？　こんな寒空の下で何してるんだ？　遊ぶ相談か？」

兄様がやってきたのです‼

「あ、ユキお兄様……その、えと……」

ヴィリアは分かりやすくもじもじし始めて、ヒイロはパッと顔を綻ばせて……。

「ユキお兄‼　ヴィリお姉がいじめる‼」

そう言って飛びついたのです。

無論、兄様はヒイロを問題なく抱き上げます。

……ずるいのです。

「いじめる？　ヴィリアが？　ちゃんと理由があるんだろう？」

「はい‼　その通りです‼　ヒイロが今月のお小遣いがもう乏しいって言うのでちゃんと管理しなさいって言っていただけです‼」

「そうなのか？」

「……お正月が悪い」

ヒイロはさすがにヴィリアや兄様に嘘をつくことはないです。

顔を逸らして、ちゃんと白状します。

「ははっ。そうだな。お正月は使っちゃうよな。ま、でもヴィリアの言うことも分かるだろう？」

「……うん」

「なら、今度からちゃんと管理するって言えばいい。ヴィリアだって、お金を使うことに反対はないはずだ。なあ？」

「あ、はい。ただ、ユキお兄様から貰ったお小遣いを無駄に使うのが……、その、あれなだけで」

「ヴィリアみたいにガッチガチにしなくてもいいとは思うけどな。子供のうちに、毎月のお小遣い使い切って、極貧のお金がない苦しみを味わっておくといい」

「それはいい」

「それは遠慮します」

2人揃って否定の声を上げるのです。

そういえば、2人ともスラム暮らしで、お金がずっとない状況だったはずです。

お金の大事さはよく分かっているのです。

「で、お小遣いの無駄遣いはいいとして、その話からどこかに食べに行く予定でもあったのか？」

「あ、そうなのです。喫茶店に行こうと思ったのです」

「ああ、なるほどな。そりゃ、ヴィリアたちのお小遣いにはちと響くな。よし、俺も少しのんびりしようと思っていたところだ。俺の奢りで喫茶店に行こう」

「「やったー‼」」

やっぱり兄様は優しいのです。

……？

あれ？　そう言えば、兄様に何か足りない気がするのです？

「クリーナさん‼　いくらドッペルとはいえ、ユキ様の護衛(ごえい)をすっぽかすなんて何を考えているのです‼」

「……私のミスは認める。しかし、私はすっぽかしてはいない。ユキと一緒に図書館で調べ物をしていて、気が付けばユキがいなくなっていた」

「それは、貴女の読書中毒のせいでしょう‼」

「ん。肯定、さすがは私の夫。私のくせをよく見抜いている」

「誰でも分かりますわよ‼」

あー、護衛のお姉様たちがいなかったのです。

今日は、サマンサお姉様とクリーナお姉様だったのです。

「兄様、あんまり姉様たちに心配かけちゃだめなのですよ？」

「だめだよー。お兄ちゃん」

「そうね。やっぱり首輪が必要かしら？」

「首輪ですか……ちょっとナールジアさんに相談してみましょう」

「え？　え⁉　ユキお兄様に首輪ですか⁉　そ、そんなのだ、だめ……です？」

「……ヴィリお姉、変態」

こんな騒がしい合流があったのですが、普通に喫茶店に着いたのです。

「なんかお洒落です」

「……苦いコーヒーの匂いがする」

「ははっ、ヒイロにはちょっと匂いがきつかったか？　まあ、甘い飲み物もあるから大丈夫だと思うぞ」

ヒイロにはちょっとコーヒーの香りは早かったみたいなのです。

私たちみたいな立派なれでぃーに相応しい飲み物なのです。

「本当に、コーヒーのいい香りですわね」

「ん。しかも1つ2つの香りじゃない、色々な豆の香りがする。これが喫茶店……本を読むのに飲み物は厳禁だと思ってきたけれど、最近揺らぎつつある……」

「別に、貴重な本でないのなら、くつろげる体勢で読んでいいんじゃないか？　コーヒーや紅茶には集中力を増すとかいう話もあるしな」

「そうですわね。私も紅茶を飲みながら読書を、というのはありますし。確かに集中して読める気がします」

「ん。それはいいことを聞いた、今度やってみる」

皆そんな他愛もない話をしながら空いている席につく。

「ユキ様、いらっしゃいませ。他の皆さまもよくいらしてくれました」

「どうも。どう？　そろそろ2か月ぐらいだと思うけど？」

「そうですね。まだ2か月と思った方がいいでしょう。ラッツ様曰く半年以降が勝負だと」

でもちゃんと、リピーターも見受けられます。物珍しさで来るお客さんも多くいます。

「まあ、そうだよな。今のところ特に問題はないわけだ？」

「はい。多少、お客様が食事の量に不満を言うことはありましたが」

「そりゃ、喫茶店の方針とは違うしな」

「ですね。ああ、あと、ガルツの陛下や王子様、王女様がお忍びで来られていますね」

うにゅ？

シェーラちゃんのお父さんに、お兄さん、お姉さんが来ているのです？

「どういうことですか？」

あ、シェーラちゃんが顔をひくつかせてる。

これは怒るよー？

「さあ、私にはそこのところは。私も高級喫茶店をおすすめしたのですが、顔を合わせると面倒なのが多いと言われていて……」

「「ああ、なるほど」」

私やアスリンには分からないけど、お兄ちゃんやラビリス、シェーラは分かったみたいで納得したのです。

「と、長話が過ぎたな。えーと、皆はどれが飲みたい？」

兄様がメニューを机に広げて聞いてきます。

「うーん。私はカフェオレ‼」

「あ、私もアスリンと同じなのです‼」

「私はエスプレッソかしら。豆はお任せするわ」

「私は……紅茶のダージリンで」

「ああ、私もシェーラ様と同じで」

ここまではスラスラ注文を言ったのですが、後の3人は続かなかったのです。

「えーと、どれが美味しいんでしょうか？」

「……ここに来てオレンジジュースはつまらない」

「ん。ヴィリアやヒイロに同意。どれがいいか分からないし、飲んだことがあるのを頼むのは違う気がする」

なるほどなのです。

わざわざ喫茶店に来て、お店で買える飲み物を飲むのは確かにつまらないのです。

「うーん。それなら……マスター、ココアブレンドの奴を甘めで。それから調整していけばいい。俺はブラックの豆はお任せで」

「かしこまりました」

そう言って、マスターさんはカウンターに戻って飲み物を作り始めるのです。

「そういえば、クリーナは普通に2人の名前を呼んでいたな。もう知り合いだったか？」

「ん。肯定。アスリンたちからすでに紹介されている。2人とも可愛(かわい)いから好き。友達」

「はい。クリーナさんには勉強を教えてもらっています。凄(すご)く教え方が上手いんですよ。きっといい先生になれると思います」

「……うん。クリーナお姉は教え方が上手」

「あらあら、クリーナさんは教職でも目指しますの？」

「ん。少し悩んでいる。子供たちと触れ合うのは、思った以上に新鮮」

「そっか、なら今度学校に顔を出してみるか」

「ありがとう。ユキ」

おおっ、クリーナ姉様は先生になるのですか。

きっといい先生になるのです!!

「じゃ、お2人と初対面なのは私だけですわね。初めまして、私、ユキ様の側室でサマンサと申します。これからよろしくお願いいたしますわ」

「ひゃ、ひゃい!! よろしくお願いします!!」

「……お姉緊張しすぎ。サマンサお姉、よろしく」

「ふふっ、ヒイロの言う通りですわ。そう硬くならず、ヴィリアもそうなのでしょう？」

サマンサ姉様がヴィリアの耳元でそっと呟いたのです。

やっぱり誰でも分かるのです。

「あ、あの……、その、ご、ごめ……」

「いいのですよ。貴女の目は確かなものです。私も保証いたしますし、応援いたしますわ」

「何かアクセサリーの相談か？　そう言うのは確かにサマンサとかが適任だろうな」

「「……」」

訂正するのです。

兄様だけが分からないのです。

まあ、兄様にはちみっこを女性として扱わないという、不思議な性質があるみたいですから、仕方ないのです。

私たちも苦労したのです。

そんなことを話しているうちに、飲み物ができて、並べられていきます。

「ご注文は以上でお揃いでしょうか？」

「はい。どうもマスター」

「いえ。ではごゆっくり」

不意に、外を見ると雪の降る勢いが増していて、なんというか別世界を眺めているようなのです。

「絵本の中みたい。この中と、外が別世界みたいに感じる」

私の心を読んだようにクリーナ姉様がそう言って、皆が窓の外に広がる雪が織りなす景色を見ます。

「そうだな」

「綺麗(きれい)だねー」

「外の人は寒そうだけどね」

「ラビリス、それは言ってはいけません」

「喫茶店、いいですわね」

「あ、このココアブレンドって美味しい」

「……私は少し苦い」

私もカフェオレを飲んで、ホッと一息つくのです。

こんなのんびりした日もいいと思うのです。

落とし穴56掘：猫は喜び庭駆け回り　犬は炬燵で丸くなる

side：リエル

「さぶっ⁉」

僕はそんなことを叫んで、朝目が覚めた。

そう、寒いのだ。

とてつもなく……。

「なんでこんなに……」

不思議に思って部屋の温度計を覗くと、0度と表示されていた。

「はい⁉　え？　えーっと、0度って水が氷になる温度だよね⁉」

僕だってちゃんと勉強しているから、こういうことも分かる。

世界の魔力がーとか、いまいちピンと来ないけど、ユキさんが喜んでくれるなら、役に立ちたいもんね。

トーリやみんなに後れを取るつもりはないよ。

だって私もユキさんが大好きだから。

そんなことを寝起きで考えていると、冷気が体を包み、冷静になる。

「うっ、さむっ。そんなことはいいんだ。えーと、０度ってことはそれだけ外が寒いってことだよね？」

僕は基本的に寝る前に暖房とか切ってしまうから、朝の部屋は冷たくなっているんだけど、これはない。

もの凄く寒い。

とりあえず、枕元に置いている半纏を羽織り、冷気が包む部屋を歩いて窓のカーテンを開ける。

「わぁ……」

そこには一面真っ白な雪景色が広がっていた。

ウィードは気候的に雪は積もるけど、ここまでがっしり積もるのは珍しい。

ちょっと足跡が付くぐらいの10㎝以下の積雪ぐらいなんだけど、これは違う。

目の前の知っている中庭の景色が変わっているんだ。

つまり、積雪が凄いってこと。

とりあえずどれくらい積もっているのか確認するために、中庭に出る用の下駄を履いて出る。

ズボッ。

「あははは‼　すごいすごい‼」

足の膝近くまで埋まった。

大体30㎝ぐらいかな？

ここまでのは珍しいね。

ビュウ……。

そんな音と共に風が吹いて、ちょっと冷静になる。

「あ、ははは……。寒い。部屋でちゃんと着替えよう……」

パジャマはあったかいけど、やっぱりちゃんと防寒着にしないと寒いや。

僕は冬でも上を着込んで、下はハーフパンツなんだよね。

動きにくいから、あとユキさんを誘惑するため。

ということで、雪に突っ込んだのは生足だから非常に冷たい。

「うわー、びちょびちょ。拭かないと」

中庭から部屋に戻ると、足は雪にまみれて濡れていた。

これは、着る服は水を弾くのがいいかな？

とりあえず、暖房を入れて、部屋を暖めながら、外に出るための防寒具に着替える。

普通なら、すぐに朝ごはんなんだけど、今日は朝早く目覚めたみたいでまだ5時。

これだとユキさんも朝ごはんの支度で起きてないはずだし、ちょっと様子を見るついでに外で遊んでこよう。

ガチャ……。

廊下に自分が扉を開けた音が響く。

まだ、外も薄暗いせいか、廊下は暗く、冷気をため込んでいて静まり返っている。

みんなも寝ていて、誰もいない世界に僕1人だけみたい。

こういうのもたまにはいいかも。

そして、廊下を静かに歩き出す。

窓の外から覗く景色は雪一色。

早く外に出たくなるけど、皆を起こすわけにはいかないし、静かに歩く。

ガチャ……。

そうやって歩いていると、扉が開く音が聞こえる。

「誰か起きたのかな？」

そう思って、音の聞こえた方を見てみると、アスリンとフィーリアがしっかり着込んで、ラビリスの部屋から出てきていた。

今日はラビリスの部屋でみんな寝てたのかな？

でも、2人だけみたい。

ラビリスとシェーラはどうしたんだろう？

「あ、リエルお姉ちゃん、おはよー」

「リエル姉様、おはようなのです」

「うん。おはよー。2人ともこんな早くにどうしたの？」

2人とも、普通なら朝はユキさんのお手伝いだけど、どう見ても外に出る準備をしている。

何かあったのかな？

「お外がすごいの‼　雪がたくさん積もってるの‼」

「そうなのです‼　でも、ラビリスとシェーラはまだ眠たいみたいで、私たちだけで見てくるのです‼」

「なるほど。僕と一緒だ。一緒に行こう？」

「リエルお姉ちゃんも行くの？　行く行く‼」

「一緒に行くのです‼」

2人だけだと心配ってわけじゃないけど、楽しいことは皆でやる方がいいよね。

お母さんも言ってたし、ユキさんもそう言ってるし、私も嬉しい。

そして2人と手を繋いで、玄関から出ようとすると……。

「あれ、扉が開かないよ？」

「んー‼　あれ？　本当だ。どうしてだろう？」

アスリンが扉が動かないのを、不思議そうにしている。

僕も引き戸が開かないのが不思議で首を傾げていると、フィーリアが引き戸の下を見て顔を上げる。

「分かったのです。雪が積もって固まっているのです。だから、玄関側にレールがある扉を動かせば……」

ドサドサドサ……。

「うにゅー⁉ つ、冷たいのです⁉」

扉は開いたけど、前に積もっていた雪が支えをなくして、そのままフィーリアに降り注いだ。

まあ、ちょこっとだけだけど。

すぐにフィーリアにかかった雪を2人で払ってあげる。

「ありがとうなのです。と、お外なのです‼」

フィーリアはお礼を言うなり、外が気になるのか飛び出していく。

僕たちもそれを追いかけようとしたんだけど……。

ズボッ、ズボッ……。

「うー、動きにくいのです」

「あわっ、あわわっ。大変だね」

僕でもひざ下ぐらいだったから、小さい2人にはかなりきつい高さだよね。

2人とも、ゆっくりゆっくり、前に進んでいく。

そのペースに合わせて僕もついていく。

「はふぅ。すごいのです‼ 雪だるまが作り放題なのです‼」

「そうだねー。学校で皆でいっぱい作ろう」

「フィーリアは加減しようね。お城が1個できそうだから」

フィーリアは前の冬の時、ユキさんが用意した雪の山でかまくらじゃなくて、要塞を作ってたから。

あれは僕も驚いたよ。

もう、魔術とかを全力で使うと、フィーリア1人で、城塞が1日でできそうで怖い。

日本の歴史で読んだ一夜城をリアルで作りそう。

「お城がいいのです？」

「いや、邪魔になるからちゃんと加減しようねって話だよ」

「分かったのです。加減するのです」

うん、素直だからいいんだけどね。

さて、そろそろ戻ろうかな。

寒くなってきたし、皆も起きる頃だ。

「お、よーく積もってるな」

そんな声が聞こえて振り返ると、そこにはユキさんが玄関から顔を出してこちらを見ていた。

「あ、お兄ちゃん」

「兄様‼　雪がすごいのです‼」

「おはよー、ユキさん」

「おう、おはよう。雪を見に行ったのは分かるけど、そろそろご飯の準備だ。2人とも手伝ってくれるか？」

「「うん」」

そう言って、2人は玄関へ戻っていく。

そうだ、僕も手伝おう。

「ユキさん僕も手伝うよ」

「そうか、リエルもよろしくな。よーし、頑張って朝ごはん作るぞー」

「「「おーー!!」」」

「はい。頑張りましょう」

そうやって返事をすると、いつの間にかキルエがいて返事をしていた。

「あ、おはよう。キルエ。いつの間に？」

「おはようございます。リエル様。たった今来ました。ラビリス様とシェーラ様はこの寒さが堪えているようで、料理のお手伝いは遅れるみたいです。申し訳ありません、ユキ様」

「謝ることじゃないって。この寒さなら仕方ない。キルエとゆっくり料理ができる時間が増えたと思えばいいだろう？」

「……はい。その通りです」

キルエったら嬉しそうな顔しちゃって。

分かるよー、鉄仮面のメイドさんしてても、奥さん仲間の僕には分かるよー‼

ユキさんにそんなこと言われて嬉しくないわけないもんね。

ということで、いつもより少ないメンバーで朝食を作って、いつもの宴会場に運んできたんだけど……。

「ありゃ？　半分ぐらいしか来ていないな」

「まだラビリスちゃんも来てないね」

「呼びに行くのです‼」

「シェーラ様を見てきます」

そう言って３人はすぐに呼びに宴会場を出ていく。

「おーい、リーアは起きてるのか？」

「……あ、ユキしゃん？　一緒にねます？」

「こら、起きてください」

ペンとジェシカに頭を叩かれるリーア。

「いったー⁉　ひどいよジェシカ⁉」

「ひどいよではないです。もっとしっかりしてください」

「クリーナさんも頭ぼさぼさですわよ？」

「サーサリに整えてもらっているサマンサに言われたくない」

「はいはい。サーサリ」

「はい。お任せください。失礼しますねクリーナ様」

なんか、他のみんなも結構この寒さが堪えているようだ。

あれ？

そういえば、トーリがいないや。

「ねえ、エリス。トーリは？」

「そういえば見てないわね。ミリー、見た？」

「いいえ。ラッツは？」

「こっちも見てないですね。カヤはどうですか？」

「……知らない」

ありゃ？

皆知らないみたい。

これはまだ寝ている？

「ユキさん、ちょっとトーリを見てくるよ」

「ああ。ご飯が冷めないうちに連れてきてくれ」

「うん。分かったよ」

　そう言って、僕は宴会場を出て、トーリの部屋に向かう。

「おや、どうしたんじゃ？」

「まんま？」

「デリーユの言う通り、リエルがこの時間にここにいるのは珍しいですね」

「まま‼」

　すると、その途中でデリーユ、ルルア、セラリアに会った。

　子供たちはしっかり暖かい服装になっているから、大丈夫そうだ。

「おはよー。リエルママだよー。と、まだトーリが起きてないみたいなんだよ。だから起こしにね」

「あら、珍しい。ま、リエルが起こしに行くから大丈夫でしょう。私たちは宴会場に行きましょう。サクラたちが風邪を引いちゃうわ」

「うん。大丈夫だよ。またね、サクラ」

「まんまー‼」

　そんな感じでセラリアたちと別れて、トーリの部屋の前。

「おーい。トーリ、もうすぐ朝ごはんだよー」

　……しーん。

「あれ？」

なんか反応がないな？

まさか部屋の中で倒れてたりする？

「入るよー？」

とりあえず、心配なのでそのまま入る。

鍵はついているが、基本的に身内ばかりだから、鍵はかけたりしない。

だから問題なく中に入れる。

「トーリ？ って、ベッドにいない？」

部屋の中に入ってトーリのベッドを見るともぬけの殻で、そこにはトーリの姿はなかった。

あれ？ どこに行ったんだろう？

ガタッ。

「……リエル？」

「あ、そんなところにいたんだ。何やってるの？」

音がした方向を見れば、炬燵の中から手だけをひらひらさせているトーリがいた。

「……寒い。外に雪があんなに……。私は今日休む……」

「あー、そういえば雪は苦手だっけ？」

確か、冒険者時代に雪山に薬草を取りに行くクエストで、ごうごうと吹雪いて、トーリの耳が凍傷になりかけたんだっけ？

「私のお耳が取れる。痛い。ユキさんに嫌われちゃう……」

あ、すっかりトラウマみたい。

去年の雪とか反応してなかったから大丈夫かと思ってたけど、雪の量の問題か。

あと、ユキさんが用意したってのが大きいかな。

ま、とりあえず……。

「はいはい。炬燵から出て。みんな待ってるよ」

「きゃー!? 寒い!!　寒いから!!　凍死しちゃう!!」

「しないしない。それだけ着込んでれば平気だから。はい、行くよ」

そんな感じでトーリと僕の立場が逆転した珍しい日だった。

おかげで、僕の仕事が増えたから、後で埋め合わせしてもらおう。

……普通、逆じゃないかな?

落とし穴57掘：甘い日

side：ユキ

さてさて、今年もこの日がやってまいりました。

まあ、幸いなのは、この行事がウィードに浸透していないというところか。

おかげで、憎きお菓子会社の陰謀による、犠牲者は多くはないのだ。

……そう。多くはないが、犠牲者は確かに存在する。

その日の日付を地球では2月14日、イベント、行事の名をバレンタインデーという。

日本ではおなじみといえる、この悪しき行事だが、もともとのバレンタインデーはこのような行事ではない。

大元のバレンタインデーの起源は諸説あるが、日本以外では、義理チョコ、友達にという風習はないどころか、別にチョコでなくてもよい。

花だったり、ケーキだったりするが、それは本当に相手への気持ちを込める一品物であるのだ。

というか、バレンタインデーに限らずそういうことをするので、基本的にバレンタインデーだからという、特別意識は存在しない。

この事実から分かるように、意図的にチョコを渡すイメージを植え付け、義理チョコや友チョコといった、わけの分からないものを押し付けて儲けようとした製菓会社の陰謀であるのは明々白々である。

しかし、このように現代日本社会におけるバレンタインデー文化として、確立しているのにもかかわらず、起源、普及過程、社会的機能、歴史的意義などについては、民俗学、社会学、宗教学、歴史学、各分野から研究されるべき事項であるが、バレンタインデーに関するまとまった研究は存在しない。

つまり、そんなことは必要ないと、お勉強のできる方々も判断しているのだ。

ただの金儲けの戦略であるとはっきりしているから。

だが、確かに社会的機能に被害を及ぼしているのは、日本に住むのであれば、誰もが知っている。

いや、バレンタインデーに限ったことではないが、そういう特定の恋人同士を狙ったイベントでは、独身の者に対しては、鋭い刃となり、社会的孤立を実感させる凶器となり得るのは、皆々様方はご存じだろう。

子供の日などのように、誰もが微笑むことができるイベントではなく、こんな日に独りなんて……と囁かれるひどい日である。

以上の話から、異世界アロウリトにてバレンタインデーはおろか、チョコという食べ物さえ、ごく一部の街でしか売られていないので、こういう問題は関係ないかと思っていたのだが……。

やはり、そこは日本の常識として生まれ育ってきた俺にとってはブラックデー。

忘れようにも忘れられないし、地球の知識を少しでも取り入れて、ウィードを良くしていこうという嫁さんたちにより、忌まわしきイベントが、ごく一部であるがウィードに芽吹きつつあるのだ。

「というわけで、スティーブ。チョコいるか？」

「いらねーっす‼　あん？　話を聞いていれば、自分も被害者側とかいうふうっすけど、今じゃ向こう側でしょ‼　大将は‼」

「そう言うな。今回のチョコは本命というよりも、どうすれば一般に受け入れやすいか？　という実験の意味合いが強い。言うなれば、味見役だ、味見役」

そう、去年、雑誌を読んでいて偶然発見したバレンタインデーでチョコクッキーを作ったわけだが、今年は他の物にチャレンジをして、来年ぐらいには、クリスマス、年末年始に次ぐイベントを立ち上げようとしているわけだ。

主にラッツが。

あのにっくき日本の歪(ゆが)んだ風習による販売戦略をいたく感心して取り入れようとしているのだ。

まあ、本人曰く……。

『甘いものを口に入れられるという日。そういうのはいいと思います。ウィード以外は、まだまだ甘い物というのは高価すぎますし、一般の人はそうそう手に入れられません。しかし、このバレンタインデーが、甘い物を子供たちに食べさせるいい理由になります。ウィードで広まれば、他の国もこぞって真似するでしょうからね』

そんなふうに、子供たちのためにと言うラッツに文句を言えるわけがなかった。

「で、こんなけなげな嫁さんの願いを踏みにじるわけだ。スティーブは……」

「建前は聞いたっす。本音は？」

「まだまだ、ウィードの行事として提案するには至っていないから、試食が身内しかいない」

「なるほど。だから人じゃないおいらが呼ばれたわけっすね。しかし、提案するには至らないってどういうことっすか？　他の行事はポンポンやってたじゃないっすか」

「需要と供給、そして国家間のバランスを考えないといけない」

「なんかバレンタインデーごときで、変な言葉が出てきたっすね」

「アホ。よく考えろ。今までの行事はあくまでも、ウィード内を目的としたものだ。だが、今回は国外に最初から広めるのが目的だ。しかも高価な甘い物を、というイベント。ウィード外のはちみつや砂糖の供給率との兼ね合いがあるし、砂糖を主流としている国は貿易でさらなる増収が見込めるように見えるが、どう考えてもすぐに生産が追いつくわけがない。だからといって、ウィードでポンとDPで砂糖を出して、各国に安値で供給すればどうなる？」

「そりゃ……。砂糖で儲けを出しているところは大損害っすね」

「そういうわけだ。無論チョコの原料のカカオとか、手に入るかすら不明だしな。万が一、バレンタインデーの商品をチョコに絞れば、ウィードに注文が集まり、丸儲けの状態になる。そうなると……」

「うん。それは方々から恨みを買うのは分かるっす」

「だから、各国でも生産ができて、供給競争がないような物を作ろうとしているわけだ。ということで、山ほどお菓子を色々作っているというわけ。ホレ」

ドサドサッ。

「多いっすね⁉」

「だからお前を呼んだんだよ。いい加減、どれ食ってもよく分からなくなってきたからな」

「そりゃ、こんだけ菓子を食ってりゃそうなるっすよ」

「で、箱についてる番号を見て、こっちの資料に感想な。まあ、1から5段階の評価だ。甘さと美味しさだな」

「めんどくさ⁉」

「面倒だが、一応、今後この大陸中で流行らせる予定の物だからな。半端なものは出せないだろう？」

「こういうのは、実験堂とかでやった方がよくないっすか？」

スティーブはそう言いながら、クッキーを口に放り込む。

なんだかんだで、手伝ってくれるから良い奴なんだよな。

そう、良い奴なんだ……。

良い奴は、最後まで良い人で終わる……かも？

と、いかんいかん。

「実験堂はレシピを販売するって場所だからな。ちょっと趣旨が違うし、下手に次のイベントを考えているとばれると、面倒になる」

「なーるほど。実際、まだ、やるかやらないか分かってないっすからね。それで表に出すのはまずいっすか」

「そういうことだ。まずは第一関門の俺たちを突破しないといけない」

そう話して、俺もスティーブが食べているクッキーに手を伸ばし、口に入れる。

サクサク……。

もう、ただの小麦粉固めた食い物としか思えねー。

「しかし、甘さがないっすね。ただバター焼きしただけに感じるっす」

「そりゃ砂糖は高級品だからな。バンバン入れるわけにはいかねえ」

「世知辛（せちがら）いっすね。でも、別に甘ければなんでもいいんでしょ？」

「ん？　確かにな」

甘い物といえば砂糖ってイメージが固定してた。

スティーブの言う通り、甘い物なら他にも色々ある。

「まあ、他に甘い物って果物ぐらいっすからね。それをお菓子にっていうのは違うっすよねー」

「……果物？」

「どうしたっすか大将？　別にこいつらもまずくはないっすよ？　まあ、甘さは控えめっすけどね」

スティーブはそう言って、味を確かめて律儀に資料に感想を書き込んでいる。

だが、俺はさっきの言葉に引っ掛かりを覚えていた。

果物……。

確かに、スティーブの言うように果物だって生ものだし、砂糖とは違って持ち運びはできない。

だけど、果物は干したりするし、ウィードの貿易区のおかげで流通がそれなりにある。

つまり、砂糖よりは安価であり、大抵の国で色々な果実がある。

だが、果物をそのまま出したらバレンタインデーというより収穫祭だ。

これをどうすれば、お菓子にできるのか……。

「しかし、こう甘い物ばかりだと、総菜パンとか食べたくなるっすよね。あ、知ってるっすか？　ウィードのパン屋で美味いミートパイがあるんっすよ」

「それだ‼」

「はい？」

「パイだ‼　アップルパイとかあるだろう‼　あれは、お菓子に分類してもいいはずだ。それでいて国々で色々な果物の流通はあるから、どこかに偏ることもない‼　果物の自然な甘みを使ってお菓子にできる‼」

「ああ、なるほど。それは良い案だと思うっすよ」

「よし。これは全部スティーブにやる‼　今から伝えてくる‼」

「え？　いや、こんなに食えないっすよ」

「アルフィンたちとかに分けろ。お菓子作りすぎたってことで通るだろう」

「ああ、了解」

　そんなふうにスティーブとの話を終えた俺は、駆け足で家に戻って、甘い香りの中、お菓子作りをしている皆にこの案を告げる。

「ほほう。なるほどなるほど。それならいけますね。さすがはお兄さん。バターなら家畜の牛から作っていますし、必要な材料も各国で取り揃えられますね」

　ラッツは感心して頷く。

　幸い、バターの歴史は古く。

　地球でも最古の文献では古代ギリシアからも確認でき、紀元前から存在している。

ということで、こっちの世界にもバターは存在していた。

またフルーツも砂糖漬けなんて本末転倒ではなく、天日干しだから問題ない。

まあレーズンパンみたいなものかね？

「そうですね。ですが、各国の主要の果物の把握からやらないといけませんね」

「シェーラの言う通りですね。貿易区の流通品の資料を取り寄せましょう」

そう言って早速準備をするシェーラとエリス。

「どの果物がパイに合うか楽しみだよね。トーリ、早く作ってよ」

「こら、リエルも作るんだよ」

「……私は食べる方で」

そんなふうにリエル、トーリ、カヤも乗り気だ。

うんうん。

良い結果を生んだな。

スティーブも役に立つじゃないか。

いや、いつも役に立ってるよ？

「と、なら作ったお菓子はどうするの？」

ふいにラビリスがそんなことを言う。

「「「あ」」」

嫁さんたちもどうするか考えてなかったみたいだ。

「予定がないなら、明日学校の子供たちに配っていいか？　きっと喜ぶと思うから」

「そうだね。みんな喜ぶよ‼」

「泣いて喜ぶのです‼」

アスリンとフィーリアも賛成と。

そんな感じで俺たちは14日を迎えて、学校はその日、お菓子で溢れかえって、甘い日となったわけだ。

……換気してくれ、さすがに甘い香りで気持ち悪い。

落とし穴58掘：雪とは？

ｓｉｄｅ：ヒフィー

雪が深々と降り積もり、辺りは一面雪原。

ヒフィー神聖国ではこの景色はあまり良い思い出がありません。

積雪は年に数回ある程度なのですが、ごく稀に２週間ほど続く年があり、その際は多くの凍死者や物流の停止により餓死者が出ます。

もともと国力が乏しく、コメットを墓から掘り起こすまでは、こういう突発的な気候の変動に非常に悩まされてきました。

コメットを発掘してからはダンジョンマスターのＤＰ交換スキルで寒さや飢えで人々が命を散らすことは少なくなりましたが、私としては、やはり、冬の白、雪というのは、命を奪うというイメージが焼き付いているのです。

……ですが。

「おーい‼　もっと雪だ‼　たらねぇ‼」

「もっと高く‼　もっと高くだ‼」

「「わーい」」

「こら、危ないから、向こうの遊び場に行きましょうね」

「「はーい」」

ザワザワ……。

このように、ウィードでの雪は特に問題はないようです。

というか、わざわざ雪原の階層を用意していて、なにやらイベントをやっているようです。

私は、仕事の一環だと言われて連れてこられたのですが、子供はともかく、どう見てもいい大人が雪遊びをしているようにしか見えません。

もっと、他にやることがあるでしょうに……。

「おーい。ヒフィー、何やってるんだよ‼　ほらちゃんと手伝ってくれよ‼」

「……コメットは何をしているのですか」

そのイベントの中にまざって遊んでいるのは、何を隠そう、身内の恥である前ダンジョンマスターでリッチと化したコメット。

「え？　いや、イベントに参加しろってユキ君の命令だしねー。上司の命令には従わないと。敗者は何も語れないんだぜぃ？」

「はぁ……。分かりました」

そう、今の私は一国の主でもなく、ましてや神でもなく、ただの一般人として、このウィードのイベントに参加しているのです。

このウィードという国を治めるのは、ルナ様に新たに呼び出された、異世界から来たダンジョンマスター、ユキ殿。紆余曲折あり、私とコメットはユキ殿と対峙し、それはもうコテンパンに……いえ、完全に遊ばれて敗北し。己の未熟さを痛感して、今は今代のダンジョンマスターのもと、研鑽を積み、共に魔力枯渇の解決への道を模索する同志となったのですが……。

「ほら、その雪玉大きくしてこっちに持ってきて」

「……なんで、こんなことを」

さすがにこの賑やかなイベントをぶち壊しにするような言葉を、声を大にして言えるわけもなく、渡された雪玉を転がして、大きくしていく。

「なんでって、そりゃー、ウィードの文化を学ぶためだろう？」

「これが文化ですか？」

「十分文化だよ。雪の日は仕事をしないで家に引きこもるしかなかったんだ。それを、皆でワイワイやれる日に変えられるなんて、君にはできなかっただろう？」

「それは……そうですね」

確かに、コメットの言う通り、私の国元ではこんな日は家で大人しくして、凍えぬよう、飢えぬように、じっと耐えてくださいとしか言えなかった。

「君はただのお遊びぐらいに思っているかもしれないけど、これはよそから見物人が来るどころか、よそからの参加者も来るぐらいだよ。ほれ、あそこ」

「え？」

私がそちらに視線を向けると……。

「えーい。ヒギル、もっと雪を持ってこい‼　我が国の盾を再現するのだ‼」

「勝手に路線変更しないでください‼　いいですか、大工、鍛冶の皆さん、予定通り、ガルツ城のミニチュアですよ」

「「うっす‼」」

「なんでだー‼　これならきっと優勝狙えるだろうが‼」

「1人でやってろ、馬鹿姉‼」

確か、あれはこの大陸の5大国の1つの王族の方々……。

「さ、リリーシュ様。そこでお座りください」

「あのー。私もー、教会の子供たちとー、雪だるまをー」

「リリーシュ様、大丈夫です。そちらの方は我がリテア騎士団がお手伝いをしていますので」

「あとー、私はー、リリシュですよー？」

「これは失礼いたしました。ですが、ご身分を隠されているとはいえ、私たちの女神であることに変わりはありません。今までの失礼を払拭するために、リリシュ様の立派な雪像を完成させたいのです‼」

「はぁ……アルシュテールちゃんの気持ちは分かったわ。なるべく早くお願いね」

「はいっ‼　ほら、全速力‼　リテアの女神を雪で再現しますわよ‼」

「「「おおっーーー‼」」」

あっちも、この大陸の5大国の聖女と……。

「あ、やっほー。ヒフィーちゃん」

「あ、どうも」

「あら？　リリーシュ様のお知り合いですか？」

「そうなのよー。あの人はヒフィーちゃんって言ってー、私と同じか……むみゅ？」

凄まじいことを口走ろうとするこちらの大陸の女神の口を封じる。

「あ、ははは。リリーシュ様とは昔、同じ教会で研鑽を積んでいまして、まさか、リテアの聖女様とお知り合いとは思わなくて……」

「ああ、そういうことですか。リリーシュ様と仲良くしていただいて感謝いたしますわ。あなたのような方が傍にいてくれたおかげで、見放されずに済んだのかもしれませんわ。あとで、司祭の身分を発行したいと思いますので、こちらの推薦状を持ってリテア聖都にいらっしゃってください」

「は、はあ。ありがとうございます」

「まぁ、よかったわねー。ヒフィーちゃん」

……くそ。

なんでこんなのんびりした女が私と同じ女神なのか。

というより、私より大勢力なんですけど‼

なに？　ゆるふわが今の流行？

そんな屈辱を味わいつつ、推薦状を持ってコメットの所に戻ってくる。

「ぶひゃひゃひゃ……‼　ヒフィーみっじめー‼」

「あの、ゆるふわ……。後できっちり話をつけてあげます」

「ひーーーっ‼　お腹痛い‼　こんな怖い人より、リリーシュ様の方が私もいいわ‼　あひゃひゃひゃ……‼」

「よし、この不信心者め。これから掃除洗濯は全部自分でやるということね？」

「ちょっ⁉　それは、ずるくないかい⁉」

「ずるいものですか。というか、神様をお世話係に使っていることが、すでに問題だと気が付きなさい」

「いいよーだ。タイゾウさんにヒフィーがいじわるするって言ってやるもんねー」

「そっちに非があるのに、私の評判を落とすような真似はやめなさい‼　タイゾウ殿が勘違いしたらどうするのです‼」

それから、お互いに口の引っ張り合いが始まる。

「まっちゃく‼　ほんおうに、リッチになってからも、かふぁらないわね‼」

「それぇは、こっひのセリフだよ‼　このあひゃまがっちがちめ‼」

ぐにぃ、むぎゅー‼

そんなくだらない罵倒を続けていると……。

「何やってんだ？」

私をこのイベントに放り込んだユキ殿が現れます。

ま、それよりも、この自活のできないリッチをお仕置きせねば……。

「……女の争いですね」

「ですねー。私もジェシカとよくやるし」

「え？　なんでまた？」

「えっとですね、実はジェシカはここ数か月体重が……むぎゅ⁉」

「リーア。お互い、あの馬鹿な神様とリッチのような争いはやめた方がいいと思いませんか？」

「うんうん。だから離してー」

「OK。大体分かった。おい、そこの2人。めでたい雪像イベント会場で醜い争いしてるんじゃねーよ。この場で、熱湯罰ゲームでもしたいか？」

そう言われて、私たちは瞬時に取っ組み合いをやめます。

こんな大勢の衆目で水着を着てあんな痴態をさらせば、女として、神として色々終わる予感があります。

そして、それをユキ殿は躊躇いなくやるでしょう。

「で、そっちは何作ってるんだ？」

「ふふふ。私たちには造形なんて難しいことはできないからね‼　ただ、規定ギリギリの雪だるまを作るだけさ‼」

「なるほどな。他のは、ドワーフとか、どこかの国の重鎮共も変に気合入ってるから、それぐらいがいいかもな。というか、身内もあれだしなー」

そう言って、ユキ殿が私たちからそっと視線をずらした先には……。

「アスリン、ラビリス、シェーラ、ガンガン雪を持ってくるのです‼　私が微調整するのです‼　ここに去年作った雪の城を元に、要塞を作るのです‼」

「分かったよー‼」

「はりきってるわね」

「まあ、ユキさんが、去年の力量を見て雪像イベントの顔を作ってくれと頼まれましたから」

「そう言われて、フィーリアが自重するわけないか」

「ええ」

そこには、文字通り小さいながらも、城と城を覆う外壁が出来上がりつつありました。

……あれ？　あの子たちは、まだ年端もいかない少女だったような。

「うっひゃー‼　すっげー‼　さすが、ナールジア一押しのフィーリアってところだね‼　才能がもの凄い‼」

横でコメットは絶賛していますが、そういうレベルではないのです。

だって、同じ時間に作り始めたはずなのに、気が付けば、高さ5メートルはあるだろう城がすでにできてるなんて……。

「ま、あれはあれでいいだろう。イベントの顔だし、評価対象外だし」

「あ、そういえば、なぜ私をこのような催しに参加させたのですか？」

そう、それを聞かなくてはいけない。

今は、このようなことに割いている時間はないはずです。

「俺に聞くってことは自分で答えが見つからないからか？」

「……はい。正直に言って、私たちは他に優先するべきことがあるかと」

この催しに何の意味があるのか？

私がそう聞くと、ユキ殿は少し悩みます。

……やはり、意味などなかったのでしょうか？

「うーん。どこからの説明がいい？」

「え？」

「まず、地域の活性化な。こういうイベントをやることによって、活気を取り戻すこと。春とか秋とかは収穫祭とかがあるけど、冬はどうしても、そういう目に見えて分かりやすい収入がない分、活気がなくなる。ここは分かるな?」

「はい」

「つまり、収入がなくて活気がないということは、経済活動が止まっているということだ。これは国としてもよろしくない。これを打開するには、国が身を裂いてでも活気を呼び起こすイベントをやるべきだ。こうして、雪という冬でしかできないイベントをやることによって、冬の時期の目標みたいなのが国民にできて、それに伴う需要が増える。雪を集める道具とか、防寒具の充実とか、外で暖を取るための道具や食べ物などなど……」

なるほど。

そういえば、皆さんはこのイベントに合わせて色々買い込んだり、イベント会場の隅にある屋台に買い物に行っています。

「無論、搾り取るような価格帯じゃない。この調整を国がすることによって、他の一般の商人はどうしても、高くて、よりよいものを販売するしか売れる手段がなくなる。だからといって、ここまで人が集まるイベントに参加しないのは商人として自信がないと同じだ。だから、全体がほどほどの価格帯に収まるだろう」

「確かに」

「あとは、そのイベントが各国に広まったりすれば、今日みたいにあっちこっちの国から代表みたいな感じで、イベントに参加、あるいは見物に訪れる人が来る。つまり、外貨が落ちる。ここが国として目指すべき場所だな。ここでようやく身を切った分が回収できるって感じだ」

「……」

あれ？

なにか、もの凄い難しい話になってきているような……。

「さらに、そこから交渉事のための交友関係や、新たな人材の発掘なども望めるだろう。他国からの評判が良ければ、国の顔にできるだろうし、それだけ次の年も同じイベントによる収益も見込めるからな。こういう他とは違うところでの娯楽を提供するのが、ある意味、国としてはとっても大事なことで……」

「………」

「うひゃひゃひゃ……!!　ス、ストップ!!　ユキ君、ストップ!!」

「どした？」

「君の考えはよく分かった。実に素晴らしく、凄い発想だと思う。でも、ヒフィーには難しすぎる。ほれ、固まってる」

「はっ!?　い、いえ。決して固まってなどいません。ユキ殿のお話はよく理解していたとも!!　これを見習い、同じように、わが国も国力を上げろということですね!!」

私は馬鹿でありませんとも、ちゃんと学べるのです!!

そういう決心を瞳に灯し、ユキ殿を見つめます。

「いや。無理だから」

「はい？」

「ぶひゃひゃひゃ……‼　わ、分かってねー‼　ぜんぜん分かってない‼　ヒフィーの国じゃ実現不可能なんだよ。今のところは。だってこういうのは、ダンジョンマスターによるゲート開通での、旅行の簡便化、安全性の確保があってこそなんだよ‼」

「あ……」

「ま、コメットの言う通り。でも、同じでなくてもいいし、見習って道を模索するのはいいことだと思う」

「……はい」

くっそー、コメット、後で覚えていなさい‼

「というより、俺としてはそんなのは二の次なんだよな」

「うひゃひゃ……ってどういうことだい？」

「どういうことでしょうか？」

「人ってのは心の余裕がないと、色々つらいものがあるんだよ。だから、きつい時にこそ、のびのびするのが大事なのさ。ほれ、みんな笑顔だろ。いや、目が血走ってる奴もいるけど、こういう仕事とは違う間を挟むことで、色々なことが見えてきたりするもんなんだ」

「そうなのかい？」

「そうだよ。コメットだって、初めて雪で雪だるまを作ろうと考えただろう？」

「ああ、確かに。雪で何かを作ろうなんて今まで考えたこともなかったね。冬の厄介者としか見てなかったね」

「でも、こうやって、皆を楽しませる物にもなる」

「……なるほどねー。視点の違いってことか」

「……ああ。私たちが守らなければいけないのは、国の名ではなく、そこに生きる人々の笑顔なのですね」

　私は目の前に広がる幸福を見て、自然と口が開きました。

だって、そこには、寒さに凍えることもなく、飢えることもなく、その冬を謳歌して笑って、楽しんでいる人々しかいないのですから……。

　私が目指した国の形はここにあるのではと思うぐらいです。

「ということで、このイベントの趣旨は分かったはずだ。とりあえず、今日1日ぐらいは立場や仕事を忘れて、思いっきり遊べばいい。できた雪像は各国の審査で点数が付けられて、上位には賞金もあるからな。特別賞とかもあるし、意外性もOK。だから頑張ってみろ」

「おっしゃー!!　ご褒美もあるなら、私も一介の魔術師として頑張るぞー!!　ほれ、ヒフィー。雪だるまを作るよ!!」

「あ、いきなり引っ張らないで⁉」

そうして、私とコメットが大きい雪だるまを作っていると、子供たちがどこからともなく集まって、小さい雪だるまを周りにたくさん作ってくれました。

結局、私とコメットの合作ではなく、大勢の子供たちと作った雪だるまたちになり……。

『今回の雪像イベント。特別賞はコメットとヒフィーと子供たち作、雪だるまたちとなりました ー‼』

子供たちと皆ではしゃいで喜びました。

それが今後ウィードの雪像イベントでのトロフィーや入賞メダル、はてはグッズになるとは思いもしませんでしたが。

……なるほど、ここまで考えてやれということですか。

第337掘：最後は全部持っていく

side：クリーナ

私の知っていることなど、やはりほんの一握り、一塵だということを思い知る。

ユキと出会ってから、わずか、いや当日で嫁入りしたと思えば、ダンジョンマスターでびっくり。

さらに、世界を救うという使命があってさらにびっくり。

ついでに、伝説の聖剣使いと敵対しているし、その聖剣使いは大陸を滅ぼそうとして、それを止めてほっとして、祖国との繋ぎをしていると、祖国が正体不明の敵に襲われていて、実はこの大陸の人々に絶望した神様が原因で、それを何の犠牲もなく止め、和解をするので超びっくり。

これで終わりかと思えば、更に正体不明の魔剣を所持する別の集団がいて、さあ大忙し。

これが約1か月で私に起きた出来事。

正直、自分でも言っていることが滅茶苦茶なのは分かる。

しかし、全部事実。

不意に、時に事実は小説よりも奇なりという言葉を思い出す。

ユキの国の諺だが、現実の方が、小説などよりも変なことが起こり得るという意味だ。

だが、それにも慣れてきたつもりだった。

ユキはもともとこの世界の人ではない。

だから、私が知り得る常識に収まるわけがないのだ。

いや、魔術と本ばかりの私が常識を語るなんて、おこがましいかもしれないが。

ユキの目の付け所や、発想が違うのは納得できたし、根拠のないことではない。

ユキのやり方は、ユキの世界の先人たちの軌跡を手本に、それを改良して行っているのだ。

魔術がなく、文字通り頭を使って、人々の暮らしを良く、時には人々をより効率よく殺すため……ぞっとする発想も山ほどあるが、だからこその知識量である。

長い歴史の果て、その結実の塊が私の夫、ユキである。

正直に思う。ユキより優れた夫、男などこの世界に存在しないと。

ユキと同じ出身のタイキやタイゾウもいるが、どこからどう見てもユキが一歩も十歩も抜きん出ている。

……話が逸れた。ただの惚気になっている。

ということで、ユキの突飛な行動は理があって、仕方のないこと。

だが……。

「ヒュージ、援護しろ‼」

「ブレード、止まれ‼　馬鹿野郎‼　あー、クソ。勝手によけろ‼」

ドーン‼

目の前の生物は、訳が分からなかった。

その生物の名前をブレード・フィ・ローデイ。

6大国の1つ、ローデイ王国の頂点に立つ者、王。その人である。

その王は現在、ユキたちの手紙を読むなり、部屋を、城を飛び出して、単独で、城下の一角、倉庫街へ殴り込みをかけた。

……嘘偽りなく、文字通りに。

事前に調べるわけもなく、どれか迷うこともなく、真っ直ぐにこの倉庫に突撃を仕掛けて、中の荒くれ者たちの中に、先陣を切って切り込んでいた。

……王とはなんだっけ？

あの生物の行動は訳が分からない。

王としての振る舞い以前に、行動原理が理解不能だ。

とりあえず、ユキや私たちも慌てて一緒について行って、包囲網と、サマンサの母親に連絡を入れるために分かれ、必死にあの不思議生物の援護をしていた。

「くっそー。直感型かよ……」

ユキがそう呟く。

「直感型？」

私は魔力の障壁をサマンサと協力しながら倉庫一帯を囲んで、敵を逃がさないようにしている。

なので、魔術で援護をしているユキと会話する余裕がある。

「そう、直感型。勘が鋭い。それを頼りに動く。根拠や理由はない」

「……意味不明」

「おう。だが、その直感がよく当たる人は確かに存在する。まあ、あの人の場合は真性の直感ではないだろうけどな」

「……どういうこと？」

「それはな……っと。リーア、ジェシカ、奥の方を先に押さえろ‼　魔剣の確保だ、戦闘に巻き込まれて破損はめんどい‼」

「「はい‼」」

リーアやジェシカは、ユキの指示で不思議生物の援護に向かっていたのだが、すぐに倉庫の奥へ消えていく。

適度に手加減をしないといけないから、この大陸の人との連携は非常に疲れる。

特に体術は見る人が見ればすぐにばれる。

だから、あの2人は凄いと正直に思う。

「うし、これで証拠品は確保できるだろう。で、続きだな。真性の直感っていうのは天性のもの。だけど、あの人、ブレードのおっさんは、今までの経験の賜物だ」

「経験？」

「ああ。城で話をしていた時、傭兵をやっていたって言っていただろう？」

「……確かに。そんな記憶はある」

「魔術とかとおんなじだ、成功する感覚を人に伝えづらいように、今までの経験から基づいて、あのおっさんはここが、魔剣を隠している場所と断定したわけだ」

「……ん。多少理解した。自分の中では確固たる理由があるけど、それを伝える方法が存在しない、ということ？」

「そんな感じだ。空気とか、殺気とか、そんなのは理解されにくい。スキルで気配察知とかあるけど、そのスキルを持っていない人に、その感覚を伝えるのは難しいだろう？」

「……ん。理解した。それは不可能に近い」

「だから、あの人の行動はある意味、一番早い解決策だ」

「……王が動けば、多少の無茶は通るし、証拠品が出れば文句もない、現状で魔剣の大量所持をしっかり伝えると、王が動くわけにはいかなくなる？」

「そうだ。ついでに、連絡役である俺たちは、重要な協力者だ。そんな人たちを自国の魔剣所持者に対応させるわけにはいかない。恥だからな。国としては」

「そうなると、私たちは魔剣の確認ができない可能性もある?」

「だなー。物が物だから、下手すると隠されるとか、なかったと報告されてもおかしくない。だけど、そんな内輪揉めなんて画策をしていると、手遅れになる可能性がある。だから、あのおっさんが暴走して追いかけて、気が付けば、関係者を巻き込んで終わっていたという結果を狙っていたんだろうな」

「……そこまで考えているようには見えなかった」

「直感型は大抵細かいことは考えない。おそらく、ヒュージの親父さんとロンリとかいう宰相の人がそこら辺の調整をするんだろう……可哀想に」

なぜか、その説明をしたユキの目が少し遠くなった。

「……ユキも直感型の知り合いがいる?」

「……ああ。真性の直感型がな。本当に理由もなく、当たりを引く友人たちがいた」

「……ごめんなさい。無神経だった」

少し考えれば分かることだ。

ユキの友人というのは、この世界にはごく少数だ。

護衛という立場上、私たちが知らないユキの友人はこの世界には存在しない。

つまり、記憶に該当しない人物は、当然、ユキの故郷の人のことになる。

「ん? ああ、気にするな。直感型の説明で出てきただけで、今はクリーナとかがいるから全

「……ん。ありがとう。妻としてユキを支える」

「で、それはいいとして。いまさらだけど、サマンサ。あのおっさんの性格は知ってたか？」

そう言えば先ほどから沈黙（ちんもく）しているサマンサは、あの王様のことを知っていたのだろうか？

「……」

「お嬢様。放心するのは分かりますが、ユキ様、クリーナ様のご質問ですよ」

「はっ⁉ す、すいません。あのような性格だとはまったく存じませんでしたわ。小さい時にお会いしただけでして……」

なるほど。

サマンサは私たち以上にショックを受けているようだ。

……それも仕方がない。

あれが自国のトップというのは、私から見ても胃が痛いと分かる。

「あはは……一応、常に先陣を切る、名将、剣王ブレードと言われているんですよ。それを支える魔術師のヒュージ様、軍団の指揮、援護を得意とするロンリ様。この御三方が揃った戦場は止まらないと言われるほどです」

「……てっきり噂話だと思っていましたわ」

「……そういえば、私もローデイの剣王は聞き覚えがある。でも、サマンサと同じく噂話か、

「クリーナ様の言う通り、作り話、噂話の類にされていますよ。陛下のお命を守るためですから……まあ、私もヒュージ様から聞いただけでしたので、本当にここまでとは思わなかったのですが」

そう言って、全員でその剣王を見る。

「クソー‼　なんだてめえは‼」

「なんだ。城下に拠点を構えておいて、俺のことを知らんのか？」

「知るかよ‼」

普通、王が直々に殴り込んでくるなんて、誰も思わない。

下手すると、こっちが強盗のように見えるかもしれない。

……ん。私は自重しよう。

そう心に誓って、その状況を目に焼き付ける。

あ、どう見ても王が退治しているならず者に負けることはなさそうなので心配はいらない。

「サマンサ‼」

と、そんなふうに成り行きを見守ろうとしたら後ろから声がする。

「ルノウお姉さま⁉」

すると、サマンサの髪をストレートにした、胸はそれなりの美人がこちらに駆け寄ってきていた。

……やはりサマンサの胸は遺伝というより、異常発達らしい。

だから私の胸も、エリス師匠やルルア師匠、サマンサに追いついても不思議ではないということ。

「あらー、やっぱり陛下が出てきちゃったわね。ねえ、ユキちゃん。ビデオ撮ってる？」

「もちろんですよ」

「やったー。これで夫の凛々しい姿をいつでも見られるわ‼」

「……お母様。内容はよく分かりませんが、惚気るのは後にしてください。そこの男。お前がサマンサを傷物にしたユキだな？」

「傷物って……」

「言い訳はいい。あとでみっちりと話を聞く。サマンサ、もうじき私の部下が来る、敵を１人とて通すな」

「あ、あの、お姉様。ユキ様の件は、ちゃんと筋を通してですね……」

「うるさい‼　姉に話を通さないとかあるか‼」

……どうやらサマンサの姉は、シスコンらしい。

これはこれでめんどくさい。

「あの服は王都の魔術警備隊か⁉　くそっ、お前のせいで感付かれたじゃねえか‼」

「アホか。すでに詰みだよ、お前は。なあヒュージ？」

「……はぁ。お前も人が悪い。まあいい。陛下、さっさと終わらせてください」

ヒュージ公爵がそう言うと、ようやくならず者の顔に理解の色が広がり、次に驚愕する。

「け、剣王⁉　な、なんでここに⁉」

「勘」

一瞬沈黙が流れ、壊れた扉からの風の音がよく聞こえる。

「……くっそー‼」

「ほう。来るか‼　なら……」

バシーン‼

剣の腹で頭を思い切り叩いて、ならず者はそのまま気絶、した？

多分、気絶。

さすが剣王というべきか、剣を振る速度は尋常じゃなかった。

でもぶつかる直前、速度を落としたから、死んではないと……思う。

「うっし。ルノウも来たな。あとは任せる。っと、荷物は大丈夫か？」

「何も気にせず暴れすぎだ‼　くそっ、ルノウ、すまんがここの倉庫の捜索を……」

「はーい。ユキさん、荷物は確保しましたよー」

「はい。奥の倉庫に別個でしたから、被害はありません。ですが、ちょっと道が散らかっていますね。リーア、やりますよ」

「うん。いいよ」

ジェシカはそう言うと、リーアと一緒に剣を振り、邪魔な瓦礫を吹き飛ばす。

「「「!?」」」

ぎょっとする、ローデイの関係者。

「おう。お疲れ。じゃ、お姉さん。あの奥に陛下の言ってた荷物がありますから、気を付けて運んでください」

「あ、ああ……」

驚いているローデイの関係者の視線を受けつつ合流する、リーアとジェシカ。

「……ユキ。いいの？　ジェシカとリーアの実力がばれたとは思わないけど、ある程度凄いと認識された」

「サマンサのお姉さん。王様の暴走っぷりを見るに、この方がいい抑止力になるだろうよ」

「……納得」

「そうですわね。お姉様も少しは、私を大事にしすぎですからいい薬ですわ」

「じゃ、戻ってお茶にしましょう。ローデイ特産の茶葉があるんですよ」

「やったー。ジェシカ、楽しみだね」

「ええ。ゆっくりお茶は飲めるように頑張った甲斐(かい)がありました」

ということで、私たちは唖然としている王たちを残して、一足先に城に戻るのであった。

「なあ、ヒュージ。あのユキの傭兵団って何者だ？　あいつ自身は魔術師なんだろ？」

「さあな。正直、私も測りかねている。ま、心根は知っているし、私も信頼している。私たちが裏切らなければ大丈夫だ。娘は絶対に守ってくれるだろう」

「ああ、そりゃそうだ。なーんだ。別に問題ないな‼　あとであのジェシカとリーアと言ったかな？　あの2人と剣の勝負しよう‼」

「誰がそんなこと認めるか‼　始末書を書け‼」

「そうですね。まさか、ここまでのことをして、すぐに遊べると思ったか？」

「げっ、ロンリ⁉　ヒュージ⁉　その紐は……」

「「お縄につけや‼」」

「お、お母様。あのユキという男は何者なんですか？　あんな凄腕の女性剣士を2人も手元に置いておけるような人物には……」

「あらー。男を見る目はサマンサの方が上のようね。だから、いまだに結婚できないのよ……。はぁ」

「はぁ……ってなんですか⁉　わ、私だって男を見る目はありますとも‼」

……ん。世界は本当に広い。色々な人がいて、色々な側面がある。

これからも、ユキの隣で、色々な物を見ていこう。

第338掘：事態は駆け足で

side：ジェシカ

……本当に、世の中、本当に何が起こるか分かりませんね。

騎士として、マーリィ様の側近として一生を生きていくと思えば、敵に敗北し、捕虜となり、果てはその相手と結婚。しかも、心底惚れてです。

私が知る常識を遥かにぶち抜いて、空の上を歩いている相手を伴侶と選んだせいか、それからの道のりは、もう今までとは違っていました。

ただの一人の騎士ではなく、世界の問題へ挑む、英雄叙事詩の一端のような出来事かと思えば、夫は、それで対立する女神を相手に大立ち回り。ではなく、冗談のような手法で勝利を収める。

もう、笑うしかありません。

誰がこんなことを想像できたでしょうか？

まあ、ユキの価値、私の夫としては見直しましたとも。

たとえ、女神であろうとも、道理の通らない相手には容赦をしない。

おそらくは、私が目指した騎士としての在り方を夫は体現しているのだと思います。

ああ、でもあの斜に構えた姿勢は私の趣味には合いませんので、真似はしませんが。

私は私のやり方で、ユキをサポートすればいいのです。

愛しているのは変わらないのですから。

しかし、何がどうなれば……。

「よーし‼　ジェシカ‼　どこからでもかかってこい‼」

「ジェシカ殿。ぼっこぼこにしていいですぞ」

「そうねー。陛下の暴走もこれで少しはなくなると思うから、思いっきりやっちゃって‼」

「あ、手だけは動かせるようにお願いします。書類整理はやらせたいので」

「くっそ‼　おっまえら、よく見てろ‼　剣王の腕は落ちてねえ‼」

そんな会話をするのはローデイの重鎮たち。

……なんで、私がローデイの王と剣の勝負をしているのでしょうか？

ユキに視線を向けるのですが……。

『ご愁傷さま』

そんなアイコンタクトが飛んできます。

……はぁ、私もユキのトラブル体質がうつったのでしょうか？

「ジェシカー。ちゃんと手加減しないとダメだよ‼」

「だ、大丈夫でしょうか⁉　ぶ、無礼討ちとか⁉」

「お嬢様、さすがに大丈夫です。ヒュージ様に奥様、そして宰相のロンリ様からのＯＫですし。もし大怪我(けが)しても、ササッと治せば証拠は残りません。ということで、ジェシカ様、ちゃちゃっとやって、ご飯にしましょう‼」

身内は好き勝手言って観戦モードだ。

……ああ、ユキがいつもこんな場で苦笑いする気持ちが少し分かりました。

ごめんなさい。今度から自重します。

「くっそー‼　頭に来た‼　ぜってー、ジェシカ殿を倒して、リーア殿も倒して、ユキとも勝負して勝つ‼」

まあ、こうなれば剣王としての名があるローデイ王は引くに引けないでしょう……。

本当になんで私が相手に選ばれたのだったか。

確か、ならず者を押さえてから、城に戻ってお茶を飲んだ後、報告を聞いていた時だったか？

「陛下、荷物の押収は終わりました。中身は仰(あお)る通り、例の物で間違いありません‼」

そう言って、綺麗な敬礼をするのは、サマンサの姉、ルノウ。

サマンサから聞いたが、彼女も魔術学府を卒業後、王都勤務になり実家にいなかったそうだ。

それが幸いして、王都での連携が上手くいって、スムーズに後始末ができたわけだ。

「いいか、物が物だ。厳重に警戒しておけよ。俺以外の奴は絶対通すな。命令書も出さないから、全部偽物と思え」

「はっ‼」

「あの量の魔剣の仕入れだ、あのならず者だけで取引できるわけがない。どう甘く見ても、うちの連中が糸を引いているに決まっている。こうやって、お遊びしている間に襲撃の情報を受けて、確認しに来るだろうよ。表向き、街の倉庫を非合法で占拠している連中をしょっ引いただけだからな。中身を知っている奴ら以外は、俺のいつもの行動と思うだけだ。来る連中はマークしとけ。あと、あの倉庫の表向きの持ち主も探っておけ」

「はい、失礼いたします‼」

　ふむふむ。

　確かに、直感型なんでしょうね。

　マーリィ様も少なからずこういうところはありました。

　……まあ、その直感を国王が発揮して自由にやられると非常に迷惑でしょうが。

「よーし。待たせたな。これで俺が勝負しても問題がないわけだ‼　心置きなくやるぞ‼」

「絶対、お前は遊びたいがためだろ？」

「だな」

「もう、陛下は相変わらずねっ」

　……ああ、遊ぶのに全力を尽くすタイプですか。

「遊んで何が悪い‼　勝手に玉座争って、傭兵やってた俺にいきなり王位が転がり込んで、いや、押し付けられた。てめえらのケツぐらい自分で拭けっての」

「それを言うなら俺たちもだがな」

「ですねー。当時の内輪もめで、当時の派閥はほとんどが共倒れ。そのせいで、傭兵稼業をのんびりやっていた私たちが呼び戻されたんですから」

……うっ、正直耳に痛い。

これは、同情の余地があるのですが、でも実際はさらに迷惑を被っている人がいて、この大陸に生きる人々は、ユキに頭が上がらないのです。

こっちに来た理由は、主に私たちが原因ですし……。

立場とかではなく、普通に良識がある人から見れば、ユキにすべてを押し付けている結果になっています。

で、その善行を善行として行っているかと言えば違います。

仕事だからです。

まあ、普通に正義心から、この大陸を救うために来た‼　なんて言われても、胡散臭い（うさんくさい）の一言ですが、ユキの仕事だから、もなかなか厄介です。

私たち、つまり……私ことジェシカ、クリーナ、サマンサという大陸に妻という繋がりができたから、多少面倒でも仕事をしていますが、これがなければ、国の面倒事には介入せず傍観に徹していた可能性があります。

ユキが与えられた魔力枯渇の原因調査も、別にこの大陸で原因を突き止めなくてもいいのです、ここである程度の結果を実際見られるだけでも成果になるのですから……。

という感じで、ユキは凄くドライです。

……ということで、同じ立ち位置のユキがローデイ王の言葉を聞いて頷いています。

これはすごくよくない兆候です。ユキのヤル気がグングン下がっているのが分かります。

……あのローデイ王の口を閉じてもらわないと、世界の危機です。

「そのお話は後でもいいでしょう。さあ、ローデイ陛下。一手ご指南願います」

「おう‼　って俺が挑む側なんだけどな。まあ、いいか。来い‼」

伝わる気迫十分。

本当に王というより、騎士や傭兵という感じですね。

ユキに会うまでの私なら、どこまでやれたでしょうか……。

が、今は違います。

「では、失礼します」

「は？　うぉぉぉ⁉」

ガキン‼

一瞬で背後に回り、わざと声をかけて、剣を受けさせます。

「おぉぉぉ‼　お？　おおぉ⁉　ちょ、ちょっとた……」

そのまま力技で剣のつばぜり合いをしながら、ローデイ王を空中へ跳ね上げます。

力で負けるわけがないと、油断したせいですね。力を抜いて、流せば空中に跳ね上げられることはなかったでしょう。

しかし、さすが傭兵稼業をしていたというだけはあり。

空中で体勢が不十分なのを承知で、そのまま剣の重みを頼りに思いっきり私に剣を振り下ろしてきました。

「なろっ‼」

ガードしても吹き飛ばされて終わりと理解していたのでしょう。

キイィン‼

そんな音と共に、私とローデイ王の剣がぶつかりあい……。

ローデイ王の剣だけが弾かれていきます。

「え？」

おかげで私は剣を振り抜いてしまい、そこに空中から迫っていたローデイ王が迫ります。

「もらったー‼」

ちっ、直感型は本当に厄介ですね。

仕方がないので、とっさにバックステップをして距離を開け。

「おおっ⁉　ちょ、ここはしっかり俺と殴り合えよ‼」

「ですね。何を無茶なことを。それ以前に剣を弾かれたのですから、陛下の負けです」

「ええー!? ちょ、ちょーっと待とうぜ？　相手は俺以上の強さだったから、これぐらいはありだろ!?」

「「なし」」

というわけで、審判役の2人に勝敗が告げられて、勝負は終わりました。

「おつかれー。最後、驚いただろう？」

「ええ。まさか、剣王が剣を捨てるとは思いませんでした」

「ジェシカがユキさん以外であんな顔するとは思わなかったよ。かわいー」

「リーア、あれは油断したのであって。決して惚れたなどということはあり得ませんから。間違ってもユキの前で誤解を招く言い方はやめてください」

「そんなことユキさんが思うわけないよ。ねえ、ユキさん」

「ジェシカがそんなことするわきゃないな。ま、いい経験になっただろう？　ああいうのも世の中にはたくさんいる。意表を突かれると、反応が遅れる。そこら辺の心の余裕は持とうな」

「はい。今後も精進します」

そうです。

あの程度のことで心を乱していてはいけません。

ユキはもっと突拍子もありませんし、子供たちの行動も最近活発になってきました。

私自身の子供はまだいませんが、正直に言って、私が最初に産まなくてよかったと思っています。

きっと、セラリアやルルアのように余裕のある母になれそうにありません。

我が子を思うあまり、お説教をしてしまいそうです。

そういう意味で、皆の子供を育てるということを経験できて良かったと思います。

これで、我が子が生まれた時は、おむつもご飯も完璧な母を見せてやれるでしょう。

そんなことを考えているうちに、廊下から走り寄る音が聞こえて、扉が思い切り開かれます。

「陛下‼ 大至急、魔剣の保管場所へお願いいたします‼ ドクセン家の者たちが武装をして脅しているのです‼」

ルノウが慌てて報告をする。

なんというか、いくら何でも行動が早すぎますね。

「なんだと‼ あいつら、分かりやすすぎだろ……」

「エナーリアへの工作疑惑もドクセンが疑われてたな……」

「……おそらく、その関係でしょうね。押収した荷物の中に決定的な何かがあるのでしょう。

だから、慌てて押し寄せてきた」

「でも、無理やりここまですれば問題だろうに……」

「証拠隠滅すれば、他人に責任を擦り付けるつもりでしょう。そこのルノウはちょうどヒュージの娘ですし、上手いことにまさに魔剣の警備をしていた。向こう側が立場上は上ですし、発言は向こうの方が優先されますね」

「そ、そんな!?」

「まあ、ルノウ落ち着け。さっさと俺たちが行くから。すまんな。客人たち、ついでだ。証人ということで、ついてきてくれ」

ということで、駆け足で、保管場所に行ってみれば……。

「ええい‼　どかぬか‼」

「陛下の勅命(ちょくめい)により、何人たりとも立ち入ることはできません‼」

そんなことを言っているのは、先ほど廊下でヒュージ公爵に突っ掛かっていた男だ。

……先ほど、ツボにぶつかっていたかと思えば、右に左に忙しい男だ。

「よう。ドクセン。どうした?」

「へ、陛下!?」

「はっ、ルノウ隊長からお聞きしたかと思いますが、ドクセン様が陛下の断りなく、中のモノを検分すると言っていたのです」

「ほう?」

「ち、違います。この保管庫の中に、置き忘れたものがありましてな。取りに来た次第でして

「……」

「なら、ちょうどいい。今から検分だ。一緒に立ち会え。その置き忘れのモノもそのついでに見つかるだろう」

「い。いえ。陛下に見せるには……」

ドクセン殿はそう言いかけて、口をいったん閉ざし、こちらを見てから再び口を開きます。

「分かりました。一緒に検分を手伝いましょう。陛下の言う通り、探している物が見つかるかもしれないですからね」

……どう見ても、くだらないことを考えている顔ですね。

で、その結果。

「ふははは‼ ここでお前らは全員死ぬ‼」

真っ先に魔剣をつかんで、こちらに武器を向けてくるアホがいました。

「……はぁ。とりあえず、理由を聞いておこうか」

「ふふ、いいだろう。これが冥土の土産だ。これは誰にでも使える魔剣でな。私がとあるルートから仕入れたものだ。これで、お前ら全員を殺して、適当にそこのヒュージの娘でも犯人に仕立て上げておいてやる。これでローデイは私のモノだ‼」

「いや。俺の息子が跡継ぎだが」

「……そ、それは私が宰相に収まり……」

「誰が武官のあなたを宰相に推すんですか……」

「……」

「「……」」

バカここに極まれりでした。

「よし、捕らえろ。というか俺が直々にしばく‼　お前な、色々暗躍するにしてももっと頑張れよ‼　ローデイが馬鹿の国に見えるだろうが‼」

そう言って剣王が一足でドクセンに近寄り、魔剣を使わせることなく鎮圧します。

「はぁ。検分を始める前に……。魔法警備隊はドクセンの家を押さえて来い。近衛も連れていけ。他にも色々出てくるだろうし、さすがに裏で別にアドバイスを送ってる奴がいるはずだ。そっちが本命だろう」

「「はっ‼」」

……しかし、スムーズに色々進んでいるのに、なんで疲れる気がするのでしょうか？

「さーて、バカのせいで疲れたが、さっさと調べるか」

ああ、分かりました。

私たちが最初から剣王に振り回されていたからですね。

さっさと終わらせて家で寝たいです。

第339掘：結構精神は簡単に削れる

side：ユキ

はいはい、なんというか、もの凄い速度で事態が動いています。

切っ掛けは、俺たちがローデイ内部に魔剣が持ち込まれているという情報提供だったのだが。

その情報提供当日に殴り込んで、証拠物品押さえて、糸を引いていたと思われる馬鹿が来て、謀反起こして、鎮圧されてと……。

これが大体半日で終わったこと。

そう、まだ半日。

ヒュージ家を出たのはまだ夜が明ける前で、王都に着いたのは9時頃。

それから謁見が10時、話して殴り込みが11時頃、検分と謀反が13時頃。

そんなことがあって、まだようやく1日の折り返しを迎えたぐらいである。

さすがに、事態が動きすぎだ。

てっきり、俺たちは情報提供したあと、ホワイトフォレストへの通行許可を貰い、それでこの日は終わりと思っていた。

だってさ、ここまで大きな問題だから、普通なら会議でもして、捜索本部の設置や部隊の設立、ちゃんとした情報収集を始めるのが、国としては当然だ。

もし、先に発見していたのならば、まず俺たちは巻き込まれないだろうし、どのみちホワイトフォレスト行きを簡単に手に入れられたはずなんだ。

だが、ふたを開けてみればどうだ？

おっさ……いや、王様自ら飛び出して、怪しいと思うだけの場所を勘で襲撃して、見事ドンピシャ。

そのあとローデイで暗躍していた黒幕みたいなのも出現。

おいおい、ご都合主義を通り越した展開だよ。

というわけで、巻き込まれた末、ようやく俺たちは遅めの昼食を食べることになった。

……押収した荷物を検分しながらな。

「いやー、なんか懐かしいな‼　こう、戦利品の中で飯を食うって感じで‼」

この状況を作り出したおっさんは、とても嬉しそうに、食事として持ってこられた骨付き肉を素手で掴んで豪快に食いちぎって食べては、ワインを流し込む。

……週末の酒場か、ここは。

「しかし、本当に魔剣だなー」

「あっ、こら‼　手を拭いて触らんか‼　脂が付くだろう‼」

「大丈夫、大丈夫。剣には油で手入れをしないとな」

確かに、刀剣の手入れには油が必要不可欠だ。

だが、あんな不純物ばかりの油はナンセンスである。

というか、剣の王だよな？　なに、あの雑な剣の扱い方⁉

「というか、そもそも剣というのは消耗品だ。戦場で一本の剣を大事してる奴は早死にするぞ？　そこら辺の剣や槍を拾ってやりあうのが基本だろうが」

確かに、刀剣や鎧、武具全般で勘違いしやすいのだが、この手合いの道具は本当に消耗品で、大体一回戦場に出れば、使い方の上手い人でない限り、スクラップ行きである。

剣も人を切れば斬るほど、血と脂で切れ味が鈍くなり、打ち合えば刃が欠ける。

鎧も、動けば動くほど、関節部は消耗するし、敵の攻撃を受ければ文字通り傷がつく。

銃も同じで、撃てば撃つほど、銃身は摩耗して命中精度低下や、ジャムの要因の一つとなる。

そういう見方からすれば、おっさんがいう、戦場で武器を拾って攻撃して回るというのは間違っていない。

まあ、傭兵として戦場だけが仕事場ではないだろうから、個人対個人の得意な武器を持っての戦闘もあるのだが。

「それは普通の剣であればだ。だが、魔剣は違う。魔術も発動できるのだ。しかも誰でも使えるという魔剣だ。こんなのが戦場に広まれば……」

「一気に戦い方が変わりますね」

さすがに、剣王と一緒に戦場を巡っていた、サマンサの親父さんと宰相の頭は悪くないようだ。

いや、剣王も頭が悪いわけではないのだろうが、直感に頼りすぎでまともな評価ができん。ジェシカとの勝負は審判のせいで負けはした。

本来の実力も劣ってはいるが、俺から見れば、ジェシカが一撃で仕留められなかったことがすごく実力の評価を悩ませている。

直感能力がずば抜けているのだ。

このおっさん、逃げに徹すれば、下手すると俺たちでも捕らえられないかもな。

「問題はそこだ。ここまでの武器がなんで秘密裏に国の内側に入り込んでやがる？　量から見て、大量生産しているようだし、これがよその国にも同じようにあったんだ。バックは相当大きいが、やってることがお粗末だな」

「だな。こんな武器の開発は秘匿して、一国でも落とせばいいだろうに。一応、かの国の名前が挙がっているのだが、そこら辺はどう思う。ロンリ？」

「そうですね……。おそらく周りもかの国の仕業か断定しかねているので、自分も確定できるほどではないですが、とりあえず、かの国が裏で糸を引いているものとして、話を続けます。他の組織がいた場合は陽動ぐらいしか思いつきませんからね。かの国が黒幕だった場合は、私たちの対応を見ているのでしょう」

「対応？」

「わざと分かりやすい手紙を残して、どう動くか反応を見ているのです。いえ、違いますね。この魔剣での内部での問題を対処できるか、という初歩から観察しているのでしょう。魔剣のことも察知できずに、王都が火の海になるのなら、あとはどうにでもなると」

「なるほどな……。確かに、自国の、ましてや王都の管理ができないようなところは、どうしようもないと思うわな」

「幸い、と言ってはなんですが、アグウスト後方の小国、ヒフィーが落ちかけたようですが、持ち直しました。それで発覚して防衛策に奔走しています。そういう観点から見れば、かの国の思惑は外れたというべきですね」

「となると……、今後あの国が動くとすれば……」

「本格的な軍事行動ですね。魔剣での内乱の誘発に失敗した。これでやめてくれればいいでしょうが、ばらまいた魔剣より性能が上の魔剣を持っていても不思議ではないですし、こんな国力を増強できる品を目にすれば、開発に着手するのが当然です。ですから、どのみち、外への対応がおろそかになる」

「下手に、自国での魔剣開発を悟られたくはないからな」

「ま、あくまで、かの国が黒幕の場合というだけで、他の線も捨てきれません」

ふむふむ。

おっさんたちもちゃんと考えてはいるな。

俺たちもどっちつかずで悩んでいるんだよ。

ま、囮でジルバを開けているから、食いついてくれれば分かりやすいんだが。

「ま、そこら辺はこっちのユキたちが潰してくれるだろうよ。そのためにホワイトフォレストの方にも確認を取りにいくんだろう？」

「まあ、その予定ではあります。ちゃんと調べられる自信はありませんが」

「心配すんな。このカメラでこっそり撮影してくれればそれでいい。こっちに持って帰ってくれれば隠し事があるか俺が見抜いてやるから」

「陛下の直感を当てにするのはどうかと思いますが、このビデオカメラで記録を撮れば、ある程度は判断がつくでしょう。今回のホワイトフォレストの件、色々な事情から鑑みて、ぜひとも確認していただきたい」

「分かった」

同時にビデオカメラの説明もできたので、ホワイトフォレスト行きの反対はなかった。
・・・あっちの映像はなんとか、触れずに終わりたいものだ。
「といっても今日中に放り出すわけじゃないんだろう？」

「放り出すとは言い方が雑ですね。もちろん、我が国からの親書もしたためますし、こちらからもホワイトフォレストの情報提供をする必要がありますから、2日、3日はいてもらいますね」

「うっし。なら、剣の勝負を……」

「できないからな」

「できませんよ。これからクソ忙しくなるのに、なんで陛下だけフリーという発想が出るのか不思議です」

「ちっ……」

「「ちっ、じゃねーよ」」

そりゃな。

自国の重鎮が裏で糸を引いていた件と魔剣の件がダブルで発生しているし、これで遊んでいるトップがいるならクーデターを起こされても文句は言えない。

「陛下‼」

そんな今後の予定を、飯を食いながら、魔剣を取り出して雑に検分しながら話していると、義理の姉ルノウの声がして、すぐにおっさんの横につけた。

ついでにそのたびに俺を欠かさず睨むのは、気が滅入るからやめて欲しい。

もう、妹を取られた姉の憎しみがひしひしと伝わってきて、下手な神の相手より厄介だわ。

「こちらを……」

「おう。……ふむふむ」

ルノウから渡された書類を読んでいく。

「あー、まあ、なんというか分かりやすいな。ほれ、ロンリ」

「なんだ？」

書類を渡された宰相は斜め読みで一瞬で読んでしまう。

これぐらいじゃないと、仕事が回らんのだろうな……。

よかった。俺の所は部下がしっかりしていて。

「……分かりやすいですね。あからさまに、かの国、エクス王国の覇王よりとあります」

……本当に分かりやすいな。

しかし、あからさますぎて、手出しができない。

言いがかりだと言われて、関係悪化、利用されて開戦って流れもあるしな。

「いいか、ルノウ。分かっていると思うが、この件は絶対に喋(しゃべ)るな。私たちだけの中に秘めておけ」

「はい。分かっております。父上」

その会話を聞いて口を開いたのは、剣王。

「いやー。あえて告知しておくべきじゃねーか？」

「どうしてだ？」

「どうせ、ドクセン家を強制捜査しているし、しっかりした理由がいるだろう。魔剣の件は隠さず、数などを言って、そういう輩がいるって伝えた方がいい気がする」

「また、勘ですか？」

「まあな」

「……いいでしょう。陛下の言う通り、いずれ伝えることになりますし、敵に内を侵食されるのはよくない。あえて伝えて牽制するのもいいでしょう。ドクセン家以外にも、繋がりがあるなら怪しい反応はしそうですし」

「……なるほどな。ロンリがしっかりサポートするなら問題ないか」

「普通ならこんなことはしませんよ。幸い、ヒュージがユキ殿たちと開発したビデオカメラがあるからやりやすいのです。あれで監視ができる。そっちを秘匿しておいて……」

「ああ‼ それだと悪さをする奴は、証拠を堂々と残していくわけだ‼」

へぇ。少し説明しただけなのに、しっかりとこのビデオカメラの一番大事な当時の記録という部分を把握して、応用ができている。

まあ、録画時間がきついけどな。

そこら辺は電気バッテリーを魔力バッテリーにしててよかった。

開発って大事だね。

これでなんと、連続24時間撮影可能です‼

手に持って魔力を注ぐなら理論上、永遠に電源が落ちません。

あ、録画容量とバッテリーの摩耗は含まれません。

こういう、お約束の表記はしておこう。

今はまだないだろうが、いつか訴訟国家みたいに訴えられるかもしれないから。

猫とか電子レンジであったためるなよな。普通死ぬから。

「というわけだ、ルノウ。ビデオカメラの使い方を教えるから、部隊から選んで教えておけ。見ての通り、その時そのままを記録できるすぐれものだ。これがあれば、権力を笠に着た馬鹿共を有無を言わさず追い払う証拠になる」

「素晴らしいです‼　さすがお父様‼」

「聞いていたと思うが、このビデオカメラの開発は主に義息子だ。そこを評価してやれ」

親父さんがちゃんとフォローしてくれるのはとても嬉しいのだが……。

「……まさか、ビデオカメラと引き換えにサマンサに迫ったのかしら？」

と、呟いて鋭い視線を向けてくる。

いや、ギスギスの兄弟姉妹は勘弁だけど、なんで俺の知り合いの姉妹はシスコンが多いかな‼

「そうだ、お姉様‼　決闘祭のユキ様を見ればきっと納得してくれますわ‼　ねえ、お父様」

「おお、そうだな。決闘祭の時の義息子の勇姿を見れば、誤解だとはっきり分かるだろう‼」

あ、ちょっと……流れが。

「お？　噂の学府であった決闘祭を録画してるのか⁉　見よーぜ‼」

「それは興味深いですね。私もよければ拝見したいです」

「陛下もロンリ様もどうぞ見てください‼　さ、お姉様も‼」

「……ちょっとやそっとじゃ認めないわよ？」

……こうして、俺の精神を削るイベントが開催されることになった。

くそぅ、タイキ君やエオイドを連れてくればよかった。

俺だけなんでこんなに……。

第340掘：白の森へ

side：ユキ

その後は、特に問題もなく、準備期間を終えて、ホワイトフォレストへ行く日が来た。

まあ、それもそのはず。

剣王はあのノリであったが、起こったことは一大事。

最初は剣王のいつもの暴れかと思えば、国の防衛を担う武門の一角であるドクセン家の謀反。

俺たちに色々ちょっかいを出せたのは、あの初日ぐらいで、そのあとは王城に務めている重鎮たちは大騒動。

ドクセン家の面々は必死に事実を隠そうとするが、最初に近衛とサマンサの姉が率いる魔術警備隊に屋敷を押さえられて、もはやどうにもならん。

というか、さっさと夜逃げの準備を始める。

それを捕らえるために、王都の出入りに緊急検問も展開したりと、ある意味、王政であるが故の即時展開ができて、ドクセン家の者はほぼ押さえられた。

これが現代の日本とかなら無理。

東京の交通網停止とかできるわきゃない。

中世ヨーロッパの城壁で囲まれていて、交通網を遮断してもそこまで影響がなく、王の一声でそれが動かせるという状況でないと無理だ。

この説明で分かると思うが、できるとは言っても、片手間ではない。

国家転覆を狙った謀反者たちの捕縛、証拠を提示、重鎮たちへの説明、裏で手を引いていた相手などなど、やることはたくさんである。

「なあ、ユキ。親友として頼みがある」

「断る」

目の前で俺を親友と呼ぶ、目の下にクマを作っているおっさんは、ローデイの王、剣王と名高きブレードである。

初日は色々部下たちが大騒動だったが、次の日から色々落ち着いてきて、書類の確認だったり、緊急会議の連続で遊べていないのだ。

そして、それは今なお継続中だ。

つまり、このおっさんの続く言葉は……。

「なんでだ⁉ 俺をホワイトフォレストに同行させるだけでいいんだぞ‼ それで色々、検問とか楽に抜けられるぞ‼」

「逆に、王様を連れてることで問題が出てきそうだわ。おっさんの場合」

俺がそう言うと、見送りに来ていたヒュージの親父さんとロンリ宰相が頷き、口を開く。

「というか、この非常時に王が国元を離れるなどあってはなりませぬな」

「そうですね。やっていただくべきことがたくさんあります。主に書類と会議」

「変わってないからな、内容‼　もっと、体を動かすことないのかよ‼」

「「ない」」

おっさんの叫びをすぐに切り返す部下のお2人。

「そもそも、この見送り自体、時間が惜しいのです」

「ですね。ユキ殿たち傭兵団には、魔術警備隊のルノウ隊長に、護衛兼ローデイ代表としてついていってもらっています。陛下はさっさと執務室に戻って仕事をしてください」

2人の言う通り、現在この剣王と呼ばれるおっさんは、王城の門まで来ていて、俺たちの出立を見送ると言い張ってついてきたのだ。

あわよくばついていくつもりだったのだろうが、それを見通していた部下2人が一緒に来てそれができずにいるのだ。

いや、俺も絶対お断りするけどな。

どう考えても、面倒にしかならん。

「陛下。このユキ……殿に不安があるのはよく分かります。しかし、私が行きますのでどうかご安心ください」

……しかし、おっさんが来ないとしても、面倒なのがついてくることには変わりない。

サマンサの姉、ルノウとは結局和解することなく今日を迎えた。

3日間、ルノウがクソ忙しかったから仕方ないんだけどな。

まあ、時間があったとしても、和解はできそうにないけどな。

あの後、ルノウも一緒にビデオ鑑賞、というわけにはいかず、そのまま働きっぱなしなのである。

見られるのも嫌だけどな、あんな映像。

というわけで、ルノウの言動には俺が気に食わないと如実に表れている。

サマンサでもいいじゃないかと思うが、サマンサはあくまでまだ学生である。

しかも自国の学校ではなく、ランサー魔術学府という特異な立場の学生であり、それをさすがにローデイ代表とするのは躊躇われたのだ。

なので、今回の件に無理なくねじ込めて、軋轢(あつれき)が少なさそうな人材は誰かとなり、このルノウになったわけだ。

今回の問題に最初から関わっていて、王の信頼厚く、ヒュージ家長女であり、サマンサの姉。学府側との連携も取れるだろうし、これ以上の人材はなかったのだが……。

「お姉様。ユキ様は本当に素晴らしい方です。何も心配はいりませんわ!!」

「……そうだといいのだけれどね」

見ての通り、俺との関係は始まる前に終わっている。

人材としては申し分なしだが、俺との個人的な相性は最悪である。

理由は、勝手に妹のサマンサと結婚したこと。

妹大好きであったルノウにとっては許しがたいことだったらしく、父や母、結婚した妹本人の話にもあまり納得していない。

「……心配しなくていいわ。重要な任務に支障をきたすようなことはしない。まあ、そっちが何かミスをすればその限りではないけど」

……つまり、俺の行動を監視するというわけだ。

どこの小姑だよ。

「ははは っ‼ 俺が行けないのは残念だが、ユキはこれを機に義姉と仲良くなればいいだろうさ‼ なかなか厳しそうだけどな」

「……陛下は面白そうというのがあるが、私もこれを機に娘と仲良くなって欲しいと思う。家族がギスギスするのはつらいからな。ま、ルノウが足を引っ張るなら、ビシッと言って構わない」

「……お父様。私が、このユキ殿に劣るとでも？」

「すでに劣っている。そのことを理解していないことが問題だ。これからもその調子なら、王都での活躍はできん。器が小さい」

「なっ⁉」

ヒュージの親父は結構厳しいな。

身内だからって甘やかさない方針なんだろうが、おかげで、ルノウはさらにこちらを睨みつけてくる。

「……分かりました。ちゃんとこの機会に、義理の弟と仲良くなってみます」

「うむ。励め」

はぁ。

どうにかして仲良くなる手段を探さないとなー。

今は、嫁さんたちは笑ってみてるけど、度が過ぎるとルノウの命の危険が出てくる。

「しかし、この車ですか……。どうにかしてこちらに融通していただけませんか？」

「うーん。まだ生産体制が整っていないので、親父のところで研究中なんですよ。だから、そこら辺は……」

「なるほど。ビデオカメラと同じように、ヒュージと相談というわけですね。ヒュージ、車の……」

「落ち着け。今は息子たちの見送りに来たんだ。その話はあとだ」

「あっと。申し訳ない」

宰相ロンリが食いつく理由も分かるけどな。

中世ヨーロッパの馬車さんがメインだから、車なんてとても素晴らしいものに見えるだろう。

適当に言ってしまったが、そこはヒュージの親父がなんとかしてくれるだろう。

「とりあえず、ローデイ側の親書や通行証はルノウにも預けていますので、彼女を通した方が早い場合はそちらを使ってください」

「どうも」

「あと、旅の物資ですが……本当にこれだけでよかったのですか？　ホワイトフォレストは今の時期、雪で覆われています。下手な準備では凍死してしまいます。正直、この車の性能を詳しく知らないので、余計なお世話だったら申し訳ないですが」

そう言って心配してくれるロンリさんは、とても良い人なのだろう。

だが、車には雪原用装備もあるし、暖房もばっちり完備。

旅の物資についても、見た目は載せている分だけに思えるだけで、ちゃんとアイテムボックスに大量に入れてあるから問題ない。

下手なテントより十分にマシである。

「いえいえ。心配してくれて感謝いたします。行けそうになければ引き返してきますので、その時は格好悪いですが、援助お願いします」

「ええ。任せてください。今回の件は陛下が建前上解決したことになっていますが、どう見てもあなた方のおかげだ。この程度の援助は報奨にもなりません。というか、今回の件は私たちからも頼む業務です。戻ってこられた時には、ちゃんと報奨をお渡しします。どうか、お気をつけて」

「はい。ありがとうございます」

そして、俺たちが車に乗り込み、王城を旅立つ。

「また試合しようなー‼」

「息子よ、娘たちを頼む‼」

「ホワイトフォレストへの道中お気をつけて‼」

なんともまあ、贅沢(ぜいたく)な見送りだった。

そんな見送りを受け、ローデイ王都を出て、のんびりホワイトフォレストへと向かわせる。

道筋はちゃんと把握しているが、ここはルノウお姉さんと話すいい切っ掛けだろう。

そう思って、運転をしながら助手席に座っている案内役のルノウに話しかける。

「さて、ルノウさん。道はこっちでよかったですか？」

「……ええ」

「どうかしましたか？」

何やら表情が硬い。

「……なんでもないわ」

んー？

絶対何かあるような感じだよな。

というか、何か絶対突っ掛かってくるかと思ってたのに、大人しい。

「あのー」

「あのね、ちゃんと御しなさい‼　この速度で横転したら死ぬわよ‼」

ああ、そっちね。

確かに馬とかに乗っているなら落馬で死ぬとかよくあるし、速度が出る乗り物の怖さが分かっているということか。

「お姉様、大丈夫ですわ。見ての通り、鉄でできていて、馬車なんかよりも安定していますの。しかも運転手はユキ様です。これ以上安全なことはありませんわ」

そう言って、後部座席からひょっこり顔を出すサマンサ。

もちろん、姉のルノウの押さえ役として乗せた。

あとはリーアとジェシカが一緒で、他のメンバーは2号車に乗っている。

物資などは分譲して載せてあって、それらしくしている。

「……そう、なの？　まあ、サマンサがそう言うならいいでしょう。でも、ちゃんと気を付けて操車しなさい。他の馬車などがいたらちゃんと距離を空けて、速度を落として、馬を驚かせないように」

「はい。分かっています」

言ってることは至極もっともなので、ちゃんと返事をする。

特に嫌味は含んでいないから、こういう貴族たれというところは、しっかり親父さんに教育されたんだろうな。

で、そう言われたからには、こっちから気軽に話しかけるわけにはいかず、俺は沈黙して運転に集中する。

「……ふぅ。しかし、この3日間は酷かったわ」

「お姉様、寝てないのですか？」

「多少は寝たわよ。でも、私はまだマシよ。他の重鎮たちなんて寝ずに会議よ。もちろん、陛下や宰相様、お父様も。今回の件はそれほど重大なのよ」

そりゃそうだろうよ。

「……と、そこはいいのよ。少しサマンサに聞きたいことがあるわ」

「なんでしょうか？」

「ユキ殿のことよ。どうも、私に届いた手紙の内容とは違う気がするのだけれど？」

「はい？」

手紙？

そんな暇があったか？

「ほら。学府で同じクラスで、なんか幼馴染の女性がいるのに、毎回あなたの服を脱がしたり、胸に触ってきたりするって書いてたじゃない」

「え？」

いや、それは違う。

「で、そのせいでサマンサはユキ殿と婚姻をしないとって、手紙にあったわよね？」

……なるほど。

エオイドのラッキースケベが俺がやったと勘違いしてるわけか。

「ち、違いますわお姉様。それは別の学友のお話です」

「なーんだ。やっぱりそうなの。ユキ殿、ごめんなさい。そのサマンサの手紙の子の名前は知らないけど、なんか気が付かないうちに、脱がせたり、触れたりするって書いてたから過敏になってたのよ」

「誤解が解けてよかったですよ」

「てっきり、その男に既成事実でも作られたのかと思ったわ」

「そこまで私のガードは甘くありません」

「ならよかったわ」

その話を聞いていたなら、ルノウの反応が普通だよな。

どう聞いてもただの痴漢だよ。

「じゃ、ユキ殿はどういう立場の方なのかしら？　私は詳しくは聞いていないのよ」

「あ、はい。えーとですね……」

そして、サマンサがこの新大陸での立場を説明して、そのままサマンサと俺の出会いを話すに至って……。

「大変申し訳ございませんでした‼　サマンサ‼　あなた、他国の使者を門前払いしたなんて話聞いていないわよ‼」

「ご、ごめんなさーい‼」

それから小一時間、サマンサとの出会いの話での失敗談を話すことになり、ルノウが車内でお説教をする事態となった。

うん。いいお姉さんじゃないか。

さて、吹雪いてきたな。

……本当に雪国か、チェーンとかあまりつけたことないんだよなー。

説明書読めば分かるかな？

第341掘：色々な繋がり

side：トーリ

白い……。

目の前が、真っ白。

雪が原因。

車は旅足を止めて、いったん吹雪が収まるのを待っている。

前方車両に乗っているユキさんは、ルノウさんからホワイトフォレストの話を聞いて、クロウディアやカーヤとの差異がないか確認をしている。

私たちはそのクロウディアとカーヤと一緒に乗っていて、道に間違いがないかを確認している。

ルノウさんには、この2人は旅先で奴隷になっていたのを保護して、ついでにホワイトフォレストに送り届けると説明して、それで納得してくれた。

まあ、この2人が現国王陛下の妹と宰相の姉なんて言っても信じられないどころか、信じてもらっても、超ド級の外交問題になりかねないから、間違っても言っちゃダメとユキさんに言われている。

ビュゴー……。

そんな音で我に返ると、車のガラス窓を風が叩きつける音だ。

外は本当に真っ白。

ユキさんの車がなければ、徒歩での移動だったよね……。

……お、お耳が取れる。

つい、冒険者時代のトラウマが発動してしまう。

雪山の山頂でしか採れない草を採るために行ったのだけど、危うく、ケモミミを凍傷で切り落とす一歩手前だった。

ということで、ユキさんが用意した安全な雪ならともかく、自然が生み出す驚異の雪は私にとっては天敵。

いや、私のお耳を大好きと言ってくれるユキさんのためにも、絶対にケモミミは死守しなければいけない。

だから、今回のために、ナールジアさんにお願いして、ケモミミパーフェクトガードを作ってもらった。

ケモミミを覆うように羊毛を編み込んで被せるタイプだ。

これにはフィーリアがユキさんに贈った特殊防具に使われた、合金糸を使っていて、エンチャントもばっちりで、適温、超防御力、などなどを持つ、文字通りパーフェクトなケモミミガードなんです。

完全にオーダーメイドで、お値段は……あれです、私がユキさんの身内だからOKってことで。

優しい旦那様ですから、これぐらいの贅沢は許してくれます。

「ふわー、凄いねー。ここまで吹雪って普通？」

で、当初、ケモミミガードなしに、この吹雪に臨もうとしていたリエルは、車内だからといってケモミミガードをつけないでガラス越しに外を見ている。

リエルはケモミミガードをつけると音の聞こえがよくないからと嫌がる。

まあ、それも分かるから、今はとやかく言わないでおこう。

「んー。今は分からないけど、昔はこの程度の吹雪は普通にあったわよ。ねぇ？」

「ええ。この程度は冬の時期であれば、普通にありました。特に珍しいものではないですよ」

リエルのそんな質問に、ちゃんと答えてくれるカーヤとクロウディア。

2人はあの後、他の聖剣使いの皆と話をして、快く里帰りを認めてもらい、後顧の憂いなく、私たちについて来てくれた。

……正直、凄いと思う。

私も、リエルと一緒に村を逃げてきたけど、今はまだ戻りたいと思わない。

だって、凄く怖い。

優しいと思っていた村の皆が、家族が、リエルを躊躇いなく殺そうとしていたから。

きっと、今の実力なら殺されることはない。

だけど、殺されないだけで、何も変わらない。

また、リエルが理不尽に罵倒されて、いじめられるだけだ。

そうなった時、私は村の皆に暴力を振るわないでいられるか分からない。

……だから怖い。

いつか私とリエルも、故郷の村に戻る時が来るのかな？

その時、私は、どうなるんだろうか？

「この吹雪が普通ですか。よくもまあ、こんな環境で無事に過ごせますね」

ラッツがそう返事をして、私の意識が引き戻される。

いけない。その時になって考えればいい。

今は、ちゃんとホワイトフォレストの話を聞こう。

まだ聞いていない、有益な情報があるかもしれないし。

「……それは、コメット様のおかげよ」

「はい。コメット様のおかげで、私たち亜人は北方の地で生きていけたのです」

カーヤとクロウディアが、バツが悪そうに言います。

「ああ。そう言えば、コメットが亜人の国の建国を手伝ったとか言ってたね」

「言ってましたね。しかし、それがホワイトフォレストとは聞いていませんでしたが」

「コメット様は、見ての通り研究一筋で、国という括りに興味はあまりなかったのよ」

「でも、魔力枯渇に何かしらの関係が大きい亜人を、大きくなりつつあった種族による差別意識での排斥や争いから遠ざけるために、北方のこの地に、亜人の国の礎を作ったのです。当時は他にも亜人の国がありましたが、今では、併呑されているか、滅んでいるかです」

「なるほど。北方の過酷な地だからこそ残ったような感じですか」

「そうよ。通常の人にはこの地で生きるのはつらすぎる。攻め落とすだけにしても、1年の半分以上が雪で覆われているから、非常に進軍が困難」

「天然の要塞って感じですね」

「はい。極寒地で作れる食料や、DPを注ぎ込んで食料を出すダンジョンコアなどを分けてもらい、小さな村は……コメット様が亡くなられて、ピースとの争いの10年の間に瞬く間に国となりました。その時、皆を守ると言って立ったのが……」

「クロウディアのお兄さんということですか」

「はい」

「だから、ホワイトフォレストの人はコメット様に深く感謝をしているし、当時、コメット様が拾った一部の人の孤児たちもホワイトフォレストでそのまま生きていたから。そこまで人に敵愾心はないのよ」

「逆に、今では、それが原因で亜人至上主義を掲げる一派と袂を分かっているのですが」

「それも、私たちが世界を救う価値なしと、認めた一端ではあるんだけどね……。あんなの見せられちゃ、何のために私たちがコメット様やピースを倒したのかさっぱり分からなくなっちゃったのよ」

……その気持ちは分からないでもない。

私も警察の仕事で種族間の揉め事で仲裁によく入るけど、なんでこんなことが起こるか理解できない。

だって、ウィードは色々な種族が楽しく幸せに過ごせるようにと願って作ったのに、くだらないお互いの種族の貶しめ合いを見せられると、ウィードから追放したくなる。

平和を壊すなら、いなくなってしまえと思う。

……でも、ユキさんが相互理解のためにはこういうぶつかり合いも必要だって言ってるから、我慢してる。

……うん。私もきっとユキさんがいなければ、聖剣使いたちみたいになったのじゃないかと思う。

「なるほど、ま、色々心中複雑でしょうが、そういう難しいことを今考えても面倒なだけです。ホワイトフォレストの特産とか、何か面白いものでも教えてもらってよいでしょうか？」

「そうだね。僕はそっちの方が、興味があるかな。難しい話はユキさんがいるから大丈夫だよ」

リエルのその発言はユキさんに丸投げするってことなんだけど、思わず、ラッツやカヤと顔を合わせて笑ってしまう。

「……ユキに任せておけば問題ない」

「はい。問題ないですね」

「あっはっは。お兄さんには申し訳ないですけど、これには同意ですね」

「だよねー。で、ホワイトフォレストって何があるの？」

そう言われて、二人は顔を見合わせて苦笑いをする。

「……はぁ。リエルには敵わないわ」

「そうですね。心配事はリエルの夫に任せて、私たちはお喋りでもしましょう」

2人ともリエルの笑顔に観念して、希望の話をしようとする。

リエルのこういうところは凄いと思う。

ユキさんがリエルに色々任せたのは分かる。

やっぱり、リエルは私の自慢の親友なんだ。

「じゃ、どの話がいいかしら？」

「えーと、チーズクリームシチューとかどうかしら？」

「それはあったわね」

「何それ？　新しいクリームシチュー？」

「いや、ホワイトフォレストの方が古いんだから、昔からあったのよ」

「あ、そうか。で、その古いクリームシチューってどんなの？」

「古いクリームシチューって言い方はやめてよね」

「ごめんごめん」

「えーと、ですね。先ほども言いましたが、北方の地で通常だと食べられるものがとても少ないのですが、そのような北方の地にも生きる動物や魔物はたくさんいるのです。山羊(やぎ)とか牛とかですね、ほかの国よりわりかし、毛が深かったりするのですが……」

「ああ、確かリエルと雪山のクエスト受けた時にも、山羊が雪山にいた」

「うん。そういえば、いた。確かに毛深かった気がするし、なんか群れみたいな感じだった」

「……山岳部に山羊とかは普通にいる。ある意味で天敵が少ないから。牛に関しては、そこら辺の特有だと思う」

あ、カヤの村だった場所も山の麓(ふもと)みたいな感じだから、知ってたのかな。

そう言えば軽々と切り立った山肌をぴょんぴょん跳んでた気がする。

うぬぬ、動物も侮れない。

「餌さえ確保できれば、その手の動物はどうとでも生きていけますからねー。ああ、チーズやクリームのミルクは山羊や牛からですか？」

「……ほんとあんたたちには説明のしがいがないわね」

「なははは。これもお兄さんのおかげですね。ま、材料の元が分かっても味は分かりませんよ？　具材もあるでしょうし」

「ラッツさんの言われたように、山羊のチーズとミルク、牛のチーズとミルクの二種類に分かれていて、山羊の方にはキノコをメインに、牛の方には木の実をメインに具材として入れて、香草を加えて味を調えます」

「へー、冬の山でキノコとか木の実ってあるんだ」

「あるわよ。まあ、絶対量が足らないから、コメット様が一部の土地を季節が変わらないようにって、何かの研究の一環でして、そこから一定の供給ができるのよ」

「ホワイトフォレストでは聖地とされている場所で、そこから森の恵みをいただいています。まあ、その実、そこら一帯の一定温度を保つことと、土地の栄養の供給、再生能力の特化、という話で、本当にコメット様のおかげなのですが」

「ディアはよくそんなこと覚えているわね。コメット様の言ってることは私にはさっぱり分からなかったから聞き流してたわよ。というか、そんなことしてたんなら、もっと場所を大きくしてくれたらよかったのに」

「カーヤ、それはできないんですよ。雪山全体にそんなことをすれば、今まであった生態系が崩れて、どんな影響が出るか分からないと言っていました。だから、時間をじっくりかけてデータを取る必要があると……」

「……ごめん。よく分からない」

「……カーヤ、馬鹿なのはやめて。私も名前が似てるから、馬鹿だと思われる」

「なっ⁉　なら、カヤは分かるって言うの？　私に詳しく教えてよ」

「…………」

「なに黙ってるのよ。やっぱりカヤも分からないいんじゃ……」

「……馬鹿にどう説明したら分かってもらえるか、分からない」

「むっきー‼」

あ、カーヤが爆発した。

でも、カヤに片手で押さえつけられている。

それを眺めていると、不意にリエルが自慢気げにこう言った。

「ふふん。僕は分かるもんね‼　ね、トーリ」

「え？」

自然に信じられないといった返事を返してしまう。

だって仕方がない。

いつも書類仕事とか、難しいことは他に丸投げなんだから。

「ひっどいよー。ねえ、ラッツ、トーリが僕を馬鹿って思ってるよ‼」

「あはは。あまり外れてはないでしょう？　私たちに書類仕事回しますし」

「ぐっ。ふん、いいもん。ユキさんは僕のこと、馬鹿って思ってないから。もう寝る」

「ありゃ、拗ねちゃいましたね」

「ごめんね、リエル。機嫌直して」

「ふーんだ」

毛布を被ってもぐりこんじゃった。

ああなると、そうそう動かない。

仕方ない、奥の手を使おう。

「あのーもしもし」

『ん？　トーリどうした？』

「えーと、ちょっとリエルが拗ねちゃいまして……」

『リエルが？　珍しい』

「あはは、ちょっとからかっただけなんですけど、馬鹿ってのがよくなかったみたいで」

『あー、リエルは自分がそこら辺、未熟なのを気にしてるからなー。あんまり突いてやるなよ？』

「はい。注意します。で、お願いがあるんですけど……」

『分かってる。リエルにこっちから連絡して機嫌をとるよ。今はリエルの機嫌が元に戻るのを待つ時間は惜しいからな』

ということで、リエルをユキさんに任せて、観察する。

おそらく、ユキさんから連絡が来たのだろう。

はみ出ている尻尾が、ゆらゆら嬉しそうに揺れている。

そして、数分後……。

「僕、ふっかーつ‼」

「おお、お早い復活ですね」

「えへへー。ごめんね、ちょっとムキになっちゃったみたい」

「こっちもごめんね。リエルがそこまで気にしてるとは思わなくて」

「ですね。冗談が過ぎました」

「いいよ。僕もみんなに甘えすぎてたからね。今度からちゃんと頑張るよ」

「うん。期待してる」

「頑張ってください」

結局、その日は吹雪が止まず、半日車の中で待機することになったけど、こういう時もいいかなーって思う。

人って、色々なことがあって仲良くなるんだなーって思う日でした。

第342掘：変わりすぎていると気が付かない

ｓｉｄｅ：ユキ

さて、1日立往生はしたものの、乗るのは雪の中だろうが問題なく走行できるスタッドレスタイヤを参考にしてスパイクもつけた車。

そうそうタイヤを取られたりはしない。

ま、これを地球の公道では走らせられないだろうけどな。

道が穴だらけになる。

まだ、交通ルールというのが厳密に設定されていない文明の低さに感謝だろう。

ということで、この世界の旅の速度とは比べるべくもなく、もの凄く速い。

おかげで、昨日の立往生もなんのその、ホワイトフォレストはもう目前だった。

「あの大きな木が目印です。あちらの方向にお願いします」

『間違いないわ。あれがホワイトフォレストにある聖正樹よ』

『魔物が近寄らない成分を出すとかでコメット様が植えたのですが、また一段と大きくなっていますね』

「了解」

ローデイからの案内のルノウ、ホワイトフォレストの出身のカーヤ、クロウディアも間違いないというのだから間違いないだろう。

しかし、目の前に見えるのは、大きな杉の木？ いや、聖正樹だっけ？ 魔物が近寄らない成分ってのが気になるな。

ウィードの大陸ではそんなもの聞いたことないし、コメットの研究の賜物か？

本来の目的と違うから、投げやりみたいな感じになったんだろうな。

というか、昨日の話から、ホワイトフォレストにおいて、コメットが結構、重要で崇められているとの話をトーリから聞いたから、本人を呼び出そうかと連絡を取ったのだが……。

『あー。あそこそんなに大きくなってるんだ。ユキ君の話は分かったけど、いざという時まで呼ばないで欲しい』

そんなことを言って、あまり本人は乗り気ではないので、なぜかと聞いたのだが。

『正直、私にとっては人助けというより、ある種の実験場だったからね。亜人の確保、変化の有無、北辺の地で生きていけるのか？ 研究の成果を試すため、などなど。無論、彼ら自身を切り刻んで研究材料にするようなことはなかったし、生きていけるように手は貸したが、根底は、魔力枯渇への原因究明のためだ。称賛されるようなことじゃないね。あ、でも、今も残っているなら、あそこで行っていた研究の成果を確認したいから、私のことをばらさず連れていく分にはＯＫだ』

本人としては、研究のためにやったことであって、わざわざ称賛やお礼を言われる理由はないとのこと。

むしろ、コメットが研究データを提供してくれてお礼を言いたいぐらいだそうだ。

そこら辺は俺も分からなくもない。

ウィードのダンジョン街だって、もともとはDPを稼ぐための施設だし、それに乗じて色々データを取らせてもらっている。

だから的外れな称賛は全部、エルジュやセラリア、ラビリスたちに持って行ってもらったわけだが。

世の中身の丈を知り、面倒事を回避するためには、身代わりが一番いいという話。

この話から分かるように、昔はコメットが利用していた研究施設のダンジョンがある。

今や機能停止しているが、復旧すればいい。

そこがホワイトフォレストの拠点になるだろうし、コメットが残したものも色々ありそうだ。

というわけで、ホワイトフォレストは、魔剣の問題、聖剣の確認、など大きい問題もあるが、それ以上に得るものが多そうだ。

……でもさ、やっぱりコメットを引っ張り出した方が、あっさりことが進むと思うんだよな。

ま、なるべく本人の意思は尊重するさ。なるべくな。

そんなことを考えているうちに、何やら石造りの壁が見えてきて、門らしき場所が見える。

「ユキ殿。いったん車を止めてください。門の兵士がこちらを見つけて、集まっています。無駄に騒ぎを起こすのは好ましくありません。私が先行して説明をします」

「そうだな。ルノウさん、頼みます。サマンサ、護衛でついていってくれ」

「はい。分かりましたわ」

「足は引っ張らないでよ？」

「ふふん。お姉様の足手まといになんてなりませんわ」

「だといいけど。私が喋るから、貴女は自己紹介以外口を閉じていなさい。前科があるから認めないわよ？　いいわね？」

「うぐっ。分かりましたわ」

そんな会話をして、２人は車を降りていき、門前へと歩き出す。

走っていけば警戒されるからな。

本当にしっかりとした社会人って感じだな。ルノウさんは。

昨日、誤解が解けてルノウさんとちゃんと話せて分かったが。

ルノウさんは極めて真面目な人で、サマンサの門前払い事件を当事者でもないのに、姉というだけで、しきりに頭を下げてきた。監督不行き届きとかなんとか。

そういう意味でも、ちゃんと姉としての意識があるのだろう。

それまでの態度はエオイドのせいでもあるので、仲の良い姉妹としては当然の反応だ。

エオイドには、タイキ君に訓練量を引き上げるように言ってるから、今頃ひーひー言っているだろう。

とばっちりを受けたのだから、これぐらいは許せ。文字通り君のためでもあるんだ。強くなるから。

あ、ちなみに、義姉さんは、本人が嫌だそうで、さん付けで呼ぶことになった。

サマンサ曰く、義姉さんと呼ばれると、自分が行き遅れたと実感してしまうからだそうだ。

……十分若いと思うんだけど、平均寿命が短いこの世界。そういうところは世知辛い。

「エリス、ウィードの皆に連絡は？」

「はい。もうしてあります。無事ホワイトフォレストに到着したと」

「……でも、エリス師匠。これからが本番」

「そうね。魔剣が運び込まれている可能性と、聖剣3本の確認、ホワイトフォレストの旧ダンジョンの復旧。思ったよりもやることが多いわ」

「ま、そこらへんのはいつものように別部隊で家でも確保してダンジョン化すればいいんだが、正直どこまで文化の差異があるか分からないから、裏でコソコソやっているのがどうばれるか分からん。それで話がこじれるのはまずいから、まずは俺たちが王様たちと話を通してからだな……コメットを呼べば軽く解決しそうだし、あいつには諦めてもらおう」

「……そうですね。王様、宰相の血縁どころか兄弟姉妹がいますから、下手な手を打つよりはいいでしょう」

「……ん。ユキに賛成。見た感じ、外来の人も今は私たちだけ。冬の時期なのもあって、早々変な人を通すことはないと思う」

「俺もそう思う。だからこそ、出入りが少ないから俺たち新参者が動きづらいんだよな」

「……世の中は難しい」

「そうですね。こう出入りが少ないのは、今回の件を考えるとありがたいですけど、ここまで少ないと、私たちが動くだけで、それなりに目立ちます。クリーナの言う通り、難しいですね」

あっちを立てればこっちが立たず、という奴だ。

何事にも、メリットとデメリットが存在するということ。

「と、2人が戻ってきたな」

「手を振っていますね。無事に門番との話はついたみたいです」

「……門が開かれている」

人が通る用の小さい通用門は開いていたが、馬車や俺たちが乗っている車は大門を開けないと入れないからな。

ゆっくりとだが、それが開かれていくのが分かる。

「お待たせいたしました」

「ユキ様。無事に話はつけましたわ」

「私がね」

「……お姉様、そこは譲ってください」

「こういう時に甘やかす真似はしないわよ。と、馬車ぐらいの速度で、門へ近づいてください。一応、荷物の検査がありますので、門の前でいったん止まってください」

「分かった」

ルノウさんに言われたように、ゆっくり門へと近づき停止する。

そこには4名ほどの兵士がいて、種族は狼人族、兎人族、猫人族、狩人族と皆バラバラだ。

まあ、狩人族に至ってはエルフの別称でウィードの大陸固有の呼称であって、こっちの大陸ではエルフと呼ばれるか魔術人族と呼ばれているらしい。

「長旅お疲れ様です‼ 申し訳ありませんが、国防のため、荷物検査をさせていただきます‼ ローデイおよび、ランサー魔術学府の使者に対して失礼かもしれませんが、ご了承くださ い‼」

多分、今の時間帯のリーダー役であろう狼人族の兵士がビシッと敬礼をして、そう告げ、他の兵士も敬礼をしている。

特に断る理由もないので、車から降りて荷物を見せる。

いや、そうしないと、車の構造を知らない兵士さんたちはどうしていいか分からないから。

「良い兵士です」

「そうだね。こうビシッとした感じはスティーブたちにはないよね」

「お褒めに与り光栄であります‼ よし、お前たち、使者を待たせるわけにもいかない。手早く、確実に仕事を終わらせるぞ‼」

「「「はっ‼」」」

うん。ジェシカやリーアの言う通りだ。

正直、スティーブに彼らの爪の垢を煎じて飲ませたいぐらいだ。

いや、仕事をしてないとは言わんが、誰に似たのか、斜に構えてるからな、あのゴブリン。

そんなことを考えているうちに、さっさと荷物の検査を済ませていく兵士さんたち。

あ、もちろん、この人たちに理解のできない道具とかはアイテムボックスに放り込んでいる。

一個一個説明していくと非常に面倒だからな。

「よし。そっちはどうだ？」

「終わりました。特に問題はありません‼」

「こちらもです‼」

「お待たせいたしました。検査の結果、問題はございませんでした。どうぞお通りくだ……」

そう彼が言いかけた時、門の奥、街の中からエルフのおっさんが走ってくる。

エルフにはあるまじき、ムキムキのマッチョマンである。

いや、俺のイメージを勝手に押し付けているだけだが。

世の中、筋力全開のエルフがいてもいいとは思う。

「どうやら、検査は終わったようだな。あとの案内は私が引き継ぐ。お前たちは警備に戻れ」

「はっ‼ それでは、ホワイトフォレストをお楽しみください。失礼いたします‼」

本当に、しっかり仕事してるなー。

いや、街の警備兵士だからか？

軍とはまた別だよな？

でも、あのさわやかさをスティーブたちにも取り入れてもいいんじゃないか？

「申し遅れました。私、ホワイトフォレストで将軍を務めている、ストング・アームと申します。このたびは、吹雪の中よくぞおいでくださいました。見たところ、若い女性が多いようだ。すぐに暖を取らせますゆえ……」

そう言っていたマッチョエルフのストングさんの視線が固定されて、言葉が止まる。

なんだろうと、俺もそちらに視線を向けると、そこにはクロウディアとカーヤがいる。

「100年ぐらい前にこっそり訪れたくらいですけど、変わっていませんね」

「その時は、ここをどうするか吟味のためだったけどね。ま、そんな100年ぐらいで変わらないわよ」

いや。産業革命とか近代化とかあると、わずか50年ぐらいで様変わりするよ。

その50年も凄く目まぐるしく、技術の更新があったけどな。

白黒テレビがカラーになってさらに解像度が上がって薄くなったり、三種の神器が変わったり、気が付けば世界中へ簡単に連絡が取れるネットワークができたりと。

うん、そう考えると、地球すげー。

ま、そこに辿り着くまで時間はかかるけど。

と、そこはいい。

なぜか、ストングさんはその2人を見て、体を震わせて、目に涙を溜めていた。

……え？　涙？

「おおっ……‼　つ、ついにお戻りになられたのですね‼　クロウディア様‼　カーヤ様‼」

あ、なるほど知り合いか。

そらー、エルフだから長生きして、2人の知り合いがいないことはないだろう。

しかし、その歓喜の声をあげ、涙を流しているマッチョのエルフを見て、名を呼ばれた2人は……。

「どちら様でしょうか？」

「あんたみたいな、マッチョなエルフは知らないよ？」

あれ、知らない？

「ああ、この姿では無理はありませんな。あの魔王との戦いの最中、焼け出された子供たちをまとめていたストングです‼」

「ああっ‼　あの時の⁉」

「うわー。凄いわねー、あの時はひょろひょろだったのに」

「あの時、私たちは野垂れ死ぬのを待つばかりでありました。その時、聖剣使いの皆さまがこのホワイトフォレストへ連れ来てくださった。本当に、本当に感謝しております‼　おかげで、このように皆を守るために、聖剣使い様に少しでも追いつけるようにと、体を鍛え……ふん‼」

そう言って、腕を曲げて、はち切れんばかりの筋肉を見せる。

「す、素晴らしいですね」

「……きもっ」

2人とも顔が引きつっている。

あれだな、久々に顔を合わせた知り合いが様変わりしすぎているって感じ。

ほら、当時はふさふさのイケメンだった奴が、同窓会で頭がすっかり後退して、見る影もなく、名前聞かないと誰か判断つかないことってあるじゃん？

ま、何はともあれ、幸先は良さそうだ。

第343掘：とんだ再会

side：ヒーナ　ホワイトフォレスト宰相

『姉さん。なんで？　なんで出ていくの？　この国にいたらいいじゃない‼』


ああ、懐かしいですね。

この夢を見るのは何度目でしょうか？

当時の私は、何も考えていませんでした。

この国にいれば、すべてが丸く収まる。

そんな淡い夢を抱いていました。

姉の気持ちも考えずに。

そう、私こそが姉を追い詰めていたのに。

ただ、自分の都合のいい環境を、一時でもいいから守るためにそんな言葉を吐いたのです。

『それじゃダメなのよ。私が皆と聖剣を持ったのは、こんな吹いたら冷めるぬるま湯につかるためじゃないの』

『分かんない‼　分かんないよ‼　ぬるま湯なんかじゃないよ‼　みんな楽しく過ごせてるじゃない‼　コメット様のことは残念だけど、皆、お姉ちゃんたちを恨んでなんかないよ‼　だって、皆を守るためでしょう‼』

少し悲しい目をした後、姉さんはゆっくり口を開きます。

『他の皆のことは聞いてるでしょう？』

『し、知ってるよ。助けた人たちの中の悪い人に捕まって、イジメられてるって……。でも、他の聖剣使い様も助けて、ここに来ればいいんだよ‼　そうだよ‼　それがいいよ‼』

必死に私が紡いだ言葉は、姉さんたちが望んだ世界とはまるで遠い世界で、国の事情もまったく鑑みない、本当に子供の絵空事でした。

『……それは無理だ』

『レフェスト、クロウディア、話はついたのね』

気が付くと、レフェストさんと、クロウディアさんが後ろにいます。

クロウディアさんは姉さんと同じように旅支度をしていました。

『な、なんで……ですか？　ディア姉も姉さんも、他の聖剣使い様も一緒にここに匿ってあげればいいじゃないですか‼』

『……各国は聖剣使いの力に恐怖を抱いているし、そんな恐怖の力を一国に集中することなんて認めるわけがない』

『だったらこっそり……』

『それも無理だ。彼女たちは、今は亡きコメット様の願いを果たそうとしている。いや、コメット様をその手で斬り捨てたからこそ、今のこの状態を認めるわけにはいかないのだ』

『そ、そんな……』

王様であるレフェストさんも止めてくれないと知って、姉さんを掴んでいた手がするりと落ちる。

もう、止められないんだと……。

『だが、私も国の長として、国の安定のためには、お前たちの行動が邪魔になるというのは分かる。何度も言うが、こういうことは徐々に解決していくべきだ。性急にやっても何も変わらん。かえって、問題が起こるだけだ。だから、私はお前たちの手助けはできんし、敵になるかもしれない。これが最後だ、本当にそれでも行くのか？』

『分かっています。お兄様。それでも……』

『それでも、私たちはやるって決めたの』

視界が歪んでいく。

当時の私はその時、大泣きして、陛下に抱えられてお城に戻ったんでしたっけ。

『まったく。馬鹿共が。こんな小さい妹を置いて行くことはなかろうに。せめてこの子が大きくなるまで待ってやれなかったのか……』

それから、私は必死に勉強しました。

いつか姉さんを見つけて、安心して戻って来られるような国にしようと——。

「……今日は、腰の方も問題なさそうね」

そんな夢を見たせいか、寝ざめはよく、この前やったぎっくり腰の痛みも、今日に限ってはなぜか落ち着いていた。

「こんな日が続いてくれればいいのだけれど、無理ね」

苦笑いをして、今日だけの幸運と認めてしまう。

なにせ、宰相。

ほとんどずーっと、机仕事なので、椅子に座ってやるのは普通。

他の文官たちもそうだし、この腰の痛みとは、これから、おそらく死ぬまで付き合うことになるだろう。

私も歳をとったものだわ。

子供の頃は、自分がこんなことでひーひー言うとは思ってなかったのに。

何時間も、机と向き合って勉強していても、襲ってくるのは眠気ぐらいだったのにね。

「今の姿を姉さんが見たらなんて言うかしら？」

不意に、先ほど見ていた夢の姉さんを思い出して、笑いがこぼれる。

夢の内容は喧嘩(けんか)別れみたいな内容だったけれど、私としては、夢の中でも姉さんに会えたことは嬉しかった。

「お母様。起きていますか？」

そんなことを考えていると、娘のトモリが部屋に入ってくる。

「ええ。起きてるわ」

「その様子だと、腰の具合はよさそうですね。でも注意してください。お医者様からは1週間ほどは安静にと言われているのです」

「ふふっ。ええ、分かっているわ」

「なぜ笑っているのですか？　なにか、おかしなところでもあったでしょうか？」

私の微笑みの理由が、自分の不備だと思ったのか、服装などを見直すトモリ。

「ごめんなさい。違うのよ。姿かたちは姉さんによく似ているのに、中身は私そっくりな堅物になってるから、少しおかしくてね」

「姉さん……ああ、聖剣使いのおばさまですか？」

「本人が聞いたらきっと怒るわよ。私でも、いまだにおばさんって言われるのはイラッとくるから。あなたも、おばさん呼ばわりは嫌でしょう？」

「失言でした。しかし、なぜ今？　カーヤ様が出ていかれた日は今日ではなかったはずですが？」

「夢でね。姉さんたちが出て行った当日の日を見たの」

「……そうでしたか」

トモリはそう言って、少し困ったような申し訳ないような顔をする。

言い方が悪かったわね。

「ああ、気にしないで。悲しいとかそういうのはないから。夢の内容はともあれ、はっきりと姉さんの姿や表情を思い出せたのが嬉しくてね。それで起きたら、腰も痛まないし。何かいい日になるかもしれないわね」

「そうかもしれません。でも、安静のために私が今日も傍にいます」

「……私を動けなくなった老人みたいに扱わないでくれるかしら？」

「それはさすがに無理です。お母様は、このホワイトフォレストの宰相ですから。今回のぎっくり腰の件は、陛下も心より心配しておられますし、宰相が倒れれば国民の生活にかかわります。我慢してください」

「訂正するわ。私より頑固ね」

「お褒めに与り光栄です。さ、朝食を済ませて、陛下との会議の後、書類業務です」

「……仕事は減らないのね」

「やっていただかなければ、国が止まります。仕事がいやなのであれば、私に立場を譲ってくれて構いませんが？」

「いやよ。まだまだ私は現役。娘にお役を譲るものですか」

「よかったです。あの仕事を任せられたら、お母様と同じようになる自信がありますから、あと100年は最低続けて欲しいものです」

「……少し、貴女を育てた親の顔が見たくなったわ」

「鏡を用意しましょう」

「叩き割るわよ」

まったく、こんなたくましい娘ができたと姉さんが知れば、いったいどんな顔をするのかしら？

そんなことを考えつつ、朝食を済ませて、レフェスト兄さん、いえ陛下の元へ行くと……。

「おおっ、ちょうど良かった‼　見ろ、ヒーナ‼　このクッション‼　山深くにいるという、スノウバードの羽を集めて作ったそうだ‼　これを腰に置いて仕事をすれば楽になるぞ‼」

嬉しそうな表情で、聞くだけで高いと分かるクッションを私に差し出します。

「陛下、お心遣い感謝いたします」

「母のためにありがとうございます」

「ええい。他人行儀はよせ。種族は違えど、私とお前は兄と妹だ。馬鹿姉妹たちに国を押し付けられたあの日から、いや、コメット様に救っていただいた日から、私たちは、血よりも濃い絆で結ばれている。トモリも普通におじさんと呼んで構わんのだぞ。誰も文句は言わぬ」

こんな感じで、陛下、いえ、レフェスト兄さんは私や娘と接してくれる。

言っての通り、私と兄さんの関係は、誰でも知っている秘密なので、そうとやかく言う人はいない。

「分かっています。ですが、今は公務中です。諦めてください」

「はい。宰相様の言う通りです。陛下のお気持ちには深く感謝し、理解もできますがご容赦ください」

「えーい。変なところで頑固になりおってからに。とりあえず、そのクッションは使え。いいな？　いくら、私より見た目は老けているとはいえ、大事な妹だ。体は大事にしてくれ」

「ちょ、へ、陛下‼」

「そのケンカ、受けて立つわ。中庭に出なさい、中身の枯れ切った爺が。そんなだから結婚できないのよ」

「さ、宰相様⁉」

「おーし。兄より優れた妹など存在しないと教えてやろう。心配するな、腰に負担がかからないように一瞬で終わらせる」

「お、お2人とも落ち着いてくだ……」

無理よ。

お互いに痛いところを突かれて、いったん暴れるまで止まらないわ。

ここら辺は、対応能力不足ね。

ドカンッ‼　ドドドドッ‼

「ちっ‼　幻術か‼　厄介な、前よりさらに偽物の区別がつかなくなっている」

「当然です‼　白毛の狐は歳を重ねるごとに、幻術の能力が上がるのです。より繊細に、精密に‼　経験の賜物というやつです‼　しかし、兄さんも魔術の威力が上がっていませんか⁉」

「エルフも同じように齢を重ねれば重ねるほど、魔力量が上がり、魔術の威力も上がるのだよ‼　だから、怪我しても私が治してやれるから、安心して、兄に負けるといいわ‼　腰は歳のせいで無理だがな‼」

「その腰へし折ってあげる‼」

女性に対してデリカシーが足りないのよ。兄さんは‼

ったく、仕事が残ってるから次の一撃で手早く終わらせるわ。

「うぉぉぉ‼」

「はぁぁぁ‼」

「ちょ、中庭の修繕が大変ですから、やめ……‼」

娘の静止を振り切って、私の極大のファイアーボールと、兄さんの極大のアイスボールがぶつか……。

バシュッ‼　キィィン‼

……ることなく、私たちの間に入ってきた、剣士によって切り裂かれた。

魔術を切るなんて、よほどの手練れね。

でも、わざわざ、私たちのお遊びに割って入るような兵士はいないは——。

「まったく、何をやっているのですか。城内とはいえ、城の顔とも言うべき中庭で魔術戦なんて‼」

「……」

そう叫ぶ声には聞き覚えがあった。

だけど、兄さんは驚きのあまり声を出せないみたい。

私もそうなのだけれど。

「久々に戻って来てみれば、なにじゃれてるのよ？　お転婆なのは、おばさんになっても変わってないみたいね」

「あ……あ……」

本当に声が出ない。

だけど、声を出したい、でも、どんな言葉を紡げばいいか分からない。

だって、目の前に立っているのは……。

「貴様ら何者だ‼　お前たちが剣を向けているのは、この国の王であるレフェスト陛下と、宰相のヒーナ様と知っての狼藉か‼　陛下、宰相様、お早くお下がりください‼　この無礼者たちは私がひっとらえます‼」

そう叫ぶ娘の顔を見ると、本当によく似ている。

「お、お待ちください‼　トモリ様‼　このお方たちは‼」

ストング将軍が慌ててこちらに走ってきている。

ああ、彼が彼女たちを入れてくれたのね。

「ねえ、その子。なんかとっても見覚えがあるんだけど？」

「それはそうですよ」

あとで鏡を見せてあげましょう。

「お母様？　お知り合いですか？」

私や兄さんの対応を見て、敵ではないと感じたのか、トモリが私にそう聞いてくる。

「お母様⁉　って、あれからずいぶん経つし、子供がいても当然か」

「お兄様はいまだに独身みたいですが」

「それをお前に言われたくないわ。愚妹が」

とりあえず、戦闘どころではなくなったわね。

「愚妹？　えーっと……妹？　つまり……陛下の妹？　ということは、聖剣使い⁉　で、では、こちらの方は……」

「そうです‼　かの、伝説の聖剣使いの1人であり、トモリ様の伯母上でもあられる、カーヤ様です‼」

「で、でも、それだと少なくとも、お母様より年上のはずで……」

そうね。

なぜか、あの時とほとんど変わらないわ。

エルフのクロウディア様はともかく、狐人族の姉さんがなぜ？

「ふふん。それは聖剣使いの特権ってところね。ま、信じられないだろうから、分かりやすい証拠を……」

「証拠？」

「最後にヒーナがおねしょしたのは12歳のころで、季節は……」

「だぁぁぁぁぁぁーーーーー‼　黙ってください姉さん‼　本物って認めますから‼」

娘の前でそれはあんまりです‼

「いや、違うぞ。実はな、お前らが出て行ったあとの、13の……」

「兄さんも黙れやぁぁぁぁーーーー‼」

マジでデリカシーがないわ、この爺‼

「……本物のようですね。私は、ヒーナの娘のトモリと言います。伝説の聖剣使いである、カーヤおばさまとお会いできてこうえ……」

ゴンッ‼

「カーヤお姉さんよ。いいわね？」

「は、はい‼」

ほら、怒った。

「使者の皆さま。どうかもう少しお待ちください。久々の出会いでちょっと……」

「あー、うん。見たから分かる。どこか部屋で待っててもいい？」

「はっ‼ ご案内します‼ こちらです‼」

……え？

他国の使者がいたの？

やっばーーー⁉

こ、国際問題になったりしないわよね⁉

第344掘：事情把握ともう1人

side：ユキ

2人が王様と宰相、いや、兄妹のケンカの仲裁に入った時はどんなことになるやらと思っていたが、思ったより雰囲気はよさそうだった。

まあ、今頃どうなっているかは、客室に通されている俺には知りようが……なくもないが、野暮ってものだろう。

久々の出会いで、積もる話もあるだろうし、他人に聞かれたくないことも多いだろうしな。

万が一、話がこじれて、敵対すればすぐに分かるだろうし、これであの2人が死ぬなら、それもよしって本人が承諾しているから、俺としては手を出すつもりはない。

騒動が起これば、それに乗じて聖剣とか、旧ダンジョンとか強引にやっちまえばいいだけだからな。

「2人とも大丈夫かなー」

「……大丈夫。どう見てもじゃれていただけ」

「うん。私もそう見えたよ。だから、リエル、大丈夫」

「そうだね。きっと今頃、仲良くなってるよね」

「だと、いいですねー」

いやー、それは無理だろう。

そんな速攻で仲良くなれるなら、仲違いをしてないわ。

なーんて、リエルに言えるわけもないので、皆でリエルの話に乗っている。

あ、ちなみに、ここに来ている亜人メンバーはケモミミやエルフ耳解禁です。

隠す必要がはないからな。友好的に扱ってもらうのにも同族と振る舞った方がいいので、ケモミミを出すことにした。

サマンサの姉のルノウが何か苦言を言うかと思えば、そういう偏見はないらしく、普通通りに接してくれたのが意外だった。

いや、サマンサもあっさり受け入れていたし、そういう家柄なんだろう。

こっちとしては楽だしありがたい。

「……しかし、驚きました。まさか同行していた亜人の方の中に、ホワイトフォレスト陛下のお知り合いがいたとは。なぜ、不必要に同行者が多いのかと不思議でしたが、こういうことだったのですね」

知り合いどころか、血縁者、兄と妹だけどな。

だが、そう言うと色々国家間の問題になりそうなので、ルノウには知り合いと説明している。

「まあ、そんな感じです。私も、陛下の知り合いだとは思いませんでしたが」

「しかし、そのおかげで、この後の話し合いがスムーズにできそうなので助かります」

「そうだと良いですね」

「でも、ストング将軍の勘違いには驚きました。あの2人が聖剣使いなんて。確かに、亜人にも聖剣使いはいましたが、それは遥か昔、エルフなどは長命でその当時の人が、現代まで生きているというのは聞いたことがありますが、すでに相応に年を召されているということ。学府のララ副学長も、伝説の時代からとは聞いていますが、30代ぐらいに見えます。でも、あの2人はせいぜい10代後半です。さすがに、他人の空似か、血縁者ぐらいでしょう。聖剣どころか、魔剣も持っていませんでしたし」

「まあ、何かそれだけ似ていたのでしょう」

「そうなのでしょうね……私も、サマンサのそっくりさんを見つけたら、確かにあんな行動をとりそうです」

あははは――。

ここで、ヒフィーのダンジョンコア組み込みによる不老が役に立ったか。

2人が聖剣使いなんてばれた日には、各国でさらに不穏な空気が流れるわ。

ただでさえ、エクス王国の暗躍の裏取りとかで忙しいのに、たまったもんじゃないぜ。

……そういう意味では危ない場面だったということか。今後聖剣使いたちには、変装させよう。

どんなルートで姿がばれるかも分からないからな。

撒き餌として使えないことはないだろうが、各国が不安定になりかねないワイルドカードだ。

極力は使わないで、隠す方向で行こう。

「ふぅ。しかし、このお茶は美味しいですね」

「お口に合ったようで何よりです。ホワイトフォレストの気候で育つ茶葉でありまして、体を温める効果もあり、庶民にも親しまれております」

「寒い時期ですから、お父様、お母様のお土産によさそうですね。後でこの茶葉を譲っていただけませんか？　その、あまり高くない普通の品質の茶葉で構いませんので」

「かしこまりました」

ルノウはそんなやり取りをメイドさんとして、俺たちものんびりお茶を飲みながら、2人が戻ってくるのを待った。

大体、それから小一時間というところか、2人は結局戻ってこないまま、俺たちだけが別の客間に呼ばれることになる。

「お客人方、お待たせして申し訳ありません」

そう言って、出迎えてくれるのは、白狐人族の女性。

あの時、カーヤに押さえ込まれていた人だ。

「いまさらではありますが、ホワイトフォレストの宰相を務めております、ヒーナと申します。

そして、こちらが」

「私が、このホワイトフォレストの国王、レフェスト・ホワイトフォレスト1世である」

奥の豪華な椅子に腰掛けているエルフのおっさんはそう言う。

なるほど、この2人が、あの2人の妹と兄か。

……似ていると言えば似ているし、他人と言われれば分からん。

その程度の物である。

とりあえず、補佐である女性に椅子へ案内されて座る。

というか、こっちの子が一番カーヤに似てるんですけど？

「さて、客人方。このたびは何の用で、この厳しい季節にまいられたのか？」

「はっ。ローデイおよび、ランサー魔術学府、アグウストにて、大変深刻な問題が起こり、こちらに来た次第であります。詳しいことはこちらの親書に」

そう言って、ルノウがローデイの親書を、サマンサがランサー魔術学府の親書を、補佐の女性に渡して、それを宰相が受け取り確認をする。

「確かに、ローデイ、ランサー魔術学府の封蝋(ふうろう)です。内容を拝見いたします」

宰相の彼女はスラスラと目を通し、特に問題がないのを確認して、王様にその親書を渡す。

……驚きが顔に出なかったな。

あらかじめ内容を2人から聞いたのか、それともこの人の資質なのかね？

王様も同じように、読んでも表情の変化は見られない。

「なるほどな……確かに由々しき事態である。宰相」

「はい。直ちに、捜索隊を整え、魔剣の不法持ち込みがないか確認いたします」

「よし……だが、聖剣の確認は少々時間が欲しい」

「なぜでしょうか？」

「厳重に封印してあるからだ。この時を狙って暗躍している者が来る可能性もある。今すぐ扉の鍵を開けて、簡単に確認するというわけにはいかないのだ。物が物であるからな。重臣たちにも話を通さねばならぬし、開ける時には警備を厳重にする必要もある。そして、私にとっては彼女たちの形見でもあるのだ」

「……陛下は、その」

「ああ、聖剣使いたちをこの目で見てきた。その力も、人柄も、思いも、願いも……」

ああ、そう言えば、俺たちには生きてるメンバーが全員集まっているけど、ピースとの戦いで4人亡くなっているんだったか。

……そういう意味では、俺たちより貴重な体験をして、大事な形見になっているんだろうな。

「だが、時間はかかるが、確認は必ず行う。1週間ほど準備に時間がかかるので、それまで待てるのならば、ホワイトフォレストで過ごしてもらって構わない。客人としてもてなしたい」

「ありがとうございます。事が事なので、聖剣の有無は確実に確認してくるように厳命されておりますので、お言葉に甘えさせていただきます」

「うむ。では、今日のところは長旅で疲れがあるはずだ。詳しい内容は明日にでも話すとして、部屋に案内するので、早めに休むといいだろう」

「感謝いたします」

「あ、すまないが、そちらのユキ殿だったかな？　今回、身内を連れてきてくれたお礼がしたいので、後で個人的に話がしたいがよろしいか？」

「はい。構いません」

「そうか、ではこちらも仕事が終わりしだい使いをやるので、その時にまた会おう」

「分かりました」

なるほど。

俺がまとめ役って感じで、あの２人は話す余裕はあったみたいだな。

「ふぅ。よかった。私は、今日はもう休みますが、ユキ殿はくれぐれも陛下に失礼のないようお願いします」

「ええ。失敗して、ご破算なんていやですからね。話が終わればいったん報告に行きますよ」

「はい。お願いします」

さりげなく、ルノウが俺と王様が会うことに疑問を抱かせないようにフォローをする辺り、ちゃんとした王様らしい。

ローなんとかの剣王も見習って欲しいわ。

いや、あそこまで直球勝負も珍しいけどな。

で、夕食も終わって、しばらくして呼び出しを受ける。

無論、護衛とか今回一緒だったメンバーは全員一緒に行く。

仲間外れはルノウだけ。

まあ、これは仕方がない。

「お待たせしました」

「まったく。何度も同じことを聞かないでよね。年取るとこれだから……」

「若作りの姉さんに言われたくありませんね」

「……とりあえず、お前らは黙ってろ。おかげで話が進まん。よく来てくれた、そこら辺に座ってくれ」

どうやら2人とも何も問題はないようだ。

若干(じゃっかん)カーヤとヒーナの仲が悪化してるようだが、姉妹のケンカレベルだろう。

「さて、ユキ殿。今回はこの愚妹たちの暴走を止めてくれて、心より感謝する」

「姉さんたちを連れてきてくれて本当にありがとうございます。もう、二度と会うことはないと思っていましたから……」

そう言っている2人の目は少し赤かった。

そりゃな。すでに死んでると思ってた家族が戻ってきたんだから、そうなるだろう。

「いえいえ。道中邪魔をしてきたのを捕縛しただけで、簡単でした」

「「うぐっ⁉」」

聖剣使いの2人は俺の言葉に胸を押さえる。

事実だし仕方がない。

「まあ、背景が色々深々すぎて、今も頭が痛い限りですが……」

「それについては、私たちにも責任がある。愚妹や他の聖剣使いたちを思いとどまらせることができなかった」

「と、そこはいいでしょう。ここまで話してなんですが、そちらの女性は話を聞かせても？」

「ああ、すまない。彼女はヒーナの娘でな」

「申し遅れました。私、ヒーナの娘でトモリと申します。このたびはカーヤおばさ……お姉さまを連れてきていただいて感謝いたします」

なるほど。

それで、カーヤに似ているのか。

先祖返りって言うにはなんか違うけど、兄弟より、親戚の方が似ているってのはよくあるしな。

あと、伯母様って言いかけてやめたな。カーヤが睨んでいるし、そこら辺を調教したのか。

やっぱり、女性に年齢を示唆する言葉はダメなんかね？

「では、改めて。私たちの話はどこまでお聞きになりましたか？」

「いや。どうにも時間がなくてな。とりあえず、騒ぎを起こそうとして、ユキ殿たちと死闘の末敗れたとしか……」

「はい。どうにも内容が断片的で。今回の親書の件もあまり深くは知らないようでして……」

ああ、そういえば、ヒフィー神聖国とかのやり取りは、最後の締めにコメットと戦わせたのがいただけで、この2人に至ってはほとんどウィードで軟禁状態だったから、まともな経緯説明できるわけないか。

「うーん。そうですね。正直、情報量がとんでもないので、時間がかかりますね。そこは大丈夫ですか？」

「時間ならば問題ない。というか、どう考えてもこちらに時間を割かなくてはいけない」

「陛下の仰る通りです。今回の親書の件を深く知るためにも、この話に時間を割くのは間違っていません。他のことは部下に任せておけばいいですから」

「分かりました。しかし、どこから説明したものか……ああ、というかもう1人、会ってからの方が、話が早いですね。呼んでもいいでしょうか？」

「ルノウ以外の連れは、ここにいるのが全員のはずだが？」

「まあ、こっちも色々ありまして、別にちょっとこっちに来てるんですよ」

「ふむ。ユキ殿が必要という人物だ、問題はあるまい。しかし、その様子だと城下にいるのではないか？　今から衛兵に探してもらうから、人相を……」

「あ、いや。もう来ているんで」

そう言うと、同時に……。

バサァ‼

と布が翻る音が聞こえて、机の上に立つ馬鹿が現れる。

「あっはっは‼　いやー、ここも気が付けば大きくなったね‼」

その名はコメット。

今回の騒動の発端である。

しかし、登場の仕方がどこかの駄目神と似ている。というか同じである。

「どうだい‼　科学技術と魔術技術の応用、融合により、光の屈折現象を利用した光魔学迷彩マント‼」

バッサバッサとマントを翻して、自慢する馬鹿。

「コ、コメット様⁉　い、生きておられたのですか⁉」

「あん？　ああ、そこからか。いや、ちゃんと死んでるよ。私は」

なんだよ、そのちゃんと死んでいるってのは。

「え？　でも……姉さんどういうこと⁉　コメット様をその手で殺めたって……」

「あ、うん。私じゃないけど。リーダーがしっかり斬ったわよ」

「えーと、お兄様、コメット様はあんな感じで明るいのですが……」

「へいへい、明るいリッチがいちゃいけないなんてルールはどこにもないぜ‼　ブイッ‼」

そう言ってブイサインを出す馬鹿。

「た、確かにリッチやアンデッドは暗くなくてはいけないとは聞いたことはありませんが……」

「……コメット様ってこんな方でしたっけ？」

あー、うん。

この2人はコメットの素を知らなかったのか。

やべー、逆に説明に時間がかかりそうだ。

第345掘：夢の続き

side：コメット　馬鹿天才リッチ

ん？

なんか、馬鹿にされたと同時に称賛された気がする。

ま、いいか。

兎にも角にも、このホワイトフォレストから協力を得るためには、私が出ていく方が楽だというのは、ユキ君から話を聞いて分かったし、協力するのはやぶさかではない。

自分の蒔いた種だしね。

だけど、目の前にいるホワイトフォレストの王様と宰相が……。

「此度(こたび)の帰還、心よりお喜び申し上げます」

「そして、姉たちの暴挙を止められなかったこと、大変申し訳ございませんでした」

と、片膝をついて、頭を垂れている。

うん。

実にめんどくせー。

これが予想できたから、基本的に出たくなかったんだよ。

こうなると、話が進まないしー、私は一介の研究者だし、救おうというより、研究データのためだったし、感謝されるいわれはないのだ。ルナさんの登場シーンを真似てみたけど、ユキ君みたいに反応してくれるのは稀なんだろうねー。

「あー、とりあえず話が進まないから顔を上げてくれないかい？　今回の私の訪問もその親書に関係しているんだ。あまり、のんびりしている余裕はないと思ってくれ」

「はい。コメット様がそう言うのでしたら」

王様がそう言って、ようやく椅子に座り直す。

……正直に言おう。

顔見ても、全然記憶にない。

ベツ剣を直接渡したわけでもないし、ポープリみたいに指導したわけでもないから、覚えていないのは仕方のないこと、不可抗力だ。

でも、向こうはこっちの顔を見るなり名前をすぐ呼んだし、当時、ここに連れてきた亜人たちの生き残りで間違いはないのだろう。

「で、ユキ君。私が先導して進めちゃっていいのかい？」

「構わんよ。そっちの方が、話が通りやすいだろうし、問題があれば口を挟む」

「ＯＫ。フォローは頼むよ」

私は研究者としての説明しかできないからね。

ユキ君みたいに、人を口八丁手八丁でどうこうするタイプではないんだ。

「あの、コメット様。ユキ殿とはどういうご関係で？」

「ん？ ああ、そこからだね。私がダンジョンマスターだっていうのは言ってたかな？」

「はい。ダンジョンコアにより、魔力のＤＰ変換、そして食料の供給のシステムを作ってくださりました」

「……？ ああ、そんな研究もしてたね」

確か、ベツ剣を作る前の実験だったはず。

ダンジョン外での転用使用ができないのか？ と思って色々やってたんだ。

やっべ、初期段階の実験すぎて記憶があいまいだ。

「で、今もちゃんと稼働しているかい？」

「今も問題なく稼働しております」

「そちらは聖域として、許可のない者は絶対立ち寄れないようにしていますので、安全管理はちゃんとできています」

「へー、長持ちするもんだねー。と、話がずれたね。このユキ君は、私のダンジョンマスターの後任だ」

「「後任⁉」」

「そう。私は死んじゃったからね。私をダンジョンマスターとして認定した神様は、他の人をダンジョンマスターにしたってわけ。あ、ユキ君がダンジョンマスターってのはもちろん秘密だよ。下手に喋ると……」

後ろのユキ君のお嫁さんたちがいい笑顔になって、殺気をまき散らす。

うん。

やっべー、ユキ君が本物のダンジョンマスターって言っちゃった。

でも、ラビリスはいないし、仕方ないよね？

ユキ君本人も文句言ってないし、ここまで来ればこのホワイトフォレスト組は身内みたいなもんだよね？

「……無論承知しております。コメット様の件もありますし、決して口外いたしません。しかし、いかにしてコメット様がアンデッドで復活を？　てっきり後任のユキ様が復活させたのかと……」

「あー、うん。で、ここからがややこしいんだけど……」

実は、当時一緒にいたヒフィー司祭が神様でして、私の死後、人類選別みたいなことをやるための一環で私を復活させて……などなどを簡単に話していった。

「……というわけだよ。ま、自業自得って部分もあるんだけどな」

「……魔剣の大量生産をよそもやっている事実が浮かび上がり、聖剣が1振り行方不明。こちらに確認に来るのは道理ですな」

「でも、コメット様の責任ではありません。ヒフィー司祭、いえヒフィー様が世界に絶望したのも、元はと言うのであれば、この地に生きる私たちの責任です」

「そうですな。しかし、コメット様を斬ったのは早計だったな」

「ですね。コメット様がご存命ならば、ここまで事態は悪化しなかったかもしれません」

「仕方ないでしょ。コメット様も言ってるじゃない。精神負担の軽減のために少しおかしかったのよ」

「で、本当のダンジョンマスターの使命が魔力枯渇を止めるためというのは分かりました。しかし、簡単に都の位置は動かせるものではありません」

「うん。それは承知しているよ。だからあの時、大氾濫を利用して位置をずらしてみようと思ったけど、それをよしとしなかったベツ剣持ちの子たちにやられたんだ。ま、詳しい事情はまったく話していなかったけどね。あの時から今日まで、魔力枯渇が目に見えて分かってきてるんじゃないかい？」

「……はい。明らかに、この400年で亜人の出生率が落ちています」

「ゆるやかですが、このままではいずれ」

いずれ亜人はこの大陸から姿を消すだろう。

まあ、そんなことになる前に、ユキ君のウィードの大陸に移ってもらえばいいから、そこは楽だよね。

次善策が用意されてるって安心。

「ま、最悪はユキ君が担当している、別の大陸へ逃げ込めばいい。その大陸は、この大陸よりは魔力枯渇が緩やかで、亜人もたくさんいる。というか、普通に人にまざって生活しているよ。ある意味、理想の場所かもしれないね」

「なんと。そのような場所が」

「ユキ殿……いえ、ユキ様もまた優秀なのですね」

「そうだね。というか、話した通り、私とヒフィーが手も足も出ずに遊ばれたからね。ウィードの研究データとかも見せてもらったけど、その気になれば、この大陸を跡形もなく吹き飛ばすぐらいは簡単にやってのけるんじゃないかな？」

「そ、そこまで⁉」

「ほ、本当なのですか⁉ ユキ様‼」

「あー。跡形もなくは無理だな。不毛の大地ぐらいにはできると思うが」

できるのかい‼

というか、そんな兵器は一種類しか思い浮かばないけどね‼

「とまあ、ユキ君の機嫌は損ねない方がいい。ま、簡単に怒るような癇癪(かんしゃく)持ちじゃないから、心配はしていないけどね。別の大陸では国をわずか1年で興したぐらいだし」

「ほう。ユキ様の興した国ですか。機会があればぜひとも拝見したく思います」

「ああ、それはいつでも行けますから、時間が合う時にでも。いずれ、こちらと向こうの国の国交は開くつもりです。その時にご協力をいただければと思います」

「いずれ……ですか。今はまだということですか」

「はい。こちらの魔力枯渇の原因が何か分からないうちに、魔力がまだそれなりにある大陸と国交ができた場合、何が起こるか想像がつきません。こっちの魔力が増えるのか？　繋いだ側が枯渇するのか？　そういうことをちゃんと調べずに繋がりを作って問題が起これば、下手をすれば大陸間戦争に発展するでしょう」

「……確かに」

他に色々問題はありそうだけどね。

いまだに国家間で小競り合いは毎日のようにやっているし、向こうみたいにウィードによるダンジョン利用の国々でお互いを監視するような体制ができていないからね。

紛争地帯に、あえて介入したがるとは思えないね。

私だって、ヒフィーのことがなければ、さっさとウィードの方に逃げて、こっちなんかほったらかしだったと思う。

「ま、ユキ君の大陸と大っぴらにできないだけで、こっそり問題がない程度にはＯＫなんだろう？」

「まあな。ある程度は今までの調査で分かっていることはあるからな。ここまで事情を話している国は他にないし、ホワイトフォレストさえよければ、ダンジョンの中継地点を堂々と置かせて欲しいですね。他の国はこっそりなので」

「ダンジョンマスターの加護が増えることに国民は誰も否とは言いませんとも」

「はい。我が国は、コメット様というダンジョンマスターのおかげでできた国であり、その名に感謝こそすれ、忌避などはありません」

「それは良かった。後日、どこかにダンジョンを作る許可をいただければと」

「ん？　そういえば、私がここに残したダンジョンはどうなっているんだい？　そこを利用すればいい。というか、研究資料もそこにあるから、私としてはさっさと確保したいんだけど」

「申し訳ありません。その場所は先ほど言った聖域に指定してありますので、さすがにそこを譲渡するのは……」

「ああ、そりゃ国としては問題ありだね。でも、研究資料ぐらいは持っていっていいんだろう？」

「はい。というより、私たちでは引き出し1つ開けることはできませんので、中に何があるかはさっぱりなので」

「あー、そういえば、一応そういう防犯はしてたっけー。まあ、下手に開けると爆発するものもあったからねー。カーヤとかが当時爆発してたんだっけ？」

「……あの時は死ぬかと思ったわ」

「髪の毛が燃えてショートカットにしましたからね」

「ああ、そんなことがあって短かったのか」

ん？

あー、この2人もそんな当時からここにいたのか。

いや、カーヤとクロウディアの身内だから、当然か。

初期の移住者だったのか。

まあ、そうじゃないと、私の顔を知らないはずだもんな。

あとは、全部ベッ剣の皆に任せたし。

「と、大体事情は分かってもらえたと思います。今回の魔剣大量生産の件が大規模な戦争に繋がれば、この大陸の魔力バランスが崩れて何が起こるか分かりません」

「ま、大方、魔物の大氾濫だろうね。溜まっている量が量だし、飛龍の軍団とか、リッチの集団とか、ミノタウロスの徒党とか、滅多にお目にかかれない状況になると思うよ」

「……そうなれば、国が滅びます」

「今の各国の紛争は、あくまでも人が相手です。魔物に強力な個体がいないのも原因ですが、魔物との戦闘経験がまったくといっていいほどありません……おそらく、ほとんど抵抗などできずに、陛下の言う通り滅ぶでしょう」

「はい。それを予見して色々各国を飛び回っていたんです。残りはことエクス、で今回の話し合いでこっちが黒幕ってことはなさそうですね」

「はい。決して私たちがそのようなことをするわけがありませぬ」

「しかし、他に国という枠ではなく、別の組織があったりなどはしないでしょうか？」

「その可能性も捨てきれませんが、そうなると、国に黙って、大量に魔剣を生産できる施設や研究場所が要ります。そんなものがあるとしたら……」

「なるほど。どこかの国にそんな規模の場所があれば必ず耳に入る。ということは、国を伝っていけばどのみち見つかると判断しているのですね？」

「そういうことです。逆に、国が糸を引いているなら、そういう噂はある程度封殺できるでしょう。しかし、国で生産しているのなら、機密保持も兼ねて、妙な場所があるのは隠しきれない。だけど、ホワイトフォレストには、そんな大規模で不自然な施設はありませんからね。念のため、ホワイトフォレストをダンジョン化して、調査だけはしたいと思っています。許可していただけますか？」

「無論、構いません。しかし、ダンジョン化によってそのようなことができるとは便利ですな」

「このぐらいは最低できないと、ダンジョンマスターなんてあっという間に死体だよ」

これぐらいの機能はないとダンジョンマスターなんてやってられないよ。

私は身内にバッサリだったけどね。

「ですが、ホワイトフォレストが黒幕ではないということは、ほぼエクス王国で決定ということですか？」

「そうですね」

他の国も調査はさせているけど、そんな怪しい組織みたいなのはいないし、エクス王国が容疑者筆頭。

いやー、ユキ君は本当に手が広い。

「相手は大国……いったいどのようにして、争いを止めるおつもりなのでしょうか？　私たちに手伝えることなどは……」

「あー、落ち着いてください。まずは後顧の憂いを取り除いてから、今後のお話をしましょう」

「申し訳ありません。事が事なので、気持ちが焦ってしまいました」

「兎にも角にも、まずは聖剣と遺跡の確認ですな。大至急準備に取り掛かります」

ユキ君とホワイトフォレストの王様と宰相の話を横で聞いて思う。

人も亜人も関係なく、明日のために協力し、未来を創ろうとしている。

やっぱりさ、私やベツ剣を持った彼女たちの行いは無駄ではなかったよ。

ちゃんと願いは、夢は、次代、君たちに続いている。

って、カッコよく言ったけど、失敗して、ユキ君にボコボコにされたんだけどね。

あー、締まらないね。

でも、それでいいのかもね。

真剣にやっても、思い詰めるだけだし、ユキ君みたいにのんびりやれる姿勢ってのは案外大事かもしれない。

第346掘：白い森の観光

side：リエル

ユキさんたちの難しい話はよく分かんなかったけど、その日は話が問題なく終わって、各自部屋に戻ってきた。

とりあえず、……よかったー。

クロウディアとカーヤの2人は無事に、お兄さん、妹さんと仲直りできたみたい。

僕みたいに石とか投げられなくてよかったよ。

「よかったね。2人とも、本当によかったよ」

「リエルさん。ありがとうございます」

「あーもう、なんで、私たちじゃなくて、リエルが泣いてるのよ？」

「だって、だってさ、嬉しくて。2人を見てると、僕も上手くいくかなーって思えたんだ」

うん。

そんな気がするんだ。

「上手くいくって……そう言えば、リエルって村を飛び出てきた、みたいな話をしてたわよね？」

「あ、うん。そうだよ」

「私たちの嬉し恥ずかしのシーンを見たんだから、リエルのことも話しなさいよ。その……私たちも手伝ってあげるから」

「ええ。今回の件はリエルさんの後押しのおかげです。ですから、リエルさんの手助けをさせてください。まあ、過去のことは無理にはお聞きしませんが……」

「あ、うん。いいよ。僕だけ話さないってのは、ずるいよね」

「リエル……」

僕が、村でのことを話そうとして、トーリから声をかけられて振り返ると、なぜか、僕の話を知っている皆は妙な顔をしている。

「ん？　どうしたの皆？」

「あ、いやー。ちょっと話がハードかなーと思いまして……」

ラッツはそう言って、あはは一と笑っている。

何かまずい話だっけ？

「何？　そんなに酷い話なの？」

「えーと、その、リエルがいいのなら止める理由はないけど……」

トーリも何か気まずそう。

何でだろ？

「ま、いいんじゃない？　怒り心頭で魔力暴発しそうになったら、殴って止めればいいし」

「まあ、そうですね」

リーアとジェシカがそんなことを言う。

「……リエルの過去はそんなに酷い？」

「……すみません。私も知らないのです」

「あはは、そんなことはないよ。そうだ、クリーナとサマンサには話してなかったよね。ちょうどいいや、一緒に聞いてよ。隠すようなことでもないし、いつか戻る時に手伝ってもらえると嬉しいから」

「……ん。分かった」

「リエルさんがそう言うのでしたら、私も拝聴させていただきます」

ということで、僕はトーリと一緒の村で生まれ育って色々あって、そこを飛び出して、冒険者になって、奴隷になって、ユキさんのところに辿り着いたって話したんだけど……。

「いい、リエル。そんなクソみたいな村に戻る時は絶対言いなさい。私が絶対守ってあげるから‼」

「はい。リエルさんはそのようなことで傷ついてはいけません。私も絶対協力いたします‼」

なんか、カーヤとクロウディアは変に気合入っているし……。

「……私なら消し炭にする」

「……私も、リエルさんのお母様の墓を確保した後、そんな馬鹿みたいな風習がある村なんて潰した方が世のためかと」

クリーナとサマンサは物騒なことを言っちゃってるし⁉

「えーと、なんでこんなになってるのかな？」

「いや、これが普通だから、リエル。私だって、自分の家族が憎くて、悲しくて、仕方なくなったんだし」

「ですねー。でも、リエルのその性格はとっても好ましいですよ。私も、みんなも、お兄さんも」

「……リエルはそれでいい。私たちがフォローする。リエルのお母さんも絶対迎えにいく」

「なんだよー。それじゃ僕が何も考えてないみたいじゃないかー」

アハハーって笑い声があがる。

でもさ、こうやって仲直りできた2人もいるんだし、僕が諦めるっていうのはダメだと思うんだ。

お母さんだって、いつまでもみんなと仲直りできないと、心配して眠れないだろうし、きっと、何とかなると思うんだ。

「お、皆ここにいたのか」

「どうしたのみんな？」

「何か、秘密の香りがするぜー？」

そんな話をしていると、ユキさんと、エリス、コメットが長話を終えて戻ってきた。

「2人が無事に仲直りできてよかったねーって」

「そうか。よかったな」

「うん」

「なんで、リエルが一番嬉しそうなのよ？」

「いやー。リエル君の飾らない、本心からの笑顔はいいもんだよ」

「えへへー」

コメットってさ、ダンジョンマスターだったからなのか、なんとなくユキさんに似てるんだよね。

あれ？　コメットの方がダンジョンマスターになったのが早いから、ユキさんがコメットさんに似ているのかな？

「で、お兄さん。お話はどのように？」

「あ、そうだ。僕たちが出て行ってから色々まとめたんでしょう？」

「特に進展自体はないな。さっさとダンジョン化したのは皆分かっただろう？」

「うん。ユキさんの予定じゃ、お話に参加していない僕たちが魔剣関係を取り締まるはずだったけど……」

「まったく反応がありませんでした」

そう。

トーリの言う通り、魔剣の反応はなくて、聖剣と思える反応が3つ、お城の地下にあっただけ。

これがおそらく、形見の聖剣だと思う。

「そういうこと。ダンジョン化の許可をもらって、遠隔だけど聖剣も確認できたし、魔剣は確認できず。ある意味目的は達成した」

「念のために、わざと話し合いから外れてもらったけど、肩透かしだったわ」

「いいじゃないですか、エリス。毎回、内まで潜り込まれていても、それはそれで問題でしょう？」

うん。

僕でもそれは分かる。

どこの国も都のど真ん中に大規模な武装組織が勝手に拠点を構えているってのはまずい。

ウィードでそんなことしてたら、僕が叩き出すね。

「でも、念のために、聖剣は見せてもらうことにしたよ。あれから妙な小細工がされていないかとか、不具合がないかとか、ここのダンジョンに残っている私の研究資料集めもあるからね。あと数日はホワイトフォレストに滞在することになると思う」

「というわけで、実質忙しいのは、コメットと俺、そして常時護衛の2人ってところかな。あとは、ホワイトフォレストの見学、観光でもしてくるといい。明日には、適当に空いている屋敷を譲ってもらって、そこにゲートを開通する予定だ」

「あ、それじゃ、こっちに来ていない皆も来れるんだね」

「ああ。他の国みたいに、隠れて行動する必要はないし、ここの国自体が協力者みたいなもんだからな。他の皆も顔合わせした方がいいだろう」

「やったー。初めて皆で観光ができるね‼」

「そうだな。結局、アグウストの方は忙しくてできなかったし、こっちで楽しもう」

そうして、新大陸で初めてのお休み日が来たのでした。

「うーん。なんか新鮮だね」

「だね。いっつも、警備とか、監視で忙しかったし」

「どういうこと？　あなたたちはベータンって街を預かっているって言ってなかったかしら？」

「あ、そうなんだけど、結局さ、僕たちが管理しないといけないから、四六時中お仕事ばっかりだったんだよね」

「……ベータンは特に、ユキたちは表向き他の国へ行ってたから、私たちが領主のような感じ」

「ホーストさんはいい人でしたから、そこまで軋轢がなかったのはよかったですけどねー」

「そういうことですか。為政者というのはやはり大変なのですね」

「やっぱり、そういう話を聞くとさ。私は聖剣使いとして、旅立ってよかったーって思うわ」

そんな話をしつつ、私たちはホワイトフォレストの街並みを、クロウディアとカーヤに案内をしてもらって、のんびり歩いていた。

「でもさ、ちょっとだけいた、魔術学府は楽しかったよ」

「制服とか、可愛かったよね」

「……ん。まあ、勉強がうっとおしかったから、のんびりとは違ったけど」

「お耳も幻覚系でごまかしていましたし、窮屈ではありましたねー」

ここホワイトフォレストでは、のんびりと私たち獣人、亜人はケモミミを出している。

ぴこぴこ‼

んー、ぴこぴこ‼

ケモミミ運動‼

「なにケモミミを激しく動かしているのよ」

「なんか、隠さなくていいと思うと動かしたくなった」

「あ、それ分かる」

「分かりますねー」

「あーもう、じっとできないの？」

「「「できない」」」

みんなでしばらく、ぴこぴことお耳を動かしまくった。

「この紅茶、美味しいね」

「これって、お城で飲んだやつ？」

「そうよ。まあ、幾分質が落ちるけどね」

しばらく城下町を見て回った後、喫茶店に入って一息ついていた。

「しかし、不思議ですね。外はあれだけ真っ白だったのに、お城や城下町には、ほとんど雪が残っていませんでしたね」

「あ、そういえば本当だ」

ラッツに言われて気が付いたけど、喫茶店の外は雪で白くはなく、普通にレンガや石畳が見えている。

屋根の上に微かに雪が残っているぐらいだ。

「なんで？」

「えーっと、なんでだっけ？」

「はぁ。カーヤはもうちょっと勉強した方がいいと思います」

「そ、そんな勉強しなくても生きていけるからいいのよ。で、なんでだっけ？」

「コメット様が開発したホットストーンのおかげです。本来は物を冷やすのに適したアイスストーンという一定の温度を保つ石材ですが、その温度を上げる方法を見つけて、それを生産できるようにしているのです。問題点としては、材料元となるアイスストーンの採掘地が少なく、DPで生産しようにも、消費が大きく、魔力を注いで作るにも、すぐに大量に用意できるわけではないということです。ですから、主に城下の主要な道にホットストーンを等間隔で置いて、雪の弊害を少しでも緩和しようとしています」

「なるほど、それで路地には雪が残っているのですね」

ラッツの視線の先には、路地から表通りに雪をかき出している人がいる。

「ああやって、路地の雪を表通りに出して、溶かすという役割もありますし、ちゃんとした手続きの下、この国に住む人たちにはホットストーンが配られています。それで、暖を取るのです」

「あー、そう言えば、全然火を起こした煙が出てないなーと思ったらそういうことか」

道理で、なんか他の街と違って空気が綺麗な感じがしたんだ。

煙たいとかがまったくない。

「ええ。冬場の薪集めも相当な労力や資源がいります。このホットストーンの発明で、国民の生活がかなり良くなりました」

「北辺の地で、問題なく過ごせるのは、コメット様のおかげよ」

「はぁー、コメットって凄いんだねー」

いや、もともとこの大陸のダンジョンマスターで色々やっていたんだから、凄いんだろうけど、こうやって、目で見て分かる成果ってのは初めてだから。

今までのは、戦う道具とか、研究書類とかばっかりだったから。

「しかし、ホットストーンでしたか？　そんな便利な物、他国とか欲しがりませんか？」

「欲しがりますよ。ですから、高値で輸出をしていて、ちゃんとした管理をしているはずです」

「といっても、北辺のホワイトフォレストでこそ、価値がある道具なのよね。他の国では、冬に少し暖が取れるだけで、あとは邪魔だったし」

「まあ、火を起こせるものでもないですし、本当に暖を取るための物ですからね。そして、ホワイトフォレスト以外の地では10年ほどでただの石ころになるようです」

「たぶんマジックアイテムの一種だったのね。魔力枯渇って話を聞いて、それでかなと思ったわ」

「なるほど、空気中の魔力を取り込んで動くタイプの奴だったのですね。で、ホワイトフォレストや学府以外では……ってちょっと待ってください。この地は魔力が充実しているということですか？」

「え、そうなの？　ちょっとまって」

僕はその事実を聞いて、魔術をちょっと使ってみる。

「……いや。普通に20倍消費してるけど」

「どういうことでしょう？」

「えーと、ホットストーンの詳しい構造は知らないので、私からはなんとも……」

「私もよく知らないわ」

これはユキさんに連絡した方がいいかな？

僕たちとは違った発想が出てくるかもしれない。

そう思って、コールをしようとすると……。

「簡単だよ。ダンジョンコアからの魔力を受けて、魔力補充をしていたのさ。範囲はちょうどこの国ぐらいだね。そこから出ると、魔力の補充が受けられなくて後は枯渇するだけさ。さすがに10年も持つとは思わなかったけどね。いやー、物持ちがいいのか、外の魔力枯渇が予定より緩やかなのかは分からないけど」

「あ、コメット」

どこから出てきたのか知らないが、コメットが普通に僕の隣に座る。

神出鬼没だよね、この人。

「コメット様。どうしてこちらに？」

「ん？　ああ、話し合いが面倒だから抜けてきた。あ、私も紅茶で」

普通に仕事さぼったって言うかなー。

僕は苦笑いしていると、トーリやラッツ、カヤは白い眼で見ている。

「……あんまり、ユキさんを困らせると。怒りますよ？」

「ですねー。私としてもお兄さんに負担ばかりかけられるのは我慢なりませんね？」

「……お揚げを抜きにする」

「あ、それはダメだよ、コメット。ユキさんって忙しいんだから」

ユキさんが忙しくて倒れちゃうよ。

それはダメだ。

コメットには悪いけど、厳しくいくよ。

「あー、言い方が悪かったね。私は出番がないから、外の様子を見に来たのさ。私は研究者だからね。国家の運営とか、国家戦略とかはお門違いだよ。分からなくはないけど、そんなことに頭を使いたくない。こうやって、データを集める方が、よっぽど役に立つさ。ちゃんとユキ君からOKも貰っているから、安心していい」

あ、なんとなく分かる。

僕も、ウィードの運営会議とかに出るけど、警備のことをちょろっと話したら、あとはエリスやラッツ、ミリーにお任せだからね。

いる意味ないよねーって思う。

外でお巡りさんしてた方がいいよねーって感じで。

「で、話を戻すけど、そのホットストーンを維持するためのダンジョンコアの魔力だけど、毎日とは言わないが、きっと、王様か宰相辺りが、ダンジョンコアに魔力を注ぎ込んでるんじゃないかな？　効率は確かに悪いけど、外に魔力を放出しないで、直に魔力をコアに注ぎ込むから、消費量の跳ね上がりはないはずだしね。この過程も20倍だと、何にもできないよ」

「そういう使い方もあるのですね。ん？　じゃあ聖剣とかも……」

「そうだよ。持ち主の魔力を損失なくため込んで、刀身やコアの接続により、無駄な魔力消費を抑えられるように設計してるから、普通に魔術を使うよりも、ベツ剣、聖剣を介して魔術を使った方がいい。聖剣に組み込んである術式なら、さらに消費を抑えられるね」

「はあ、色々考えてあるんですね。ウィードの大陸でいう杖みたいなものですか」

「杖そのものはこっちにもあるけど、どうも実用性が後方から撃つだけだったからね。ポープリぐらいになるとまた違うんだけど、さすがに、あそこまで育つのを待つのはあれだし、剣に杖の役割を持たせて、コアで補強すればいいんじゃないか？　ってのが発想元かな」

「ふぇー。色々考えているんだね。僕は——」

ドーン!!

そんな爆音が響いて僕の言葉は遮られた。

第347掘：兵士の意地

side：カヤ

ドン、ドン、ドーン‼

断続的にそんな音が辺りに響く。

お店の人や御客さんを見てみると、私たちと同じように驚いた顔をして、店外を見つめている。

「……どうやら、ホワイトフォレストの催しではないみたい」

まったく、なにも私たちがオフの時に問題を起こさないで欲しい。

いやがらせ？

「そのようですね。はぁ……」

「うがー、なんでこう邪魔が入るかなー」

「本当だよね。イライラする」

どうやら、ラッツ、リエル、トーリも同じようにお怒り気味だ。

当然か。

こうやって、４人でのんびりすることは、そうそうない。

「ま、そうイライラしても仕方がない。まだ、私たちの邪魔をしに来た相手と決まったわけではない……」

そう、コメットは言いかけたけど……。

『緊急事態です。ホワイトフォレストにて、魔剣と思しき反応が出ました。場所は、南門。近場のラッツ、トーリ、リエル、カヤは至急現場に急行して、事態の把握に努めてください。民間人に被害が出るようなら、武力鎮圧も許可します。コメット、クロウディア、カーヤは至急、王城へ戻ってください。陽動の可能性あり。戻る途中で、不審人物がいないか確認を。私とユキさんたちは、聖剣の場所へ移動を開始しています』

完全に、私たちの邪魔をしに来た相手らしい。

「はぁ、思いのほか、簡単に釣れたようだね」

こめかみを押さえながら、コメットがそう呟く。

「コメット、釣れたってどういうこと？」

「ん？　カヤは聞いていないのかい？　昨日の話し合いで、今朝城でお触れを出したのさ、聖域の開放を行うってね。王様と宰相が言うには約10年ぶりだそうだ。だから、今回の騒動で、よからぬことを狙っているのなら、この期間に何か手出しがあるんじゃないかとユキ君が言っていたんだが、まさか初日で来るとはね」

……ユキが凄いというより、相手が馬鹿だ。

「と、長話はここまでだ。エリス君からの報告の通り、門の騒動は囮の可能性がある。ここの地理に詳しいクロウディアとカーヤは戻るぞ。すまないがカヤ君たちは門の馬鹿共を頼むよ」

「分かりました」

「分かったわ。カヤそっちはヘマしないでね」

「……休日を邪魔された。ヘマなんてしない。ボコボコにする」

うんうん。

他の皆も同じ思いのようだ。

人の休日を邪魔する奴は、人としてダメなのだ。

「後れは取らないと思うが、十分に注意だけはしてくれ。ヒフィーからホワイトフォレストに送ったはずの魔剣がごっそり消えている。だが、これはダンジョン化の範囲に確認できないだけだ。外に魔剣持ちの集団がいてもおかしくはない」

「分かってるって。僕たちに任せてよ」

「じゃ、頼んだよ。あと、自分の身を最優先でいい。君たちに何かあれば、ユキ君は手段を選ばないから」

そう言ってコメットは、2人を引き連れて、お城の方へと歩いて行く。

もうちょっと、考えて行動をして欲しい。

私たちが休めない。

「あれ？　あんまり急いでいないね」

「それは、道中の不審人物の確認もあるんですよ」

「ああ、なるほど」

「でも、私たちは急ごう。門からの騒ぎはそれなりに大きい」

「うん。よし、気持ちを切り替えて頑張ろー‼」

「「おー」」

ということで、即座にジャンプして、家屋の屋根に飛び乗る。

道はさっきの騒動で、人が多く、進むにも退くにも面倒そうだから。

で、そのまま南門の方まで屋根伝いに走って行くと……。

「ははははっ‼　亜人共が国を作るなど滑稽よ‼」

どうやら、魔剣を持っているのは男のようだ。

これはヒフィーかエクス王国の手引きで間違いないと思う。

相手は人族3人か……。

私たちだけで……いや、私だけでどうにでもなる。

「えーっと。助けるの？」

「いえ。ちょっと様子を見ましょう。衛兵さんが頑張っているようですし。昨日の勤務態度や姿勢から、あの程度の手合いに後れを取るとは思えません」

「私もそう思うよ。というより、私たちならあの相手は1人で十分だし、索敵範囲外に敵がいないか確認した方がよくないかな？」

「それもそうですね。しかし、さすがにこの場に1人だけなのは、緊急事態に対処できないでしょうし、2人残って、2人が門の外を索敵って感じですかね」

「……なら、私が残る」

「あ、私も残る。だって、寒いし……」

「あー、トーリずるだー」

「ま、バランスもいいですし、いいんじゃないですか？　リエルとカヤのコンビだと、色々心配ですし」

「……それは心外」

「そーだ、そーだ」

「はいはい。じゃ、リエルはちゃんと仕事してるところ見せてくださいな」

「分かったよ。敵を1人で捕まえるんだから。トーリ、カヤここは任せたよ」

「うん。気を付けてね、2人とも」

「気を付けて。寒くて凍えないように」

「ぬふふふ。それはそれで、お兄さんに暖めてもらう格好の理由になるんですよねー」

ラッツとリエルはそう言って、門の外にジャンプして消えてゆく。

「そ、そんな寒さの利用方法が……。でも、お耳が……」

「……取れないから。あと、ユキには好き勝手に抱き着けばいい。私たち妻なんだし」

ユキは押し倒したりしなければ、基本、甘やかしてくれる。

というか、押し倒すと、体力気力がなくなるからいけない。

お互いに全力でやるから。

しかし、それはいいとして、トーリのお耳取れるトラウマは結構根が深いみたい。

いったいどんな雪山に行ってお耳が取れる一歩手前までいったんだろう？

そんなことを考えているうちに、門での戦いは進んでいる。

「お前らは全員、奴隷がお似合いだ。抵抗しなければ、生かしてやる。が、奴隷が人様にたてつくのならば……」

「こうだっ!!」

そういって、1人の魔剣持ちの男が魔剣を振るうと、ファイアーボールみたいなのが出てきて、衛兵に直撃する。

「ぐあっ!?」

「「た、隊長!!」」

ん？

あれはたしか、昨日私たちの対応をしてくれた人たちか。

応援に駆けつけたように見える兵士たちはみんな転がってるし、結構劣勢？

うーん、これは助けるべき？

そう思って視線をトーリにやるけど。

「ううん。まだ、あの人たちはやる気だし、負けたなんて思っていない。私たちが出るのは早いよ」

「トーリがそう言うなら見守る」

こういうタイミングは非常に難しい。

一応私もウィード警察に所属しているけど、無暗にでしゃばると、部下の頑張りを潰すことになる。

ついでにここは一応他国。

客人の私たちが始末をつければ、面子が丸つぶれだ。

ということで、こういう判断は警察トップのトーリに任せるのが一番いい。

身内では影は薄いけど、真面目だから、部下からの評判はとてもいいのだ。

あ、でも夜はユキとワンワンプレイが好き。

ちょっとだけ、専用の首輪が羨ましかったりなかったり。

で、吹き飛ばされた隊長さんは、槍を杖にして、足ががくがくしながらも立ち上がる。

うん。いい根性をしている。

「まだ立つつもりか」

「そう、だ……」

「ふん。弱い お前を相手にしても意味がない。ほら、応援を城から連れて来い。そのぐらいは待ってやるぞ？」

「この貧しい国の王とやらでもいいぞ？　斬り捨ててやろう。その瞬間にこの国は俺たちの物だがな」

……なんつー、あからさまに城から人を引き離そうとしている。

陽動の話が信憑性(しんぴょうせい)ましてきた。

「……私が、私たちがいる限り、陛下へは、国民へは絶対近寄らせない」

隊長さんがそう言うと、部下の人たちも盾と槍を構える。

倒れていた兵士も、ゆっくりとだが、立ち上がっている。

「ふんっ。ただの門兵共が。さえずるにしても近衛ぐらいの身分で言え」

「しょうがない。ここはいったん仕留めて、城の前で挑発した方が良いだろう」

「ははっ。ならやっちゃいますよ‼　亜人共を生かしておけって言われて俺ストレス溜まっちゃって‼　ひゃっはーー‼」

1人のどうみてもおかしい男が飛び出して、隊長さんに魔剣の魔術を連発しながら近づく。

ドン、ドン、ドン……。

「ぐうぅ……‼」

隊長さんは動きもせずに、盾でその魔術を必死に受ける。

「そーれ‼　止まってると串刺しだぜー‼」

そんな言葉と共に魔剣が隊長さんに突き出され……。

「なにっ⁉」

それよりも速く隊長さんから槍が突き出されていて、敵の胴体に突き刺さる。

相手が近づいてくるのを待ってたのか。

でも、簡単にできることではない。

ずっと我慢しないといけないから。

「おおおっ‼」

「まっ……」

そして、雄たけびを上げて、盾を振り上げ、槍で動きが止まっている馬鹿に、振り下ろす。

ゴンッ‼

シールドバッシュというより、シールドハンマー。

ゴン、ゴン、ドゴンッ‼

良いのが入った音がした。

殴った隊長さんの方も手ごたえあったのか、ゆっくり盾をどけると、槍が腹部に突き刺さったまま、伸びている男がいた。

……顔が血まみれだけど、たぶん生きてると思う。

「馬鹿め。油断したな」

「ほっとけ。足手まといが減っただけだ。何も状況は変わらん」

「それもそうか。そこな門兵。それからどうする？ その雑魚を止めるだけで満身創痍だ。逃げるなら追わんぞ？」

うーん。

思ったよりきついかな？

でも、隊長さんはまだ一歩も引く気はないみたいで、腰に佩いていた剣を引き抜いて構える。

「私は……ここを任されているのだ‼ 私もこの国の盾の1つ‼ 引くことはしない‼」

「「「おうっ‼」」」

その声に応えるように、他の兵士たちもボロボロで声を出す。

「ちっ、死にぞこない共が」

「それほど死にたいのなら、殺してやる。ほら」

先ほどの男とは比べものにならない、大きいファイアーボールが飛んでくる。

……なんでファイアーボールばかり？

炎の魔剣だけ？

「カヤ、さすがにあれはまずい。いくよ」

「分かった」

そこはどうでもいいか。

まずは助けないと。

ということで、2人で戦いの最中に割って入る。

もちろん、大きいファイアーボールは私にとっては火遊びの部類だから、踏み消した。

「何者だ。お前たち」

「……あ、あなたたちは」

敵はいいとして、私たちのことを知っている隊長さんに正体をばらされると面倒なので、しーっと口の前に人差し指を立てる。

「……その門兵の様子からすると、城からの応援のようだな」

うん。

見事に引っかかった。

「しかし、女が上級兵とはな。この国のレベルが知れている」

「魔剣しか取り柄がないからな。その魔剣も使える男である俺たちに勝てると思っているのか？」

勝手に勘違いしてくれてて助かる。

「まあいい。こちらにとっても好都合だ」

「ああ。しかし、上玉だな。適当に痛めつけて売り払った方がよくないか？」

「そこら辺の裁量は任せる。まずは任務が第一だ。それが達成できれば何も言わん」

ペラペラとよく喋る。

というか、片方の男、私とトーリを上から下にいやらしい目で見てくる。

……気持ち悪い。

「時間稼ぎのつもりでしょうが、変態には遠慮はしません」

トーリがそう言って変質者の目をしていた男を一瞬で壁まで吹き飛ばす。

バンッ!!

そんな音と共に、くぐもった声がして、男はずりずりと壁から地面に落ちる。

……あれ生きてる？

こう、カエルを壁に叩きつけたような……。

「なにっ!?」

リーダーらしき男は突然のことに驚いている。

さて、私もお仕事をしよう。

「……あなたには知っていることを喋ってもらおう」

「貴様!?　いつの間に!?」

咄嗟に魔剣を振りかぶるが、私たち相手には遅すぎる。

足を払って、バランス崩したところで魔剣を奪い、地べたに叩きつける。

「ぐうっ⁉」

「何が目的？」

頭を踏みつけて、そう問いただす。

「なかなか侮れんな。亜人の国も。……いや、だからこそか」

「独り言はいい。私の質問に答えて」

「ぬぐっ⁉　ふっ、喋らぬよ。こうなることも予想はできていた」

「外の待機部隊と、城の本命のこと？」

「な、なぜそれを⁉」

……ダメだこいつ。

トランプとかで勝てないタイプだ。

いや、手札を的確に当てられたらこうなるかな？

「くそっ。内通者にした亜人が漏らしたか‼　本当に使えん‼　獣風情はやはりこの世界から消えっ……」

メゴッ。

そんな音を立てて、地面に頭がめり込む。

「あ、カヤ⁉ 殺しちゃダメだよ‼」

「……大丈夫。イラッとして、足に力を入れて地面に埋めただけ」

「……地面って、石畳だよ」

「……たぶん大丈夫」

はぁ、最近人と亜人の確執は見てなかったけど、やっぱりこれがこっちでは普通なのかな？

ああ、イライラする。

あとでユキに慰めてもらおう。

「あ、あの……」

「あ、大丈夫ですか？ すぐに治療しますね」

「……傷をさっさと治す」

隊長さんたちを動けるほどに治療をして、しんで……伸びている3人を引き渡す。

「こいつらは縛って城に連れてきて、魔剣らしきものは危ないから私たちが直接持っていく」

魔剣は触った時に、思考制御関連の術が展開されているのが分かったから、下手に渡せない。

「あ、ありがとうございました‼ お客人にこのようなことをさせて申し訳ありません‼」

「いいんですよ。今回の件は、こういう輩が出るって話をしに来たんです。他にも出るかもしれないから、注意してくださいね」

「はっ‼ 警備増強の話は伺っています‼ やはり、聖剣の封を解くという時期を狙ってよか

らぬ者がまぎれこんでいるようですね。私たちが慢心しておりました‼」

「……隊長さんたちはよく頑張ったと思う。ちゃんと王様たちには言っておく」

格上相手に、最後までよく踏ん張ったと本当に思う。

「お褒めの言葉ありがとうございます。しかし、その進言はやめていただきたく思います」

「え？　なんで？」

「私は、任務を果たせませんでした。ただ頑張ったからという理由で失敗をなしにしては部下に示しがつきません。自分から失態を話し、罰を受けようと思います‼」

……スティーブたちに爪の垢を煎じて飲ませたいぐらい真面目だ。

まあ、お堅い気もするけど。

「そうですか。分かりました。では、先に私たちは城に戻って話を通しておきますね」

「はっ‼　感謝いたします‼」

そして、私たちは門から離れる。

後ろから、元気な隊長さんの声が響く。

「よーし、お前たち。これが、私が隊長として最後の命令になるかもしれん。だから、きついかもしれないが、もうちょっと頑張ってくれ。犯罪者の連行、交代要員の要請、物損の処理、色々あるがよろしく頼む」

「「はいっ‼　隊長‼」」

なんか、涙声も交じってる気がする。

「ああ言ったけど、こっそり言っておこうか」

「うん。あの人が門兵の隊長だと安心できる」

信頼ってのは、こういうところから生まれるんだなーとつくづく思う。

第348掘：内通者

side：ユキ

「貴様ら、何をしている‼」

ホワイトフォレストの王様がそう怒鳴る先には、聖剣を収めていた箱に手を伸ばす、狐人族、エルフ、兎人族がいた。

「ははっ‼　これで、この大陸から、人を排除できる‼」

「王よ‼　あなたの人との協和にはうんざりだ‼　もう400年近くも停滞したまま‼　我が亜人たちは日々追いやられるのみ‼」

「これからは、私たちがこの国を導く‼」

なんか、急展開に見えるが、昨日のうちにすでにダンジョン化していて、警戒網を張っていたから、特に慌ててはいないし、驚くべき展開でもない。

いや、予定より行動が早かったけどな。

門の救援要請には応えないようにと言ってたのに、勝手に向かわせた挙句、辿り着いていないって、トーリたちからは連絡が来たし、こりゃ内通者がいるかなーと思ってたら案の定。

この3人、全員ホワイトフォレストの重臣らしい。

なんとまぁ、と言いたいが、どこにも反発する者はいる。

というか、この400年、よく押さえられてたものだ。

「何を馬鹿なことを‼　あなたたちは男です‼　聖剣が使えるわけはない‼　さあ、こちらに投降しなさい‼」

そう言って、兵を指揮しているのは、宰相ヒーナさんの娘のトモリ。

カーヤに似ているのだが、性格はクソ真面目で母親譲りだろう。

一分の隙もない包囲をしている。

「ははは‼　そのような事、百も承知よ‼　馬鹿な小娘が‼」

「だから使えるようにするのだよ‼　こうしてな‼」

「なに⁉」

そういうと、3人はすかさず聖剣の箱を開けて、懐から、なにやら宝石を取り出し、それを剣に押し当てると……。

バリバリ……‼

そんな電気がショートしたような音を立てて、閃光が迸る。

あー、目が痛い。

サングラス持ってくればよかった。

しまったな、相手が閃光弾みたいなのを使ってくる可能性を考慮してなかった。

専用のゴーグルの支給とか考えるかね？

やられることはないだろうけど、逃がす可能性が多少はある。

しかし、そんな考えは目の前の3人にはなく、閃光が収まり、俺たちの目がよく見えるまで待っていたようだ。

「ふははは‼　よく見るといい‼」

「我らが、この国の支配者に相応しいところを‼」

「この、おっと、聖剣が我らにひれ伏すことを‼」

あ、お前らも閃光で目がやられてたのな。

足元がふらふらしてるし、こっちに剣を向けているようで、実はちょっと方向がずれている。

ダメじゃん。

そうして俺が呆れているうちに、馬鹿たちは剣に魔力を注ぎ込み、刀身を中心に、炎、水、岩と渦を巻く。

「ふははは‼　どうだ‼」

「我らこそが、聖剣を受け継ぎし者‼」

「さあ、どちらがこの国の主に相応しいか分かっただろう‼　兵たちよ‼　そこの偽の王と、聖剣使いの血縁を名乗る不届き者たちを捕らえよ‼」

そうやって、私たちこそが、正当な聖剣使いの子孫みたいに言っているが、兵士たちは微動

「いきなり、無断で聖域に侵入した馬鹿共に答える奴がいるものか。そもそも、お前たちが不満を持って、裏で色々やっているのは私たちも知っている。こうやって行動に移したのは失敗だったな」

「陛下の言う通り、あなたたちの手の者は、すでに城内で捕縛しています。武器の不法所持などでですね。もうちょっと、考えるべきでしたね」

最初からこいつらは、王様、宰相共に睨んでいたらしく、行動を封じていた。

……謀反を起こすにも、もうちょっと考えないものかね？

あ、魔剣の精神制御のせいで、細かく考えられないのか？

確かに、命令を遵守し、士気高く、引かぬというのは、軍隊としては非常に強みはあるが、こういう手の読み合いには向かねーな。

「ふん、使えぬ奴らめ。まあいい。私たちの穏便に済ませようとの配慮だったが……」

「聖剣の錆にしてくれるわ‼」

「伝説を継ぐ者に逆らったことを後悔するといい‼」

ああ、聖剣が使えるって大前提があったから、ごり押しでＯＫって思ったのか。

でも残念。それ以上魔力を込めると……。

「「あばばばば……」」

3人ともがくがくし始めた。

うん。感電ってのは漫画表現だと面白く、分かりやすいけど、実際はこんなもんだよな。

おっさん3人がびくびく痙攣してるだけだ。

絵的に汚い。

これがうちの嫁さんたちなら、エロく感じるんだろうが……。

ごらんの通り、この聖剣は偽物である。

聖剣が入っていた箱には間違いないし、中に入っているのも、聖剣のレプリカトラップバージョン。昨日、急遽用意した物ではあるが、そこは我がウィードが誇る魔術鍛冶師と、聖剣を作ったご本人が組めば、余裕で用意できるものである。

昨日の夜、すでにホワイトフォレストの城と城下はダンジョン化してしまったので、さっさと、聖剣の確認に行って、物のついで、コメットの研究所だったダンジョン一角のすべての危険物は偽物と入れ替えた方が安全だろうという結論になった。

王様や宰相さんに反対されるかと思っていたが、そもそもコメットの物なのだし、偽物も用意して、別ルートから騒ぎを起こさずに入れ替えるのなら特に問題はないと言っていたのでスムーズに、中身の入れ替えができた。

で、現在に至るというわけだ。

なお、３人が持った聖剣が最初使えるふうに見せかけたのは、偽物であれ、本物のシステムを持っている聖剣をどのような方向で使うつもりなのかを見たかったからだ。

ただ盗むだけなら、捕まえるだけだし、ここで使おうとするなら、どういうプロセスをもって、聖剣の個別認識などを破るのかと思っていたのだが……。

どうやら、ハックツールでも持っていたのか、それを使って、個別認識システムを落としたように見える。

発光していたところから、ハックというより、無理に電圧を流して、その機能だけを壊している感じだから、厳密に言えばショートさせている感じか？

ま、詳しいことは後で調べるとして、今はこの馬鹿共を片付け……。

「やあやあ、遅くなってごめんよ。といっても、私の手助けは無用みたいだけど」

「最初から準備万端だったのですね」

「……相変わらず、どういう頭の構造してんのよ。あんた」

観光からコメットたちが戻ったようだ。

『こちらトーリです。門の鎮圧終わりました。魔剣と捕虜を確保しましたので持っていきます』

『こちら、ラッツ。リエルと共にダンジョン範囲外の探索にて、魔剣とそれなりの兵を集めた場所を見つけて、襲撃、占拠しました。こっちには人員回してくれるとありがたいです』

「了解。ラッツの方はしばし待っててくれ、王様たちに言って援軍を向かわせる。休日にごめんな」

『大丈夫です』

『ええ。お兄さんのためならば。あ、でも寒いんで後で暖めてくださいな』

『あ、わ、私も‼』

「分かったよ。あ、まだ終わってない可能性もあるから、警戒はしててくれよ」

『『はい』』

嫁さんたちの方も問題は片付けたみたいだな。

というか、ラッツとリエルが外の敵対勢力を見つけるとは思わなかった。

なるほどね、何でヒフィーたちやエクスの魔剣が城下にないか不思議だったが、持ち込み検査が厳しくて、外に隠さざるをえなかったわけか。

「お、お待ちください‼　コメット様‼　カーヤ様‼　クロウディア様‼　そ、そんなに前に出ては、賊が‼」

で、コメットたちを追いかけるように、もりもりマッチョのエルフ、ストング将軍が軍服をはち切れんばかりに、ぴっちりさせて走ってきた。

なんで、サイズギリギリなんだよ？

なに？　服を「はぁーーー‼」って破るつもり？

「ああ、ストング君すまないね。でも、大丈夫だよ。もう終わっているみたいだ」

「そのようです。心配をかけました」

「あのね。ストングに心配されるほど弱くはないわよ？」

「カーヤ様。皆様が私よりお強いのは百も承知です。ですが、私は貴女様たちの迎えと警護を任されているのです、兵として、あの頃の時とは違うと見せる場面をいただければと思います」

「分かったわよ。私だってストングを信用していないわけじゃないわ。その筋肉を見れば、どれだけ訓練したかも想像つかないし……」

うん。

美形の細身のエルフが逆三角の見事なモリモリ肉体になるまで鍛えるって、どうやるんだろうな？

「しかし、見たところ、本命の賊は内通者のようだね。王様も宰相も大変だね」

「いえ。我が身の不徳を、このようなことで見せることになってしまい申し訳ありません」

「コメット様が築いてくださった、この国にこのような者を蔓延(はびこ)らせたのは私たちの落ち度です。いかようにでも処罰(しょばつ)を」

そう言って、コメットに向かって罪人のように膝を折る。

「はいはーい‼　さっさと立つ。すでにここは君たちの国だ。私がどうこう口を挟むことでもなし、罰することもない。私はここの手助けをほんの少ししただけだ。さっきの言葉は文字通り大変だねって意味でそれ以上のことはないよ」

「はっ。コメット様の寛大な御心に感謝いたします」

「ありがとうございます!! コメット様!!」

「感謝いたします!! コメット様!!」

なんか王様と宰相、さらにストング将軍も混ざって膝をついている。

「……めんどいわー」

コメットがそう呟く。

その気持ちは分からんでもない。

コメットや俺などはある種の職人気質に近い。

だから、礼儀などは必要最低限でいいし、相手にそれを求めたりはしない。

だって、その分手間がかかるから。

今みたいに。

「あ、あの、陛下、宰相様、将軍殿、コメット様もお困りのようですし、罪人も連行しないといけませんので……」

トモリちゃんだけはコメットの業績を耳でしか聞いていないためか、3人のように、絶対服従、神を崇めるという感じではない。

で、そんな時、突如としてダンジョンの灯りが消え、真っ暗になる。

「な、なんですか⁉」

「敵⁉」

クロウディアとカーヤの慌てた声が暗闇から聞こえる。

他の兵士もガチャガチャ音が鳴っているから、驚いているのだろう。

「エリス」

「はい。ライト」

俺と一緒にいたエリスに周りを照らしてもらう。

無論、リーアとジェシカ、クリーナ、サマンサはがっちり周りを固めている。

あ、ちなみに、サマンサの姉のルノウさんは万が一のために、すぐに脱出できるよう待機してもらっている。

「ふむ？　特に何もないようだね……となると」

コメットが俺に目配せをして、ダンジョンMAPを同時に開き、見る場所は……。

「「ダンジョンコアがない」」

「なっ⁉」

「そ、そんな‼」

「だ、大至急、奪還を‼」

「はっ、はい‼ 直ちに賊を追え‼」

ホワイトフォレストの皆さま方の顔は、まさに顔面蒼白。

そりゃ、国の維持に必要なダンジョンコアを盗まれるのは一大事だ。

「ああ、大丈夫だよ。すぐに切り替わるから」

「切り替わる？」

「ええ。とりあえず、盗られるとまずいものはすべて本物に似たダミーに切り替えています。それは話しましたよね？」

「た、確かに。でも、ダンジョンコアもすり替えておいたのですね？ く、国に影響は？」

「ああ。そこは大丈夫です。……ほら」

俺が話しているうちに、ダンジョン内の灯りが元に戻る。

しかし、照明をダンジョンコアに頼っているのは問題だな。

さっきみたいに真っ暗になると何もできない。

後で改善方法を話し合う必要があるな。

ウィードみたいに電気を持ってくるのは早すぎるし、ザーギスの研究品が妥当かね？

「おおっ。灯りが戻った」

「まあ、簡単に言うと。二重三重に本物を置いておいたのさ。そうすれば、1個盗られても問題ないからね。今みたいに次のコアに切り替わるようにしている」

「なるほど。助かりました。しかし、我が国の命ともいうべきコアを盗んだ大罪人を逃がすわけにはいきません‼」

「その通り‼　全軍に追撃を……」

　トモリとストング将軍が怒り心頭で追撃を命令しようとするが……。

「あ、ごめんよ。それは待ってくれ」

　俺が止める前に、コメットがストップをかける。

「なぜでしょうか？」

「こっちのダンジョンの機能で追跡しているから、情報をもっと集めたい。なんでダンジョンコアを狙ったのか？　とかね。相手は人族みたいだ。しかし、それだと変だ。人族にはダンジョンの文献はほとんどないはずだ。ダンジョンコアという物に何の価値が見出せる？」

「……確かに。そもそも、この場所ですら秘匿としていますし、ダンジョンコアのことを知っているのはホワイトフォレストでもひと握りです。警備も厳しい。盗むにしても、他に換金しやすいものや、足のつきにくいものはたくさんあるはず……」

　そう、つまり……。

「これは、相手に私たちの知らないダンジョンマスターがいる可能性が高いね」

　コメットの言う通り、ダンジョンの特性を知り尽くしている誰か。

　ダンジョンマスターに近い者がいる可能性が高い。

しかも、相手方に。

「ということで、ダンジョンコアにも色々細工して、音声とか、映像を送ってもらえるように防犯はしていますので、捕まえるにしても、少し時間を空けて欲しいのです」

まさか、ダンジョンコアが盗まれるとは思ってなかったけど、何事も備えは大事だねー。

第349掘：発信機、逆探、そういうのは基本

side：コメット

ユキ君の全部ダミー作戦に乗ってよかった。

私だけなら、聖剣のダミーを作って終わりだっただろう。

まさか、ダンジョンコアが盗られるとは思わなかった。

旧式ではあるが、ここのダンジョンコアにも防衛機能はちゃんとついている。

いや、王様や宰相といった人々が利用できるように、相手を攻撃するという機能はつけてなかったけど、そうやすやすとは動かせないようにしていた。

そういった意味で慢心してたが、ここまであっさり持っていかれるとは思わなかった。

どうやって私の防衛機能を抜けたんだ？

そんな感じで、盗られたショックよりも、相手がどのような技術を使ったかが気になって仕方がない。

だってそうだろう？

私とは違う発想、考えの下、旧式とはいえ、私の作り上げた防衛機能を抜けたのだ。

関心こそすれ、怒る理由はどこにもない。

あ、いや、ホワイトフォレストの皆に迷惑がかかるのはけしからん。実にけしからん‼

そう、これは今後、同じようなことがないために、相手の知識や技術を知り、対策を立てるために必要不可欠なことであり、決して、新しい知識が見られるとか、わくわくするとかいう不純な動機は一切ない。

未来のために必要な行為である‼

『よし、追手はいないな。あの馬鹿共は囮ぐらいには役に立ったか。だが、あの馬鹿さ加減では長くは持つまい。さっさとこの獣臭い場所から去るべきだな』

私たちが覗く画面に音が届く。

男が手に持っているのはダンジョンコア。

この男が先ほどの混乱に乗じて、盗み出したのだ。

しかし、こっちは馬鹿たちと違い、鎧は正規のホワイトフォレストの物を着ているから、ちゃんと準備をして、南門、聖剣を囮とした、三段構えの作戦で来てたみたいだね。

「こ、これは？」

王様が目の前に浮かぶ画面を見て驚いている。

いや、私たち以外は全員驚くよね。

私だって、空中投影のモニターとか思いつかなかったし。

当時の私がやっていたのは、鏡を使った方法だったからね。

まったく、空中に重さゼロの光を使っただけのモニター作るとか、発想がぶっ飛んでいるよね、ユキ君たちは。

「見ての通り、こうやってダンジョン化している範囲を監視するのさ。昨日の夜も話しただろう?」

「はい、それは伺いましたが、まさか、このような素晴らしいもので監視するとは……」

宰相さんはそう言って、画面を見つめる。

うん、それが普通だよね。

正直に言うけど、ユキ君やタイゾウさんの世界の技術レベルがぶっ飛びすぎなんだよ。

しかし、ルナさんやヒフィーとかの神様が呼ぶのならまだマシだけど、良識もなんもない馬鹿が間違って、ユキ君たちの故郷と半永久的に繋げるなんてことをしたら、あっという間に飲み込まれる。

自分たち以上の技術があるわけないという慢心でケンカを売ってしまえば、もうやばいなんてもんじゃない、あの超兵器群であっという間に壊滅だよ。

だから今後、召喚魔術関連は厳しく取り締まらないといけないだろう。

と、そこはいいか。

今のところは、それを予見したユキ君がルナさんに頼んで、部外者がこれ以上こちらに来ないようにしているらしい。

まあ、あのルナさんがまともに仕事をするわけないので、こっちもなるべく早く対策を打ち出さないといけないのは変わりないが。

と、そんなことを考えているうちに、コアを持った男は騒ぎが起きている南門には向かわず、東門へと平然と歩いて行く。

『待たせた』

『物は？』

『この通り手に入れた』

『よくやった。南門へはさらに魔剣を持った部隊が近づいている。大きく迂回することになるが、構わんな？　追手はいないだろうな？』

『構わない。予定通りだ。しかし、ここの門兵はどうしたんだ？　殺したのか？』

ほう、どうやら、東門の兵士は丸ごと入れ替わっているみたいだ。

用意周到だね。

しかし、残念かな。

南門の増援部隊さんたちは、すでにラッツ君とリエル君が壊滅させているよ。

『いや。殺してはいない。全員縛って転がして、中に貼り紙をしている、ローデイの仕業に見えるようにな』

『ははっ。それで今回の騒動は全部、今来ているローデイの使者に、ということか』

『そうだ。すぐに信じるようなことはないだろうが、拘束や尋問などがあるから、時間稼ぎにはいいだろう。それでローデイと潰しあってもらえれば万々歳だ』

『よし、ならそろそろ行くか。我らが覇王もこれを待ち望んでいる』

『ああ。これから我が国の覇道が始まるのだ』

　そう言って、東門から出ていってモニターの監視範囲外になって、詳細映像ではなく、大まかな地図での点滅移動になる。

　おそらく馬にでも乗っているのだろう。大きく速度が上がって、迂回をしながら南を目指している。

「覇王？　やはりエクス王国か‼　今すぐ追手を手配します。あの不届き者共を……」

「まあまあ、落ち着いて。それよりも、東門に兵士を派遣して、ローデイの仕業ではないってやられた兵士に説明をしないと、問題があるんじゃないかい？」

「コメット様の仰る通りです。しかし、追手は……」

「ん？　あのまま放っておいていいよ。どこまで行くか確かめたいからね」

「どこまで、ですか？」

「覇王とは言ったけど、エクス王国に着くかは分からないしね。でも、どうやら、誰かの指示で運んでいることは間違いない。こうやって、目標は追跡できているし、楽に敵の本拠地を確認できるかもしれない。追手を出してもいいけど、捕まえちゃったら困るわけ」

「な、なるほど。さすがはコメット様です」

「いや。このダンジョンコアはユキ君の発想の下に作られていて、今回のことで提供してもらったからね」

「ユキ様のですか？」

「そうさ。ユキ君は魔力枯渇を解決するために、ダンジョン内に街を作ってそこで人々に暮らしてもらっているんだ」

「ダンジョンの中にですか⁉　しかし、それは合理的だ。なぜ、今まで私たちは気が付かなかった？」

「それは仕方ないよ。もともと、魔物とかの巣窟で人が住めるような場所じゃない。ユキ君の発想が特別だっただけさ。私も部外者は排除するようなダンジョンだったからね。で、その過程で、ダンジョンコアをここと同じように人々の生活が楽になるように使っているんだけど、ここ以上にオープンというか、ダンジョンコアの存在をわざと知らせて、盗られやすいような形で放置してある」

「それは危険なのでは？」

「もちろん、今回のみたいにほとんどが本物のダミーさ。ま、噴水のコアを取るとそこら辺一帯が機能停止するぐらいな規模だけどね。だから、そういった意味で、ダンジョンコアは大事だということが、一般の人々にも浸透している」

「国民すべてがコアの守りというわけですな。意識の改革、なんという発想だ。しかも盗まれても、予備があるからすぐに復帰可能になる」

「うん。でも、盗られたままってのは再犯もあるから、根の方から断たないと意味がない。だから、ダンジョンコア自体に、今回のように位置を知らせる機能がついているんだ」

「わざと犯人の中枢まで持って行かせて、叩き潰すわけですね」

「そういうこと。これで、敵の本拠地らしいところも分かるから、そこを調べて、私たちが直接殴り込むって寸法さ。これなら、国家に属していない者たちの犯行だから、どこかの治外法権の国でも自国で自滅しただけに過ぎないってことになる」

「確かに、敵が国であれば、私たちは軽々しく動けない。そこまでお考えだったとは……」

「いや、全部ユキ君の受け売りだからね。こっち方面はさっぱりなんだ」

余分なことに頭を使いたくないからね。

まあ、大前提として、その組織ないし、国を相手取って勝てる実力がないと、実行できないんだけどね。

そこら辺は、ユキ君には些細なことだろう。

この大陸すべての国と敵対しても、戦えるというか、完勝できる。

今回の目的の最大の焦点は、いかに大規模な戦いを起こさないかである。

だから、こうやって忙しく動き回っているのだ。

「ということで、ダンジョンコアの方は放っておいて欲しい」

「……分かりました。コメット様がそう仰るのであれば」

「ですが、犯人が判明次第、私たちにでき得る限りの協力、支援をさせていただきます」

「うん。その時はよろしく頼むよ」

こういうのは特権だと思う反面、王様と宰相さんが平伏してもう色々めんどくさいから、プラスマイナスゼロだと思う。

で、話の区切りがついたので、ユキ君が話し出す。

「で、今後の予定ですが、捕虜の尋問はそちらに任せます。私たちが主導でやるのはさすがに問題があるでしょう」

「そうですな。コメット様やユキ様のお許しがいただけるのであれば、犯罪者共の尋問は任せていただきたい。必ずやエクス王国の名を証して見せましょう」

「はい。私たちも調べたいことができたので、そっちを優先したい。だからお任せします。魔剣については、少々危険なので、ダンジョン内に放り込んでください。こっちで守りを手配します」

「助かります。しかし、他の用事とは？」

「ああ、王様たちも聞いてただろう？　ダンジョンコアを狙う相手がいるって」

「はい。ダンジョンマスターかそれと同等の存在がいるということですよね？」

「そういうこと。で、幸いに私たちは、そのダンジョンマスターを作り出す存在と知り合いなんだ。だから、直接聞いてみようと思ってね」

「なっ!? そ、それは、ま、まさか!?」

私がそう言うと、王様や宰相さんは愕然(がくぜん)として、震えだした。

まあ、これは普通の反応なんだろうね。

「そうだよ。神様。この場に呼び出してもいいんだけど……」

「そ、それはご遠慮いただきたい!!」

「は、はい!! い、いえ、決してやましいことがあるわけでなく、今回の失態や、おもてなしの準備ががが……」

うん、宰相さんが壊れ始めたね。

呼び出さなくて正解だよ。

というか、あの神様を呼び出したら、信仰とか威厳とか失墜して水深一万メートルとかになりそうだから。

そういうわけで、いったんウィードに戻ってその神様に直接話を聞くことにしたのだが……。

「……朝っぱらからなによ?」

そう言って、ウィードの一角のアパートからジャージ姿の頭ボサボサで出てくるのは、色んな世界の神様をひっくるめて、統括する上級神。

女神こと、駄目神ルナである。

うん、駄目神ってホントしっくりくる。

ユキ君のネーミングセンスは凄いと思う。

「朝っぱらからじゃねーよ。すでに昼回っとるわ」

そう、ぞんざいな物言いをして、腕時計を見せる。

「……。朝ごはんは？」

「知るかよ!?　というかもう昼飯だよ!!」

「まあまあ、きっとルナ様も何かあったんでしょう。ちょっと待ってくださいね。すぐに準備しますから。キッチン借りますね。ルナ様」

そう言って、部屋の奥に行くのはこちらのウィードの神様である、リリーシュ様である。

この神様も現在はウィードに住んでいて、自らを祀っているリテア聖国のウィードにある教会の司祭を務めている。

ぽわぽわした人なのだが、こちらの大陸で最大宗教なので、私の知り合いのヒフィーとは雲泥の差である。

「あ、わ、私も手伝います!!」

で、そのぽわぽわ女神についていったのは、その雲泥の差のヒフィーである。

とりあえず、さすがに今回の正体不明のダンジョンマスターの件は全員に聞く方がいいということで、知り合いの３人全員を集めようということになったのだ。

「で、ドラマの録り溜めをようやく連休の初日に全部見て、連休の甘い惰眠をむさぼっていた女神様を叩き起こすとかなによ？　もっと、リリーシュとか、ヒフィーみたいに甲斐甲斐しくしてくれるのなら、可愛げがあるものを……」

……うん。

私はこの様子を見て確信したね。

絶対、欲しい答えは返ってこないと……。

落とし穴59堀：男にはつらい日

side：ユキ

時は3月の14日。

俗に言う、ホワイトデーである。

この悪しき文化は、地球の世界中探しても、日本だけの固有文化、いや、お菓子メーカーの陰謀である。

そもそも、このホワイトデーの対となるバレンタインデーですら、曲解した状態で日本で蔓延っている。

お菓子メーカーはそこまでしてお金が欲しいか？

と言いたいが、実はホワイトデーはさらに性質が悪くなっていたりする。

お菓子メーカーのみならず、お返しにといわんばかりに、数多の他企業が参戦してきている。

バレンタインのお返しは3倍返し、10倍返し、30倍返しというあれだ。

もはや、１００円の義理チョコでさえ、３００円、１０００円、３０００円という超値上げである。

なので、もはやお返しはお菓子というのは、学生ぐらいのもので、大人になれば、増えた財力を使って、懐の広さというのを見せ、プレゼントのセンスも測られるという、甚だ腹立たしいイベントである。

もはや、女尊男卑である。

というわけで、お菓子会社以外のところも、ここぞとばかりに、ホワイトデーのお返しにと、色々タイアップしてくる時代である。

が、幸いなのはここは異世界。

そんなクソみたいな日本の常識は存在せず、嫁さんたちだけに流行っているバレンタインデーで、つい先月、普通の子供たちが甘いお菓子を食べられる日という改変を行い、2月14日に流行らせようという案が出たのである。

そういう、純真な嫁さんたちにホワイトデーをするのは決して胸糞悪くないので、準備をしている次第である。

去年はお返しをする暇もなかったからな。

当時は、ジルバとエナーリアの衝突回避の真っ最中で、敵軍は落とし穴に落とすし、子供は生まれるわで、それどころではなかった。

ああ、それを考えるともうすぐ子供たちも1歳か。

と、それはまた、ちゃんとお誕生日会を開くとして、今は、嫁さんたちのお返しである。

「で、なんで俺も手伝っているんですか?」

「というか、なんですか？　ほわいとでーって？」

今回のサポーターはタイキ君とエオイドでお送りします。

嫁さん持ちの2人となら上手くやれるだろうということで、ランサー魔術学府の調理室を借りております。

最初にスティーブには声をかけたのだが、泣きながら逃げて行ったので、さすがにそれを無理やり手伝わせるほど鬼ではない。

「タイキ君は気にするな。嫁さん、アイリさんにお返しと思えばいいだろ？　どうせ来年にはバレンタインデーを広めるつもりだし、そういった意味で先取して、嫁さんをいたわるのは、プラスになると思うぞ」

「まあ……そうですね」

「で、エオイド君。俺たちの国にはついちょうど1か月前に、女性から男性へお菓子をプレゼントするというイベントがあってだな。その1か月後の今日は逆に男性から女性へそのお返しをするという風習になっているのだ」

「へー。そういうのがあるんですね。でも、いいかもしれないですね。アマンダも甘い物好きですし」

「納得してくれたところで、俺たちは今からお菓子作りをしようと思う。ちゃんと、味見役も用意した」

「『味見役？』」

「おう。よろしくお願いします」

俺がそういうと、調理室の扉が開けられて、女性が2人入ってくる。

「が、学長⁉　副学長も⁉　な、なんで⁉」

「いやいや、エオイド。ユキ殿のところのお菓子は美味しくて有名だからね」

「はい。アマンダさんと一緒にケーキなどを召し上がったことはないですか？」

「ああ。あの白いのが乗ってて、すごく美味しいケーキはユキさんたちのところのやつだったんですね」

「そういうわけだ。ユキ殿たちが、お菓子を作るのならば、私たちが毒見してやるのが一番いいわけだ」

「他の女性たちはあのケーキなんて初めてですから、美味しいとしか評価はできないでしょう。一度食べたことがあり、正しく評価できる舌を持った、女性であるというのが大事ですね。ユキさんだけではなく、お2人も、奥様との良き関係のために、全力でお手伝いさせていただきます」

まあ、こんなもっともらしいことを言っているが、お菓子を適当に作るから味見するか？と聞いたら速攻で手を挙げたのだが。

エリスに完全に餌付けされている2人である。

色々あったが、コメットもヒフィーも生きているし、お互い顔合わせもしていて、色々な意味で、2人にとっては肩の荷が下りた状態だ。

こっちも利用させてもらったし、こういうことぐらいはいいだろう。

「で、でも。俺、お菓子作れませんよ。できてもちょっとしたクッキーぐらいで、あんなケーキなんてとても……」

「あ、そこは心配するな。俺はクッキーすら作ったことない」

「そ、それで大丈夫なんですか⁉」

タイキ君は学生の頃にこの世界に来たし、バレンタインデーに関係のない男ならば、お菓子なんて言うのはそうそう作る物ではない。

知らなくて当然だ。

「大丈夫、大丈夫。料理なんてちゃんと本通りに作ればいいだけ。変にアレンジ入れようとする奴が失敗するって決まっているんだ」

「料理の本があるんですか？」

「ああ、あるな。ま、文字は分からないだろうから、こっちが説明する。ホレ、これがその本だ」

「うわー。凄い。でも、材料とか、道具とかさっぱり見たことないですけど」

「とりあえず、材料と道具はユキさんが出してくれるし、どれ作るか決めるか」

「わ、分かりました」

で、俺はその間に、必要そうな道具や材料を出しつつ、そのお菓子の本とか、パンフをポープリとララに渡す。

「ま、結局は手作りだからな。後でまともなお菓子はやるから、今日は頼むよ」

「んー。まあユキ殿の料理の腕は信じているから、そうまずい物ができるとは思わないけど、そういう心遣いは感謝するよ。で……」

「どれぐらい、頼んでいいのでしょうか？　5？　いえ、10？」

「いやいや、ララ。そこはいつでも欲しい物を頼めばくれるんだよ。ちゃんと仕事をしていれば。な？　ユキ殿」

「あ、ああ」

「ほ、本当ですか‼　じゃ、じゃあ、なんなりとご命令を‼」

いや、怖いわー。

お菓子が仕事の成功報酬(ほうしゅう)でいいって言ってるよこの人たち。

協力的なのはいいことだし、ここは普通にやらせてもらおう。

お菓子作りは時間がかかるしな。

さっさとしないと、ホワイトデーが終わってしまう。

ということで、色々試しつつ、基盤となるスポンジとかはデパートにある系のを使っているので、クリームとか、果物、アーモンドとかを間に挟んだりって感じの、ちょっと手抜き系ではあるが、できたわけだ。

失敗作と思しきものは、予定通り、2人のお菓子大好きに処理させている。

「よし。こんなもんかな」

「できるもんですね」

「本通りならいけるんだよ」

タイキ君やエオイドの協力もあって、嫁18人とメイド1人がいる俺のケーキも無事にできた。

さすがに1人ワンホールはないが、2個3個は食えるからいいだろう。

というか、ワンホールとか食えるわけがねえ。

それは人類じゃない。

あ、どこかの毒見役はツーホールぐらい食ってる気がしたけど、まあ、男の感覚な。

だって……。

「とりあえず。甘くてむせそうだ」

「ですね……」

「俺は基本ケーキ1個でギブアップだから、よく頑張ったと思う」

うん。

俺もタイキ君と同じようにケーキ1個が精いっぱいだな。

ケーキバイキングとかあるけど、あれは無理だわ。

「ま、とにかくできた。今日はありがとうな。各自嫁さんたちに振る舞ってやってくれ」

「はい。アマンダは喜んでくれると思います」

「アイリも喜ぶと思う。ありがとう、ユキさん」

そう言って、各々別れて戻っていく。

俺も、報酬のケーキをさらに2人に渡してから、作ったケーキをウィードに持って帰り……。

「あら。お帰りなさい。今日はどうしたの？ タイキやポープリが一緒だから護衛はなしって聞いて、多少は心配したわよ？」

「ぱーぱ」

そう言って、出迎えてくれるのは、セラリア。

で、その腕の中にいるのは、娘のサクラ。

「ああ。ほら、バレンタインデーのお返しがあるのは知ってるだろ？」

「……？ ああ、日本じゃホワイトデーとかいうのがあるんだったかしら？」

「そうそう。で、今日は、お返しに、ホレ、ケーキを作ってきたわけだ。ちゃんとみんなで食べられる分はあるぞ」

俺がそう言ってケーキを見せると、セラリアは目を丸々にして驚いていたが、すぐに笑顔になって……。

「ふふっ。いまさら、料理人でもないのにって言うのはあれよね。まったく、あなたにはまだ驚かされるわ。嬉しい意味でね」

「うまーうまー」

「そうね。とても美味しそうね。早くみんなに伝えて食べましょうね」

「あい‼」

サクラの頭を優しくなでる。

たぶん少し口に含むぐらいは大丈夫だろう。

ベタベタになるのはこのころの子供は当然だから仕方ない。

「じゃ、俺はケーキを置いたら、本体に戻るわ」

「ええ。ドッペルをお菓子作りに使うとか、なかなか思い付かないわよ。私たちにばれないためにでしょ？」

「嫁さんたちの驚く顔と喜ぶ顔が見たいからな」

「ふふっ、やっぱりそういうところも大好きよ」

「どうも」

さて、ケーキを置いたら、皆を集めないとな。

セラリアみたいにみんな喜んでくれるといいんだけど。

男にとっては慣れないことをするつらい日だが、大事な人が喜んでくれるなら、こういう日も悪くはないと思う。

相手がいない奴は色々な意味で、嫌な日だろうがな。

そういえば、スティーブには、今アルフィンがいたよな？

なんで、嫌がったんだ？

「ねえ。スティーブ、このお菓子美味しいよ」

「……そうっすね」

「お母さん。スティーブ、甘くてつらそうだよ。僕もだけど……」

「なんで？　スティーブもグラドも、こんな美味しい甘いお菓子の匂いがつらいわけないわ。

ほら、あーんして」

「あ、呼び出しがあったっす。グラド、任せたっす」

「に、逃げんなー!!」

「ねえ、早く」

第350掘：教えて女神様‼ （駄目神）

side：ユキ

「ふぁぁ……ねむ」

そう言って、ジャージの隙間から手を入れてお腹をボリボリとかく喪女、はたまた干物女が1人。

その名をルナという。

俺をこの異世界に放り込んだ張本人であり、自称上級神という神様で、複数の知的生命体がいる、複数の星をまとめる神様らしい。

らしいというのは、目の前の姿や今までの関わりで、女神らしいところをまったく見ていないことに起因する。

初対面はスーツ着込んだOLだったし、久々に必要で呼べば変なポーズとって神とか言ってすべるし、最近では、発展したウィードの一角に勝手に住み着いている始末。

いつの間にウィード住民になったというのは分からない。

そこら辺は神様らしく、神様能力で認識の誤解などを利用したらしい。

お金、生活費は嫁さんたちからのポケットマネーで補われている。あと、リリーシュからせびっている。

俺としてはこんな災厄の元なんかは、さっさと追い出したいのだが、嫁さんや娘の安全は確保してやると言っているし、嫁さんたちは色々世話になっているから、普通に受け入れている。

嫁さんたちが決めたことだから、俺がとやかく言うわけにはいかない。

ということで、よほどのことがない限り、こちらから接触はやめていたのだ。

俺と嫁さんの間に子供ができるかの問題で、久々に連絡とった時は、それがきっかけで新大陸の方も任せられる始末になったしな。

ヒフィー女神の問題も、解決のために俺が結局巻き込まれた。

どうよ、この駄目神を頼った結果、俺に被害が来る確率。

いや、頼った分の対価がいるのは分かる。

しかし、その内容も頼るというより、向こうの落ち度ばかりで、俺に責任はない。

子供が作れるかの問題も、俺の種族をダンジョン運営族という意味不明な種族に変えたせいで、某映画の如く、子供が母親のお腹を食い破って出てこねーだろうな？　という懸念から聞いたのだし、ヒフィーの件に至っては、後始末をきっちりしていなかった駄目神のせいである。

だから、本来としては、この駄目神は決して頼りたくはないのだ。

どうせまた厄介ごとを任されるに決まっている。

嫁さんとかは女神様のお告げみたいなものだしーと、ルナには非常に甘いというか、魔力枯渇の件は自分たちの責任もあるとして、積極的に動く意思がある。

が、物事には限度という物がある。

ウィードの大陸でこれからのんびりＤＰ稼いで、じっくりと魔力枯渇の研究を進めようとしたら、戦乱渦巻く、魔力が少ない、魔力枯渇が著しい大陸へのご案内。

それを調べるうちに、大陸の大規模戦争を起こさせるわけにはいかないと判断し、右に左に奔走する日々。

これに加え、追加でへんなことを頼まれたら手が回らんわ。

だが、ここに来て厄介ごとが増えた。

敵対勢力にダンジョンマスターがいるような行動が見られるのだ。

となれば、今まで、この世界に魔力枯渇対策として、ダンジョンマスターを任命していた、ルナに話を聞くのが筋である。

……あわよくば、本当にあわよくば、話し合いで終わるかもしれないから。

……身内の女神相手に噛みつかれてたようなもんだし、本当に雀の涙程度の希望だが。

「あん？　新大陸の方に、コメットとあんた以外のダンジョンマスター？　生きてるのがいたの？」

ダメだった。

よし、情報がないなら帰ろう。

これ以上問い詰めても、時間の無駄だ。

逆に面倒になりかねない。

「よし。知らないならいい。こっちで調べる。コメット、行こう」

「まあ待ちなよ。少し詳しく聞いてみたらどうだい？　上級の女神様、それに2人も女神もいるんだ。こう、女神の力でぱーっと、とかあるかもしれないだろ？」

しまった。

コメットはルナという女神に対しての認識が甘かった。

ヒフィーのことも、身内だし仕方ないという甘ちゃんである。

研究者として頭は回るが、こういうところはダメなわけか。

いや、普通なら、女神が3人もいるならどうにかなると思うか……。

「いいこと言った、コメット。ほら、あんたも座り直しなさい。女神を頼ることは決して間違いじゃないわよ。というか、あんたの場合は、女神は厄介者って顔してるからね」

「当たり前だ。後ろでせっせとご飯の準備と部屋の掃除している2人の女神を含めて、お前らが俺に何の恩恵をもたらしたか、言ってみろや」

俺がそう言うと、2人の女神がピタッと固まる。

「えーと、わ、私はほら、奥さんたちに女神の祝福与えましたし？」

そう言うのはリテア聖国が崇め奉る愛の女神リリーシュ。

「シェーラとキルエも巻き込んで、大騒動一歩手前だったけどな。というか、自分の宗派が手に負えなくて俺に丸投げだったよな？」

「あう……。申し訳ありません」

で、もう1人の女神は、こっちから目を逸らして、料理を再開している。

ま、焦げたりして味が落ちると、ルナが五月蠅いのでそれはいいか。

「そっちのヒフィーとかいうのも、俺に尻拭いさせた挙句、それに文句言って、このコメットと一緒に邪魔しただけだよな？」

「うぐっ⁉」

「あー、ユキ君。耳と心が非常に痛いから、やめてくれ」

ということで、ヒフィーとコメットも封殺。

「あんたねー。女神イジメてどうするのよ。おつむが足りないとはいえ、この子たちも頑張っているのよ？」

「「あぐっ‼」」

ルナの一言に、２人が胸を押さえる。

お前が止めを刺すんじゃねーよ。

「で、ダンジョンマスターの件ね。ま、さすがにヒフィーの件はあんたに迷惑をかけたからね。こういうことぐらい手伝っても罰は当たらないでしょう」

「いや。お前が罰を落とす側だからな？」

俺の突っ込みは無視して、ルナは虚空から紙の束を取り出す。

「えーと、これじゃない。これでもない……」

そう言って紙をポイポイとテーブルの上に置いていく。

一枚が不意に俺のところに滑ってきたので、それを取ってみてみると、どうやら、何かの確認表みたいで、名前らしきものが書いてあって、それを上から斜線を入れて消してある。

この書類の名前は全部斜線が入っているな……。

で、もう一枚同じように、紙が滑ってきたので、それも見てみると、それには名前が斜線を入れられずに残っている。

愛の女神　リリーシュ　健在だけど、ほとんどやくにたたねー奴ら。以下同文

剣神　ノゴーシュ

魔術神　ノノア

農耕神　ファイデ

獣神　ゴータ

ダンマス　ライエ　引きこもりすぎて望み薄

ダンマス　ジョルジュ　同じくヒッキー

以下複数

んん？

ちょっとまて、知ってる名前があったぞ。知ってる名前があったが、これってまさか……」

「ルナ。知ってる名前があったが、これってまさか……」

「ん？　名簿よ、名簿。ああ、それ、ついでだから見ておきなさい。それがこの大陸で一応連絡が取れている連中だから。あとは消息不明。ぶつかるか、話し合うかはそっちしだいね」

「やっぱりそうかよ⁉　ちょっと待て、あと神様が4人もこの大陸いるのかよ⁉」

「4人もって、少ない方よ？　あんたの日本なんて八百万でしょうが。管理する私の身にもなれってーの。ま、大体兼任してるけどね。他の神は魔力枯渇ですっぱり消えてるし、リリーシュは愛以外も兼任してるわ。他の神も同様ね。まあ、だからと言って力がそこまであるわけじゃないけど。使えないわよねー」

「も、もう、ダメ。ヒフィーちゃん、あとは……」

「リリーシュ、しっかりしなさい‼　私にこっちの女神も務めろとか、どう考えてもオーバーワークです‼」

ルナの容赦ない評価により、今まさに1人の女神が消えようとしていた……。

「って、やかましいわ。お前らすでに俺に丸投げだろうが。泣き言とかいいから、少しでも役に立てよ」

「「はい。すいませんでした‼　ちゃんとこれから頑張ります‼」」

本当にそうしてくれるとありがたいんだけどねー。

「あんたねー。女神に謝らせるとか、どういう根性してるのよ？」

「お前が言うな。しかし、この名前、記録させてもらうぞ？」

「いいわよ。さっきも言ったけど、いずれこいつらとは出会うわ。今のところ大人しいけど、ウィードが一大勢力になって、顔を顰めている神は少なくないわよ？」

「いや、少ないだろ。4人しかいねーんだから。で、どいつだよ？　こっちに不満もってるの？」

「えーっと……誰だっけ？　リリーシュ？」

「はい。剣神と魔術神、獣神は降臨して、自ら国を運営していますから、ウィードに対してはあまり好意的とは言えないですね。その、ルナ様の寵愛を賜るユキさんが妬ましいのかと……」

「は？　寵愛？」

「あ、いえ、傍から見ればということです」

「ああ、なるほど」

「私だって勘弁よ。こんな小姑みたいな男を夫に貰うかっての。と、見つけた。今はこっちが大事でしょう？」

そう言って、ルナがこちらに一枚の紙を渡してきた。

その紙に載っているすべての人名は斜線で消されている。

その中には、ヒフィーとコメットの名前もあった。

なるほど、これが新大陸の神様、ダンジョンマスター名簿か。

「……って、多いわ‼ 50名近くはいるぞ、おい‼」

ざっと見ただけで、神様25、ダンマス25ぐらいだ。

どれだけダンジョンマスター生産して失敗しているんだよ。

調子に乗って店舗立てまくって、後で畳むことになった量販店とかにしか見えねー。

「こっちだって手探りなのよ。と言っても、見ての通り、私の記録の限りでは音信不通の全滅。そういう意味では、人数が足らなかった、質が悪かったったってことよねー」

「確かに死亡を確認したって言っても、コメットの例があるからあてにならんか……」

「そうなのよね。アンデッドで復活してたら、分かりっこないわ。向こうから連絡来れば分かるだろうけど、こっちからは探せないわね」

「稼働中のダンジョンコアに連絡はできないのか？」

「分かって言っているでしょう？　できないことはないけど、逆にそれでさらに警戒する可能性もあるし、何も関係ないダンジョンコアにも連絡がいって、私という上級神が、新大陸に来ていることがばれる。本当と見るかどうかは受け取り手しだいだけど、あんまりいい方向には転ばないわよ」

「だよなー。稼働中だから、ダンジョンマスターでなくても見る可能性があるし、それをどう利用するかさっぱり分からん。取るべき手段じゃねーな」

さて、どうしたもんかな？

名前は分かったが、表が古すぎるし、コメットのように復活している可能性もあると。

そもそも、ダンマスが裏にいるかも定かではない。

俺やコメットみたいにダンジョンコアの能力を一部委譲しているようなことも考えられる。

「……そういえば、コメット」

「なんだい？」

「コメットの生前、他のダンジョンマスターと事を構えたようなことは？」

「いや、全然。どこかのダンジョンが攻略されたーとかいう話はよく聞いたけど」

「あ、攻略されたのかよ」

「あ、いくつかのダンジョンはベツ剣を持った彼女たちに攻略を頼んだかかな？　他のダンジョンの情報は欲しかったしね」

「そのダンジョンのマスターとは？」

「会っていない。稼ぎ用のダンジョンだったみたいで、ダンジョンコアを回収しただけさ」

「そうか」

うーん。

こりゃ、ダンジョンコアを奪った奴が本拠地に届けるまで、こっちで調べようがないな。

名簿が手に入っただけ儲けだと思うべきだな。

「あ、そうだ。ベツ剣を持った彼女たちなら当事者だし、知っている名前もあるかもしれない。彼女たちに見せて、話を聞いてみるのはどうだい？」

「そうだな。と、それならホワイトフォレストの王様や宰相さんも知ってる可能性があるな。そっちも見せてみるか」

「あははは。神様ダンマス名簿なんか見せたら卒倒するかもね」

「あり得るな」

ま、どうせホワイトフォレストには戻らないといけないし、サマンサの姉ルノウと共にホワイトフォレストの件をローデイに報告する義務もある。

やることは他にも色々あるし、いったんダンジョンコアを盗んだ奴は放置だな。

監視に発信機はつけてるし、これ以上はどうしようもないか。

「よし。ルナ、助かった」

「ふぁいふぁい。ずずず……」

すでにルナはヒフィーが作ってくれた袋ラーメンを食べていた。

この女神の食生活が心配になってきたわ。

第351掘：誰か知りませんか？

side：コメット

ささて、色々問題が起こりはしたが、寸前で押さえられたので特に延期などなく、聖域の、ダンジョンの御開帳があり、サマンサの姉、ルノウ君たちと共に聖剣を確認する作業ができた。

「こちらが？」

「ええ、我が国に伝わる。3振りの聖剣です。いえ、伝わるではありませんね。彼女たちの形見です」

「……そうですか、宰相様は当時を生きておられたのですね」

「はい。幼くはありましたが、それでもこの聖剣を持った、彼女たちのことはよく覚えております。魔王との戦いで落命し、それを仲間の聖剣使いたちから私たちに預かってくれと頼まれて、今なお、こちらに安置しております」

私としては、急造品とまでは言わないけど、ちょちょいと作った副産物のようなものなんだけどねー。

こうやって、礼服を着込んで、完全警備態勢で仰々しくやられると、体がかゆい。

もっと、装飾もちゃんとしとけばよかったかな？　とか思っちゃうくらいだ。

「……このような伝説の品、そして、その時代を生きた大人物とお会いできたことを、心より神に感謝いたします」

……その神って誰？　誰に祈りを捧げているんだい？

知り得る限り、この大陸に1名と、あと上に1名が多少関わってるけど、駄目神だよ？

『神聖な、純粋な祈りを感じます』

『そうね。今時珍しいぐらいだわ。何か特殊能力とかあげようかしら？』

「「やめて」」

聞き覚えのある空耳に、咄嗟に私とユキ君で止めに入る。

余計な混乱にしかならないからね。

そして、ベツ剣じゃなかった、聖剣の確認が終わった後は、ダンジョンコアの間に移動して……。

「陛下」

「うむ。変わらず、本物だ。これより魔力を注ぐ儀式に移る。最大限の警戒を敷け。昨日のようなことはないように」

「「はっ」」

さて、あとは魔力を注ぐ作業だ。

実際はユキ君がたんまりと補給しているからいらないけど、それを知っているのは一部だし、人心の安定のためにやらないわけにはいかない。

ということで、王様と宰相は警備兵に囲まれたまま、魔力を注ぐふりを12時間にわたってやることになっている。

いやー、これはよく考えたものだと思ったよ。

魔力を一気に注ぎ込むのではなく、じっくり少しずつ入れることによって、魔力の自然回復を待つことになって、総量としてはこっちがたくさん注ぎ込める。

ある種の生活の知恵だね。

「ルノウ様、ユキ様方、これより長時間の儀式に入ります。警備上の観点から、ご退出願います」

「はい」

「分かりました」

うし。ここで一緒に待てとかただの地獄でしかないからね。

じっとしているとか、勘弁願うよ。

「しかし、間一髪でしたね。危うく、今回の事件がローデイの責任になるところでした」

とりあえず、私たちはルノウ君と一緒に客間に戻って一息ついている。

今回のは用意周到だったからね。

ちゃんとフォローをしておかなければ、私たちは拘束されていたと思う。

「ええ。幸い、陛下がすぐに準備と取り調べをしたので、私たちに要らぬ疑いがかけられることはありませんでしたが……」

「ユキ殿の言う通り、今回の件といい、ローデイ、アグウストでの出来事といい、ここまで各国に手を回しているところを見ると、敵は本気なのでしょう」

私もそう思う。

ここまで、大国相手に分かりやすい暗躍しているんだ。

動き出す日は近いね。

おそらくは奪い取られたダンジョンコアを受け取れば、本丸が動くと思う。

相手はダンジョンマスターのことを熟知している可能性が非常に高い。

だからこそ、その動力源を奪うという手段に出たんだろう。

他の国に対しては牽制、確認というところかな？

自分と同じようなダンマスがいないか、それと各国の対応力の把握。

「……何が起こってもおかしくありません。一刻も早く、ローデイへ報告に戻りましょう」

「はい。ですが、さすがに王様と宰相様に別れを告げず行くのはあれですし、儀式が終わるまで待ちましょう。一筆書いてくれるとも言っていましたし」

「……そうですね。ふうっ。落ち着かなくては。出発は余裕をもって明後日としたいのですがよろしいでしょうか？」

「ええ、それがいいでしょう。今日のうちに、出発の準備をしておきます。明日は陛下たちとの会談、明後日に出るという流れでいいでしょう」

「昨日の騒動があった以上、私はローデイの代表として迂闊にこの部屋から離れるわけにはいきません。旅支度を任せるようなことになって申し訳ない」

「いえ。気にしないでください。そのためにこちらは人数がいますから」

「そのための傭兵という、国を背負わぬ立場が良いのですね」

だよね。ユキ君たちの最大の特徴はその傭兵という立場からくるフットワークの軽さだ。

そして、それを後押ししてくれる……。

「サマンサ、これからもユキ殿をしっかり支えていきなさい。そして、何か問題があればヒュージ家の名を使って、守り通しなさい」

「はい。心得ていますわ」

その周り。

ユキ君の行動を容認、支援する、各国の名家。

ジルバ、エナーリアからは、こじつけだけど王家の血筋。

ランサー魔術学府からは、ポープリ学長のお墨付き。

アグウスト、ローデイからは、クリーナ君と、サマンサ君を奥さんとしての縁故。

ホワイトフォレストについては、ほぼ私たちの傘下だ。

聞けば冗談だと思う状況だが、だからこそ、この事実は強力だ。

というか、ウィードの方では、国土は狭いとはいえ、大国と同レベルの国家と見られているしね。

……この事実、こっちのお偉方が聞いたら泡吹くんじゃね？

ユキ君の気持ち1つで、向こうの大陸の連合軍と、こっちの1国家で戦いになるし。

勝ち目ねー。こっちが連合組むとか夢のまた夢だし。

ユキ君のおかげで、ある意味団結してるけど、そのユキ君が工作でもちょちょいとすれば、こっちは疑心暗鬼でガタガタになるだろうね。

……おや？　もしかしてこれも計算に入れていたのかい？

考えるのが怖くなってきた、これ以上はやめておこう。

単純に、ユキ君の子飼いのモンスター軍団でどうにでもなるし、考えるだけ無駄だね、うん。

と、そういうことがあって、私たちは出発準備を整える時間をもらった。

ダンジョンマスターの名簿の確認作業に入ったわけだ。

どう確認作業するのかって？

簡単さ。

「ほい、ほい、ほーい‼」

「……コメット様。何をやっているのですか？」

「今の私は、書類を配るマッスィーーンなのさ‼」

私と同じ時を生きていた、いや、それからの世界を見続けていた彼女たちに確認してもらおうと思ったのさ。

ベツ剣の持ち主たちにね。

「放っておいていいです。どうせ、ユキ殿のところで、また変な影響を受けたのでしょう」

「……ヒフィー様がそう仰るのなら、いいのですが」

「ピース。もっとしっかりツッコめよ。絶対あのテンションおかしいから」

「じゃあ、そっちが言ってください。キシュア」

「えっ⁉ いやー、それは……スィーア、言えよ」

「こっちに回さないでよ。いつもキシュアってそうじゃない。自分でやってよ」

「まあまあ、コメット様はいつも通りだよ。研究の時とかいつもこんな感じだったし」

「……アルフィンの言う通り。コメット様はこんな感じ」

「だよね。ニーナ」

うん。

再会した時は、ひどく憔悴(しょうすい)していたけど、精神制御の解除とか、温かいウィードの生活で、私と過ごしていた時みたいに戻っている。

いや、それ以上かな。

……これが武器を持たなかった彼女たちの未来なのかもね。

「えーい、お前ら黙らんか‼ コメット様から協力を頼まれたのだ。もう少し真剣になれ‼」

そう言って怒鳴るのは、まとめ役のディフェス。

彼女も相変わらず大変そうだ。

私を斬ってから、ピースと400年もこの大陸をさまよっていたんだからね。

ある意味、私よりつらい日々を過ごしてきたんだろうな。

真面目だったからなー。そういえば、最初は私に処罰を求めてたっけ？

私としては、君たちが自分で道を選んだことに祝福こそすれ、恨みはなかったけどね。

と、いけない、いけない。

「まあまあ、ディフェス。いい賑わいじゃないか。顰め面で話しても気まずいし。特に焦ることでもない。私は気にしていないよ」

「しかし……」

「残りのメンバーもまだ集まっていないし。のんびり話してもいいだろう？」

「……連絡はしたというのに、あの馬鹿共が」

「いやいや、クロウディアとカーヤは里帰り中での呼び出しだし、ネフェリとフィオは茶菓子を買いに行かせているからね。そういう意味では私が悪いよ」

「……そう仰るのでしたら。しかし、いいのですか？　フィオはアンデッドになったばっかりでは？」

あはは、本当に堅いね君は。

ま、アンデッドになってるフィオが心配なのは当然か。

今、買い物に出ているフィオはネフェリの妹で、当時の魔王戦役の時に、ピースと戦って命を落とした4人のうちの1人。他の3人は埋葬されて今ではどこに遺骨があるのかも分からなかったけど、フィオは姉のネフェリによって冷凍保存されていたんだ。

それを、施設が整ったウィードでようやく復活、とは違うかもしれないけど、アンデッドにしたわけ。

幸い、ネフェリの持っていたペンダントが魔力を集積するタイプで、そこにフィオの魂みたいなのが定着していたらしく、アンデッドになってからすぐに魂が肉体に戻り、自我を取り戻したのだ。

「問題ないよ。ウィードには専門家もいるし、何かあればすぐに連絡がくるよ」

「そう、ですね。で、師匠。わざわざ、私たち、あの当時のメンバーを集めたということは、その当時に関係する何かですか？」

「ああ。その通りだよ、ポープリ。ま、詳しいことは後の4人が戻ってきてから……」

そう言いかけた途端、扉が開かれる。

「あ、ネフェリ。フルーツタルトってあるの？」

「んー。適当に買ったからなー。どうだっけ、フィオ？」

「あったよ。一個だけ」

「それなら、私がいただきます」

「あ、こら!? ディア、私が先に……」

「聞いただけですね。私が先約ということで」

賑やかだね。

こういう雰囲気も悪くはないね。

ウィードに案内されてからそう思うことは多々あったけど、こう身内の楽しそうな笑顔っていうのは、別格でこっちも嬉しくなるね。

「お、お、お……」

ありゃ……これは……。

「お前ら、さっさと座らんかーーー!!」

あ、なんか分かった気がした。

ディフェスはベツ剣使いたちにとって、私に対するヒフィーやピースみたいな立場なんだ。

上司というより、お母さんってやつだ。

とまあ、お母さんの一喝で、素早くお茶とお菓子を楽しみながら会議再開となった。

「では、コメット様。ご説明願います」

「そうだね。ま、お茶とお菓子を楽しみながら聞いてくれ。一応、説明も書いているが、私から簡単に説明させてもらう。この書類は、新大陸にかつていたとされる、ダンジョンマスターの名簿だ」

「ダ、ダンジョンマスターのめ、めいぼ⁉」

ほとんどが口をあんぐりと開けて反応できていないけど、ポープリが辛うじて反応できた。

「うん。名簿だ。私も含めて、ダンジョンマスターとの連絡がつかなくなったため、ユキ君が呼ばれたのは皆が知っての通りだ。だが、ここにきて、この名簿に関係する問題が起きた。クロウディアとカーヤは知っているだろうが、私たちとは別件で魔剣を作っているとみられるエクス王国に、ダンジョンマスターかそれに準じた存在がいるような可能性が出てきた」

「……なるほど、新たに呼び出したわけではないと。ヒフィー様、ルナ様より確認が取れているのであれば、この名簿の中の誰かが、コメット様と同様に生きながらえている可能性があるわけですね」

「さすがディフェス。話が早くて助かるよ。というわけで、私やユキ君は、敵の素性も何も知らない。しかし、当時表立って色々やっていた君たちなら何か知らないかと思ってね。ま、昔すぎる話だし、情報は出てこないって思ってはいる。そこまで気負う必要はないさ」

本当に言っての通り昔すぎるし、当時だってそれなりに人はいた。

その中のわずか数十名だ。

そんな名前を知っているとは思えない。

ま、聞かないよりはマシという話だ。

ということで、話半分、お茶とお菓子をのんびり楽しみながら、名簿を眺める程度のつもりだったのだが……。

「コメット様。物事というのは、奇縁と申しましょうか。知っている名前がございます」

「はい？　マジ？　ディフェス？」

「真面目に本当です。私が、当時、騎士だったのはご存知ですよね？」

「……ああ。死にかけだったのを助けたっけ？」

「はい。ネフェリとフィオは当時は従者で、一緒に助けてもらいました」

「……そうだったっけ？　ということは……2人とも知ってる？」

そう言って、ネフェリとフィオを見ると……。

「はい、覚えがある名前があります」

「この、サクリ・ファイスという名前ですが、当時、ディフェス様が仕えていた家です」

「ということは領主様かい？」

「はい。ですが、私が助けられた時にはすでに、現在のエクス王国に攻め滅ぼされております」

「んー？　それだと死んでるっぽい？」

「それはどうでしょう。ユキ殿の奥さん、魔王デリーユさんの弟さんが国の滅亡と同時にダンジョンマスターとしての能力を授かったという話もありますし、エクス王国も関わっている話となると、偶然として片付けるのはどうかと」

「ならこの話はキープだね。ま、今は確認だ。他にも何か出てくるかもしれない」

「「「はい」」」

さーて、まだまだ情報が出るかな？

いや、すぎてもそれはそれで困るな。

……やべ、研究室に帰りたくなってきた。

第352掘：過去と現在の研究者の邂逅

side：コメット

ワイワイ、ガヤガヤ……。

なんで私はこんな人込みの中にいるのだろう？

正直に言って、私はこういう人込みは嫌いだ。

全然考えごとに集中できないし、こういう人の多い所は物騒だ。

スリなんてザラだし、妙に虚栄心の多い奴らが多くて、その張り合いに巻き込まれることはよくあった。

ああ、私が当時の王都魔術研究府でのことだ。

別にたいした研究成果も出せていないのに、人の足を引っ張ることだけは一人前以上だった。

おかげで、私は心置きなく王都を出て、村へ移り住むことができた。

幸いなことに、馬鹿共が私の研究成果を自分の成果と言ってくれたおかげで、村に移り住んだ私に妙な追手や、王都に戻るための説得なども来なくて順風満帆だった。

村にいた、ヒフィー司祭も優しかったしね。

ああ、懐かしいね。

あの時は本当にのんびりだったんだけどな。

ダンジョンマスターに選ばれてから大変だったねー。

「どうかした？」

私はそうミリー君に声を掛けられて我に返る。

「あ、いや。昔のことを思い出してね。私も今では特殊な立場だけど、この城下町の人たちと同じように過ごしていたのさ」

「へー。都会生まれだったんですね。羨ましいですねー。私は生まれはかなり田舎でして」

「あ、違うよ。ラッツ君と同じように、私も田舎出身さ。ただ、ほら、研究職として気が付いたらってやつさ。ま、その後は王都の見栄っ張りの連中に嫌気がさしてね。それから、田舎に戻ったわけさ」

「ああ、なるほど。世知辛いですね」

「まったくだよ」

とまあ、そんな話をしつつ、私たちはエナーリア聖都を歩いている。

なぜエナーリア聖都にいるのかというと……。

「しかし、思ったよりも早く、聖剣を見る許可が貰えたね」

「まあ。私たちはここじゃ、ちょっとした有名人だしね」

「ですねー」

そういう2人には、先ほどから街の人の視線が大いに集まっている。

「あ、聖女さまだー」

「本当だわ。今日も姿を見れるなんて……」

「ありがたや、ありがたや……」

「ちょっとまて、ということは、聖堂では聖女様の治療が行われているのか⁉」

「そ、そうだ‼ かあちゃんを連れて聖堂に行かないと‼」

とまあ、神様を崇めるような感じだ。

「確か、ベツ剣の彼女たちが……」

「ええ。その時にちょーっと、助けただけなんだけどね」

「何がちょっとですか。はっちゃけて、デーモン共の首をちょんぱちょんぱしてたでしょうに」

「そのおかげで、早いうちに聖剣を拝めるんだからいいじゃない」

「ま、そうなんですが」

「しかし、不思議だね。なんで王家はスィーア教会に預けたりしたんだい？ 一応、偽物とはいえ、本物に近いだろう？」

「だからこそだと思うわ」

「ですねー」

「えーと、本物であるなら、現在の王家と教会のどっちが聖剣使いに近しい立場かということですよ」

「あ、そういうこと。私の精神制御が災いして、当時の王家とは喧嘩別れみたいになったのか」

「ええ。それで、スィーアの場合は水の聖剣で治癒が得意だったし、それを崇める教会、宗教までできているから、国民感情とか諸々で、使い手のいない聖剣も王家所持というわけにはいかないのよ」

「うへー。非常に面倒だね」

これだから、街はいやなんだよねー。

いや、原因を作ったのはもろに私だけどさ。

「で、そういえば、ユキさんとルナからダンジョンマスターの名簿を貰ったって聞いたけど。どう？　何か分かりそう？」

「ああ、それね。ユキ君にはもう報告しているけど、そっちにはまだみたいだね。簡単に言うと、当事者を集めて、確認して回ったよ」

「当事者？　……ああ。そういえば、当事者、いますね。まあ、正確には違うでしょうけど、コメットが現役の時代の聖剣使いの皆さんなら、私たちが調べるよりはマシでしょう」

「そういうことさ。で、結果は思ったより良好だったよ」

「そうなの？　てっきり昔すぎることだし、分からないだろうと思ってたわ」

「私も、多少名前が聞いたことあるぐらいしか情報は出てこないかと思っていたさ。でも、世の中は案外狭いというか、ベツ剣のリーダー、ディフェスが元は騎士でね。ディフェスが仕えていた領主の名前があったようだよ」

「はー、本当にそういう偶然はあるものなんですねー。ってなんか聞き覚えがあるような気が」

「あれよ。デリーユの弟、ライエ君」

「そうだね。彼に似ているようには見える。ま、これが当たりって決まったわけでもないけど、とりあえず、ディフェスの話を中心に調べ上げてみるってユキ君は言っていたよ。ちょうど、エクス王国の領土だからね」

「現在の状況を見るに、一番近いですねー」

「ほとんど手がかりなしだし、いいんじゃない？」

「だね。どのみち、エクス王国には潜入するんだし、ユキ君はいい機会だと言ってたよ」

「で、ユキさんは？」

「まだホワイトフォレストだよ。王様と宰相さんは魔力補給中だしね、神様の相手が終わったら戻ったよ。ルノウ君も連れて戻らないといけないしね」

「……お兄さんは本当に大変ですねー」

「無理してないといいけど」

うん。僕もユキ君の傘下に入ってから思うが、後任のユキ君の仕事量は尋常ではない。

いや、ちゃんと分配をして、適材適所で通してはいる。

しかし、それでもユキ君が自ら担わなければいけない事柄はあるし、現場にも出ている。

どう見てもオーバーワーク一歩手前で、奥さんたちが心配するのはよく分かる。

「ま、護衛の4人もいますし、無理なんてしてたら、速攻お家に監禁ですね」

「そうね。ちゃんとゆっくりさせないとね」

ぬふふふ……と笑う2人。

まあ、仲がいいのはいいことなんだが、逆にユキ君がさらに疲れそうだけどね。

「と、見えてきましたね」

「コメット、あれがスィーア大聖堂教会よ」

「へぇー」

ヒフィーのところみたいに、国政を担っているわけでもないのに、かなり大きいね。

で、多分、ミサを開く広場なんだろうけど、そのど真ん中に、スィーアを模した、剣を持つ女性の像が立っている。

それを見て、祈りを捧げている人の多いこと多いこと。

「ないわー。あははは……」

身内に崇められているのが2名もいると、無性に笑えてくる。

それが、ちゃんと崇められることをしているならともかく、どっちもユキ君に敗北して捕縛されているなんちゃってである。

「こら、そこの君。今、お祈りを捧げている人も多いんだ。騒がしいことはよそでやってくれないかい？」

「あ、ごめんよ。ちょっと、思い出し笑いをしてしまって」

そう言って私がその声に振り返ると、色々な意味でちっさい少女……ではないな、女性が魔剣を腰に佩いて近づいてきていた。

服装も豪華だし、こりゃお偉いさんかな？

「おや？　エージルではないですか」

「戻ったの？」

「ん？　ああ、ラッツにミリーじゃないか‼　久しぶり‼　君たちの夫と友人たちのおかげで学府では自由にやらせてもらっているよ」

「そうですか。お兄さんがお元気なら何よりです」

「で、ユキさんはいないみたいだけど。城？」

「いや。今回は僕だけの呼び出しだよ。まあ、そっちも話は伝わっているだろうが、魔剣が大量に見つかったって件で、そっち専門の僕が呼び戻されたわけさ」

「なるほど」

ふーん。

この子が、彼女たちが作った魔剣の持ち主か。

確か名前はエージル。エナーリアでは将軍の地位と研究職だったか。

「君たちと一緒にいるその女性は誰だい？　初めて見る顔だけど」

「ああ、えーと、コメットって言って……」

「ユキ君が率いる傭兵団の技術、魔術顧問と言ったところだよ。傭兵団には明確な役職名なんてつけないからね。みんながみんな、足りないと思ったら動くからね」

「そういうことか。初めまして、僕はこのエナーリアで研究職と魔剣使いと将軍職を務めているエージルという者さ。ま、堅苦しいのは抜きでいいよ」

「そう言ってくれると助かるよ。私も研究職みたいなものでね。上下関係には疎いんだ」

「ははっ、そうだよね。コメットとは良い酒が飲めそうだよ。身分が上どころか、魔剣や将軍職のおかげで、資金は潤沢だけど、仕事が多くてさ、堪んないよ」

「ああ、分かる。その気持ちはよく分かる。私もユキ君の傭兵団に入るまでは色々掛け持ちだったからさ」

まあ、ヒフィーの魔術でほぼ全自動だったけど。

「世の中ままならないね」

「まったくだよ」

しかし、このエージル君。

私と気が合いそうだな。

研究内容次第では引き込むことをユキ君に提案してもいいかもしれない。

「で、エージルはなんでこちらに？　先ほどの話からすれば、回収した魔剣の研究で忙しいのでは？」

「それが、なんだかねー、回収した魔剣にすごく違和感があるんだよ。僕の魔剣と比べると雑というか、繊細さに欠けるというか。で、同じ原本である聖剣、本物との比較をするために来たのさ。情報は山ほど取っているけど、また実物を確認することによって、何か分かるかもしれないからね」

へぇ、私やベツ剣の皆が作った魔剣と、粗雑品の違いに気が付いているのか。

こりゃ、知識を叩きこめばかなり使える気がする。

「しかし、こうやって君たちに会えたのは助かったよ。一応、聖剣の発見者と言っても、将軍という立場で王家寄りだからね。教会に話を通すのに時間が掛かるんだよ。だから……」

「分かってるわよ。私たちが聖女の名前でも使って、エージルと一緒に聖剣を見れるようにしてあげるから」

「さすがミリー、話が分かる。あとで良い酒を届けさせてもらうよ」

「そっちも話が分かるわね」

「やっすい報酬ですねー。もうちょっとこう、政治的問題に手を貸したんですし……」

「あー、ラッツの言う通りなんだけど。私としては君たちが喜びそうなものは酒ぐらいしか用意できないんだよね。だって、権力はすでに王家の血筋って建前で、下手すると私より立場が上だし、金品だってその関係でバックアップがあるから、なおのこと要らないだろ？　あとは魔剣の横流しだけど、あんな正体不明の物を欲しがるとは思えないしね。ああ、できるとすれば僕の身売りかな？　でも、ユキとは良好な夫婦関係みたいだし、僕とそういうことしても生産的じゃないしなー」

「あー、そうですね。まあ、性欲とか愛情には性別の壁は必要ないですけど、特にエージルと致したいって欲求はないですねー。というか、その場合、エージルも傭兵団入りですよ？」

「そうだよねー。身売りだからそうなるよね。立場上それは無理だしー……あれ？　よくよく考えれば、ユキに身売りすれば、面倒な仕事から逃げられる？」

……なーんか、エージルの発言が私と被っている気がしてならない。

偶然なんだろうけど、なんか非常に親しみを感じている。なんでだ？

「なーに言っているんですか。魔剣のことを考えれば、国がエージルを手放すことはあり得ませんよ」

「そうねー。ま、国としては、ユキさんとの婚姻は認めるとは思うけどね」

「あれ？　なんか矛盾してない？」

「政治関連はさっぱりですね。問題はエージルが将軍職や研究職を辞するところにありますから。それさえ続けてくれるのであれば、結婚は望むところでしょう。プリズム将軍も独身みたいですし、名家の血筋というのは国を支えるのに必要ですから。あ、魔剣は別にいいです。次を探せばいいだけですし、一兵卒は簡単に補充できますしね。で、そのついでに、お兄さんとエージルが婚姻を結べば、万々歳でしょう。エージルの言ったように、ここエナーリアでは私たち傭兵団は非常に扱いが困る立場です。エージルという窓口を得れば楽になるのでは？　と考える人はきっといるでしょうね」

ふむふむ。

とりあえず、お偉いさんは本当にめんどくさいというのが分かる。

「だけど、そんな不純な動機で嫁入りなんて認めない」

「分かってるって。だから、そんなに凄まないで」

まあ、そりゃそうだろう。

というか、ユキ君たちの仲間入りをすれば、今までより激務になるだろうね。

でも、充実はすると思うよ？

彼は適材適所が好きだからね。

さーて、私もその適材適所でエナーリアの正体不明の聖剣を調べますかねー。

第353掘：いつかの和解とおまけ

side：コメット

世の中ままならない。

先ほど、エージル君とそんな話をしたんだけど……。

「聖女様‼　こちらもお願いいたします‼」

「こ、子供が熱を出して‼」

「えーん‼」

聖剣を拝むどころか、大聖堂の広場で治療を皆で施している。

立ち話をしすぎたのか、どこからともなく民衆が集まって治療を求めてきたのだ。

このまま放置すればパニックが起こりかねない。

ということで、それを阻止するために、私も含めて治療に当たっている。

リッチが回復するってどうだろうねー。

「はい。コメットさん、考えごとは後にしてください。治療を待っている人はたくさんいるのですから。今からコメットさんは休憩です、奥で休んでください。私が代わりに出ます」

「あ、うん。ごめんよ。ルルア君」

ルルア君は大聖堂の中で聖剣を見るための交渉をしていたんだけど、この騒ぎで一緒に治療するために出てきた。

エージルもいったん城に引き返して、兵を連れてきて、民衆の整理に回っている。

「はぁ、ダンジョンからこっそり見ればよかった」

長時間？　いや実際は1時間もないはずだが、あれだけ人の波をさばいているとどっと疲れがくる。

椅子に深く座り込んで、他の皆と一緒に休憩を取る。

「あら？　コメットは聞いていないの？」

ミリーは驚いたようにこちらを見る。

「聞くってなにを？」

「わざと、交渉して聖剣を拝みに行くのよ。ホワイトフォレストの件は当事者でしょう？」

「ああ、なるほど。エナーリアでも同じようなことが起こるかもしれないのか」

「というか、もう起こっていますけどねー。すでに大聖堂前は大騒ぎ、私たちを頼ってとのことですけど、定期的に治療活動はしていますし、こんなに大挙して集まること今までなかったですよ」

ラッツがそう言ってピンときた。

「誰かがわざと騒ぎを起こしているってことかい？」

「でしょうね。街を歩いている時に、教会で治療があるかもしれないぞって聞きましたし」

「あったね」

「あの人物が黒かは知りませんが、普通、私たちの治療はこんな騒動を避けるために、連絡を密にして、王家とも連絡を取って、兵を寄越してもらうんですよ。私たちの身の安全もありますから。ま、そうやすやすと傷つきませんが」

「というか、ユキさん以外に触れさせるモノですか」

……君たちに触れること自体が至難の業だと思うけどね。

「ま、そこはいいとして。ラッツ君が言う通り、すでに何かが紛れ込んでいると思うべきか」

「ええ。お兄さんからもそこら辺は厳重に注意してくれと言われています」

「あれー？　私はそんなこと言われなかったよ？」

「奥さんと協力者の違いね。きっと」

「くそっ。幸せ者共め‼」

「お兄さんは私たちには甘々ですからね。と、でも、コメットに言ってないわけないと思いますよ？　私たち奥さんには当然甘々ですけど、身内にもかなり甘いですから。というか、今回のメインの事柄に関係することですし、なんで伝わってないんですかね？」

あれ？　そう言われるとそうだ。

この話は重要だ。奥さんとか協力者とかいう立場の違いで教える教えないという話ではない。

「研究の時に訪ねて来て、口頭で話して言って右から左ってこととか？」

「……ありそうだね。いや、きっとそうだ」

私の記憶に残っていないということを考えると、研究している時に話したんだろう。

「……まあ、私たちが教えることも織り込み済みだったんでしょうね」

「お兄さんならありそうですね。研究系の人の性格は、ナールジアさん、ザーギスでよく知っていますし」

「……あとでユキ君には謝っておくよ。だから、ヒフィーには内緒に頼む‼」

この話がヒフィーに伝われば大目玉だ。

きっと、部屋の掃除とか、服の洗濯とかしてくれなくなる‼

「まあ、私はいいけど。コメットが干からびると困るし」

「私も構いませんが。自活自炊をしようとは思わないんですか？」

「思わない‼」

「「はぁー」」

働いたら負けだと思っている‼

ん？　なんか違うかな？

でも、ニュアンス的にはＯＫ‼

自活自炊するぐらいなら、その時間を研究に充てるよ‼

「そういうことで、いつ襲撃受けてもおかしくないから、そこは気を付けてね」

「コメットが一番能力が低いですからね。不意打ちには十分ご注意を」

「分かったよ。私もまた死体に戻りたくはないからね」

で、休憩が終わり、夕暮れまで治療しては休むの繰り返しで、襲撃も警戒して結構疲れた。

「結局来なかったわね」

「夜に来る可能性もありますよ」

「ああ。私たちを疲れさせるのが目的か」

「その可能性もあり得ますね。ですが、旦那様の監視体制を抜けられるとは思いませんが」

ルルア君の言う通り、すでにエナーリアはこっそりダンジョン化していて、大聖堂地下に収められている聖剣の監視や、不審者の監視もウィードの部隊が昼夜を問わずしている。

魔物をこういうことに使うなんて思いも付かなかったけど、人よりむらっ気もないし、安定しているから凄く感心させられる。その分柔軟性には欠けるんだけどね。

監視報告と作業を絞れば、的確に動いてくれる。

いやー、使えるものは何でも使えって話だよね。

私もそのつもりだったけど、つもりだっただけだ。世の中は広い。

「しかし、ここまで連続的に行動が起こっていることを考えると、相手はこの時期に動くつもりだったんだろうね。どう考えても、仲間の行動連絡を待ってから動いたという速度じゃない」

「そうですね。エージルもデリーユが運転する車でなんとか来れたぐらいですから」

「私たちが、学府やアグウストに行っていたなんて考えもしてなかったわよ」

「ああ、ミリー君がユキ君の行き先を聞いたのはそれを確認するためか」

「そうよ。エージルは王命受けているからね。ユキさんがわざわざそれを放ったらかして、私たちに会うのを優先するわけにもいかないでしょう？　だから、ユキさんがいるならお城？って言ったのよ。返事を聞く限り、私たちはずっとエナーリアにいたと思っているみたいだし、相手の速度は尋常じゃないわね」

「旦那様やコメットさんの言う通り、敵は本格的に行動を開始しているのでしょう。幸いというか、不幸といいましょうか……」

ダンジョンをゲートで繋いで飛び回っている相手がいるとは思わないだろうからねー。

まあ、ルルア君の言う通り、これを間に合ったというべきか、後手に回ったというべきかは悩むところだけどね。

「なんとか、各国での工作活動は止めたいところだね。一応、魔術学府一帯の間引きはしているけど、戦端が開かれれば魔力が魔物に形成する速度が上がって、間引きが間に合わなくなる可能性がある。その場合はボンッと爆発して、大氾濫だろうね。学府だけなら、ユキ君の子飼い戦力でどうにかできるけど、学府だけに魔物が来るわけじゃないからね」

「そうね。コメットと同じタイプのリッチ系なんて出たら、指揮官にでもなって攻め落としにくい学府はやめて、他に移動するでしょうね」

「そうなれば、魔物の放浪軍があちこちで村や街を襲いますか……」

「この新大陸……いえ、ウィードの大陸でもほとんどの国は止められません。リッチが率いる大氾濫が起こした災害は昔からの語り草ですから」

　そうなれば、私たちの保有戦力ではどうにもならない。

　マジで、大氾濫は阻止しないと。

　まったく、守る戦いは面倒だね。

「幸いというべきか、ホワイトフォレストの方はあと数日で片が付きます。あとは……」

「おそらく、裏で手を引いているエクス王国」

「ま、そのためにも、もうひと頑張りしようか。ルルア君、聖剣を拝見する件はどうだい？」

「はい。大司教様には話を通してあります。立ち合いは必須ですが、いつでも頼めます……こういうところで聖女の名を使うのは微妙な気持ちではあるのですが」

「ルルアにとっては聖女の名は特別で色々ありましたからねー」

「……そんなこともあったわね。ま、いまさら、気にしていないとは言わないけど、ちゃんとユキさんの子供は産んだし、私も八つ当たりが過ぎたとは思っているわよ」

「ミリーさん……ありがとうございます」

ルルア君が涙ぐんで、お礼を言っている。

おや？

仲が良さそうだと思っていたミリー君とルルア君には何かあったのかな？

話から察するに、ちょっとした仲違いでもしていたのかな？

「ああもう、ほら泣かない。最近は普通に会話してるじゃない。いまさら、面と向かって話したぐらいで泣かないでよ。スミレが心配するわよ」

「はい、ぐすっ、はい……」

よく分からないけど、仲直りはできたみたいだ。

こんな状況でケンカも困るからいいことなんだろう。

「君たちも色々あったみたいだね」

「ええ。たぶん、あの出来事がなければ、半数以上が今頃、土に還っているでしょうね」

「世の中は厳しいね」

「はい。厳しいですね。でも、救い上げてくれる人はいました。コメットと聖剣使いの皆のように」

「……ユキ君か」

「はい。愛おしい、大事な、大事な、お兄さんです」

「お熱いことだね」

「そりゃーラブラブですよ？　私も子供ができるぐらい愛し合っていますからね」

そんなことを話していると、教会の中に、エージルが入ってくる。

「つ、疲れた……」

今の今まで、外の整理や、兵の貸し借りの書類とかで忙しかったみたいだ。

やっぱり、お偉いさんには絶対ならない。

「お疲れさまです」

「はい、お水」

「あ、ありがとう……」

ミリーが渡した……あれ水じゃないだろう？

魔力反応があるから、ポーションの類いじゃないか？

あんな、無色透明なのは見たことないが。

「ふうっ。生き返るー。ってなんか体が軽くなった気がするよ」

「それは良かったです。で、エージルさん。聖剣を拝見したいと伺いましたが？」

「あ、そうだよ。ルルアさん。僕も拝見できるように頼んでくれないかい？」

「はい。話は忙しいながらも聞いていましたので、通してあります。今日にでも拝見できますけど、どうしますか？」

「なら早い方がいい。上も早く解析しろってうるさいんだよね。今から頼めるかな？」

「分かりました。伝えてき……」

バンッ‼

ルルア君の声は、そんな乱暴に扉を開け放つ音で遮られる。

「あれ？　もう、今日の治療は終わりだよ？」

そう言ってエージル君が振り返ろうとすると、ドアを開け放った数人は剣を抜いて、エージルに斬りかかろうとしていた。

ズガァァン‼

そんな爆音と共に、雷が辺りに奔る。

「ずいぶん物騒な輩だね。こんな華奢とはいえ、僕の姿名前を知らないってことはよそ者かな？」

へぇ、さすが、魔剣使い、というところかな。

雷は結構扱いにくい属性なのに、私たちにダメージがないように制御している。

腰に佩いていた魔剣をいつの間にか取り出していて、トントンと肩に当てている。

剣の扱いなら私より上か。

魔術も学府に行くぐらいだからそれなりと考えると……あれー？　スペック的にはベツ剣の皆よりも上じゃね？

というか、私より上の可能性も？

だってさ、研究職に、将軍職、魔剣使い、魔術と……すっげー‼

「くっ。やはり、疲れているとはいえ、魔剣使いの将軍はやれぬか。まあいい、予定通りに動け‼」

「「はっ‼」」

「玉砕覚悟かい？」

再びエージル君に向かって走り出すローブをまとった集団は、剣をぶつけ合う直前で散開する。

「あれ？」

唖然とするエージル君を無視して、その集団は私たちに向かってくる。

「聖女をコロセ‼」

剣を持った狂気の集団が私たちに襲い掛かる。

「ちょ⁉」

エージル君が慌ててこちらに来ようとするが、間に合うタイミングではない。

「ふははは‼　これで狼煙は上が――」

「るわけないでしょ」

ミリー君がそう答える間に、男は真上に打ち上がって天井に突き刺さる。

「あーあ、引きずり下ろすの大変ですよ？」

ラッツ君はそう言って、二槍で2人を串刺しにしている。

「……ラッツも、もうちょっと調整しないと、ショック死してしまいますよ？」

「いや、ルルアに言われたくないですよ。杖で殴打でしょう？　ナールジアさん作の杖ですから、メイス以上の火力がありますからね？　それ死んでません？」

ルルアの足元には、あのナールジア特製の杖を受けて地面にめり込んでいるのが3人。

「……私が相手でよかったね？」

私が魔力物質化で捕らえた相手は、首をがくがくして頷いていた。

ま、どうやら全員男みたいだし、これから、人妻に手を出した地獄の拷問(ごうもん)が待っていると思うけどね。

番外編：この土地で生きていくために

side：コメット

窓から覗くのは見渡す限り一面白銀の世界。

と、言えば聞こえはいいものの、その土地に生きる人にとっては死の象徴でしかない。

ウィードでの雪まつりを見た後だけど、やはりそのイメージは払拭できない。

何より、ここはウィードではないからね。

そんなことを考えていると、トモリがお茶を出してくる。

「いかがなさいましたか、コメット様？」

心配するように私の顔を見てくるトモリは、カーヤの妹ヒーナの娘だ。

私からするとよく覚えていない人の子供なんだけど、ここ一か月で知り合いとしてちゃんと認識している。

なにせホワイトフォレストの重鎮だ。

それより、トモリの質問に答えてあげるかな。

「問題ってわけじゃないけど、相変わらずここの環境は厳しいなーと思ってさ」

私はそう言いながら窓に視線を再び向ける。

相変わらず雪が深々と降っている。

「そう、なのですか？　お恥ずかしながら、私にとっては当たり前の風景ですので……」

私の言葉は彼女には理解できないようで小首を傾げている。

「なるほど。君にとってこの風景は当たり前か。生活が苦しいとも思わないわけだ」

「生活が苦しいですか……雪かきは確かに大変ではありますけど……。食べることには困っていませんし、民衆も凍えることはないので」

その姿を見て、本当にこの土地で生活することを苦労と思っていないのが分かる。

「あはは、いや、君たちがそう思ってくれているならなによりだよ。ここに来た時は明日をどう生きるかと悩んでいたからね」

「明日をどう生きるかですか？」

「そうさ。もともとここは小さな村だったからねー……」

そう言葉を続けようとすると……。

「ええ。小さな村で、私たち難民を養うことはできませんでした。だから、凍えないように、飢えないように、毎日必死でした」

懐かしむようにそんなことを言いながら、トモリの母親であり、カーヤの妹でホワイトフォレストの宰相ヒーナがやってくる。

「おや、仕事はいいのかい？」

「ええ。今日の分は終わっています。残りは陛下の仕事なので問題ありません」

「お母さま。陛下もこちらに来たがったのでは？」

「いいのです。コメット様をお待たせすることの方が問題なのですから」

「いやー、そんなに大事でもないんだけどねー」

私は苦笑いしながらそういう。

相変わらず、ホワイトフォレストにおける私の扱いはヒフィーのような扱いで非常にやりづらい。

ヒフィーほど厳しいのはいやだが、ユキ君程度に接してくれると助かるんだけどねー。

「コメット様にとっては大事ではないかもしれませんが、私たちにとっては大事の可能性もあるのです。今日は残していた研究成果を確認して私たちの話を聞きに来たと伺っています」

「その通りだよ」

私が単独でホワイトフォレストに来ているのは、ヒーナの言う通りここで行っていた研究資料を回収することと、確認したいことができたのでこっちにやってきたわけだ。

とはいえ、王様や宰相の手を止めさせるつもりはなかったんだけどねー。

やっぱり私が来るとこうなるよねー。

はぁ、こういうことはいずれ慣れてもらうとして、私は私の仕事をすることにしよう。

その方が手っ取り早い。

「えーと、話が逸れたね。確か……」

「はい。この土地は昔とても厳しいところだったと」

「ああ、それそれ。ヒーナの言う通り、私が孤児や戦争難民を連れてきた時はここはただの村でさ。難民を養うだけの規模はなかったのさ。もちろんこんなお城もね。だから、慌ててダンジョンを利用した生活圏を作ったんだよ。その弊害が出ていないかを聞くのが今回の目的。いや、弊害って言うと違うな。私がいなくなってから、稼働とか運用はどうなっているのかを確認したかったんだ」

そう、このホワイトフォレストの基礎を作ったのは間違いなく私なんだけど、それでもここまで大きくはなかった。

せいぜい連れてきた戦争難民たちが難なく暮らせるぐらいの範囲でしかない。

一国になるほどの人数もいなければ物資もなかった。

そこをどう補っていたのかがやっぱり不思議だ。

「なるほど。そう言われると確かに不思議ですね。このホワイトフォレストが建国される時にはコメット様はもう離れていたとか」

「そうだよ。私はダンジョンマスターとしての仕事があったからね。基礎を固めたあとは放ったらかしさ。国の運営なんてできないからね。まあ、それをクロウディアの兄であるレフェストがやってくれたみたいだけど」

そういうのにもまったくタッチしてないんだよねー。

いまさら思うけどもの凄い投げやりだったねー。

ユキ君みたいにアフターフォローなんて考えてなかった。

まあ、ちょくちょく顔を出していたんで何かあれば手伝ってあげるつもりだったけど。

その後ズバッとやられたし。

「お母さま。私も興味があります。コメット様やお母さまの話を聞く限り、当時のこの地はとても暮らせたものではなかったはずですが、どのようにしてこの国を？」

「そういえば、建国の際にかかった苦労の話などはあまりしたことがありませんでしたね」

「はい。すべてコメット様のおかげ、と聞いておりましたが……」

「うわー、もの凄いアバウト」

私のおかげでできたっていうのは間違いないだろうけど、過程もなにもかも私に押し付けるような感じになっているんだね。

「仕方がないのです。ダンジョンマスターの力を利用して町を作り、国を作ったなどというのは当時では……」

「確かにねー。あのご時世ダンジョンマスターの力を借りているなんて知れたら、袋叩き決定だもんね」

「はい。亜人の立場もありましたので、リスクは冒せませんでした。たとえ誰も来ない極寒の地だとしても」

その通りだ。

戦禍を逃れてこの土地に来たのに、敵を誘うようなことを教える必要性はないもんね。

「それでコメット様のお力ということで、ホットストーンを利用して住める範囲を広げていったのです」

「ああ、そっか。ホットストーンはＤＰで生産できたもんね」

「はい。徐々にそうやって村を広げていったわけです。幸い、必要最低限の食糧が取れる畑などはコメット様が用意してくれた聖域と、魔物を寄せ付けない聖正樹があり、その範囲での狩りや採集で何とかやっていけました。ああ、ホットストーンを利用して温室なども作りましたね」

「なるほどなー。そうすれば人数が増えても何とかやっていけるか」

温室とか、当時思いつかなかったけど、確かにできないことはない。

ホットストーンは凍えないために用意したんだけど、そういう使い方もできるよね。

「一応地面に埋めれば土も温かくできるので農耕地も拡大できました。雪が溶ける区域を意図的に作ることもです」

「おー」

「なるほど。それで国を拡げていったのですね。今と方法自体は変わりませんね」

「そうなの？」

「ええ。食糧難が予想される年は農地を増やすようにしています。またホットストーンは我が国にある限りは無限に稼働しますが、それでも不意の破損はありますから、ホットストーンを大量に生産していつでも不慮の自体に備えています」

「意外と、ホットストーンがいい役目してるねー」

「はい。ホットストーンがなければ、今頃この国は雪に埋もれていたことでしょう」

「そうですね。このような吹雪でも、この町は雪に埋もれませんからね」

そう言ってトモリが覗き込むように窓から下を見ている。

私も気になって覗いてみると、確かにホットストーンが置かれている町には雪は積もっていない。

このホワイトフォレストだけ雪国ではないような感じだ。

「そういえば路地の雪かきとかをしているのを見たけど、あっちにはホットストーンが足らないって聞いているけど？」

「ええ、DPで用意するにもちょっと予算が足りませんからね。別にそれで凍え死ぬということもありませんし、農地用や、いざという時のために取っている分が多いです」

「ちゃんと考えているようでなによりだよ。やっぱり、私が口を出すことはないねー」

と、不意にそんな言葉が漏れる。

「どういうことでしょうか？」

「いや、結局さ。人は自分たちで考えて生きていくものだなーってさ。まあ、手助けはしたけど、この国を作ったのは間違いないく君たちが頑張ったおかげだよ」

「「ありがとうございます」」

私の言ったことに深々と頭を下げる2人。

それを見て私は苦笑いしつつ……。

「さ、ホットストーンが大事なのは分かったけど、他に聞きたいこともたくさんあるんだ」

この雪の世界で生き抜く方法はきっとこれからのウィードや今後の魔力枯渇現象の調査に役に立つ時が来るだろうからね。

あとは、ホットストーンの改良も頑張ってみよう。

それがあれば、この国がもっと豊かになる気がする。

具体的にはユキ君に相談して雪国ならではのイベントを考えてもらおうかな？

これで亜人の立場が少しでも良くなればと思うよ。

まあ、そういうのはもっと先の話だろうけどね。

必勝(ひっしょう)ダンジョン運営方法(うんえいほうほう)⑯

2021年11月1日　第1刷発行

著者　雪(ゆき)だるま

発行者　島野浩二

発行所　株式会社双葉社
〒162-8540
東京都新宿区東五軒町3-28
電話　03-5261-4818(営業)
　　　03-5261-4851(編集)
http://www.futabasha.co.jp
(双葉社の書籍・コミック・ムックが買えます)

印刷・製本所　三晃印刷株式会社

フォーマットデザイン　ムシカゴグラフィクス

ISBN978-4-575-75298-4　C0193
Printed in Japan

Mゆ01-18

Keep on Dreaming

戸田奈津子
金子裕子

双葉社

Keep on Dreaming

Contents

STAFF

Cover Illustration:伊野孝行

Cover Design:妹尾善史
Design & DTP:藤原薫(landfish)

Edit:更科 登(双葉社)

Cooperation:那須山荘

Prologue

通訳引退　トム・クルーズ

Photo:笹原清明
Hair&Make-Up:八幡雅治（VIRGIN）

Q 『KEEP ON DREAMING 戸田奈津子』が出版されてから、9年が過ぎました。その間、お変わりは？

相変わらず元気で、ほとんど変わらない日々を過ごしておりました。コロナが猛威を奮った3年間も、普段の生活にはあまり影響がありませんでした。旅行ができなかったことだけが変わったことかしら。

Q 映画業界にはコロナで多大な影響がありましたが？

そうね。2年以上ハリウッドの活動が完全に停止して、来日はもちろん新作の製作もなし。その余韻で、今でも良質の作品が少ないのが残念です。それに〝おうち時間〟とやらで、みなさん動画配信サービスで映画を観ることに慣れてしまいましたから。一時期、映画館はがらがらになって、長年の映画ファンとしてはとても悲しかったです。でもそんな中で、やっと『トップガン　マーヴェリック』がトム・クルーズの頑張りで劇場公開されて世界的に大ヒットしたおかげで、映画館に大勢の観客が帰ってきた。すごく嬉しいニュースでした。やっぱり、トムはすごい！

Q　その ヒット作を携えて2022年5月にトム・クルーズが来日したと同時に、「戸田奈津子・通訳を引退」が大きなニュースになりましたが？

あんなに大ごとになるなんて思いませんでした。私としては、一通訳に世間がそんなに興味を持っているとは思っていませんでしたから。あの反響には、本当に驚きました。なんであんなに話題になったのか、わからん（笑）

Q　引退を決心したのは？

実を言うと、以前から通訳の仕事は辞めたかったのです。バイリンガルでもない私はプロと言えないし。もともと通訳がやりたかったわけではなく、字幕翻訳がやりたくて映画業界に入ったら、たまたま通訳をやることになってしまっただけですから。通訳をやるチャンスが来て、いろいろな人たちにお会いできたのは役得でしたけど。スターはもとより監督の興味深いお話もたくさんうかがえて。だから、ずるずると続けて来たのですが。正直なところ、１度として通訳が〝本業〟だと思ったことはありません。

Q　『アリスのレストラン』（１９７０年）のプロデューサー来日会見で初めて通訳をなさってから、53年間も続けてますが？

あら、半世紀以上？（笑）。でも、世界中を探しても70代の通訳なんていないのでは？　ましてや、私はいま80代。歳を取ると反応も鈍くなります。通訳は本当に大変な仕事で、ストレスも半端じゃないですから。たとえば、小説家や画家は創作意欲がある限り、何歳になっても現役でしょ。字幕翻訳もその類で、自分の頭がはっきりしていれば、続けられます。でも通訳は違います。相手がいて、間を置かずにやり取りをしなくては成り立たないからです。それは、もう、すごいストレス。対人関係とかね。私は、もともとそういうストレスを負うことが嫌い。そして、嫌いなものはやらない主義ですから、ずっと辞めようと思っていたのです。

Q　そのタイミングがトムの来日ですか？

私にとってトムは特に大事な人ですから。彼は何にでも２００％の力で臨む完璧主義者。映画作りはもとよりプロモーションも会見も、すべて。となれば、その記者会見やイベントの通訳も200%を注ぎ込み、当意即妙にスムーズにできなければいけません。でも80代半ばになった私はその速さに少々自信が持てなくなりました。もしも言葉に詰まる、訳がズレるなど、何かあったら全力投球のトムに申し訳ない。「それだけは、絶対に避けたい」と思ったのです。

Q 即決でしたか?

トムから「行くよ」というメールが届いて来日が決まってから少々悩みましたが。結局、来日当日の1ヶ月ほど前に「通訳を辞退します」と伝えました。彼は冗談交じりに「本当に辞めるの? じつはやるんでしょ?」といってましたが。そう、「すごく困る」とも言ってはいただきましたが、私の意志が固いことを知って、最後は了解してくださいました。

Q 来日したトムの粋な計らいもあったとか?

予定より1日早く日本に到着したトムから自宅に電話がありまして、「今日は1日フリーだから、お茶しない?」とお誘いを受けました。彼の宿泊先のティールームに伺ったのですが、そこにはトムのお姉さんとその息子さんがいらして、4人で他愛ないおしゃべり。なんと3時間以上も、あの映画が好きだの、家族のお話だの、よもやま話に花を咲かせました。三十年来のお付き合いですが、ずっと仕事がらみで秒単位に動いていましたから、本当にプライベートでおしゃべりをしたのは初めて。とても楽しく、ステキな時間でした。

そのときに「通訳はしなくても、一緒にいて」と言われて、結局、プレミア、記者会見、横浜で行われたイベントにも同行しました。そのときに「次は『ミッション:インポッシブル/デッドレコニング』(23年7月21日・日本公開予定)を持ってくるから、また会おうね。再来年のパート2でも!」と約束しています。

Q 字幕翻訳のお仕事は、まだまだ現役で？

ちょっと前にハリソン・フォードが15年ぶりにインディアナ・ジョーンズを演じる『インディ・ジョーンズと運命のダイヤル』（23年6月20日・日本公開）を仕上げて、『ミッション～』の字幕作りに追われています。これまでの多くの大作の例にもれず『ミッション～』もなかなか映像が届きませんし、公開日は迫るしで、焦りまくりましたが……。それでも、やっぱり大好きな仕事ですから、苦にならない。字幕を作っていると楽しくて、時間を忘れます。できる限りは続けたいですね。

取材・撮影／ 2023 年 5 月 1 日（編集部撮影）

Chapter 1

生い立ち　戦争　学生時代

Q 戸田奈津子は、本名ですか？

もちろんです！　父は戸田薫雄（しげお）、母は浦（うら）。母の生まれた頃は女の子の名前に〈子〉なんてつけなかったようです。だけど、母はちょっと気取ってみたかったのか、あとのほうになって〈浦子〉なんて勝手に言っていましたけれど……本名は、戸田浦です（笑）。

私の名前は、母方の祖父がつけてくれました。昭和11年（1936年）7月3日。夏に生まれたから〈夏子〉とつけたのではあまりに能がないというので、〈奈津子〉ともじったそうです。

父は、愛媛県の農家の生まれですが、学校卒業後に銀行員になりました。銀行員というのは転勤が多いので、父も各地の支店を転々とし、その途中で母とお見合い結婚。転勤先の北九州の戸畑で召集されて、戦地へ行きました。父は、農家の息子でしたが、勉強ができたので特待生だったそうです。当時の特待生は幹部候補生でもあり、有事には真っ先に招集されるのが常。しかも幹部候補生は、最初から少尉の位につける。ということは戦地では中隊長になるということらしいです。後で知ったのですが、中隊長というのは「突撃〜っ！」と言って先頭に立って敵に突っ込んでいかなければならないので、いちばん死亡率が高いのだそうです。

父は、日華事変に出兵し、昭和12年（1937年）11月に、あっという間に上海で戦死しました。

Q お父さんの思い出は、なし？

私が生まれて1年ほどで出征し、帰還しないまま亡くなってしまいましたから、まったく父の記憶はありません。父は亡くなった時、母が送った私の写真を持っていたそうですけど。

享年、31歳。若いわよねぇ。いまの私が思うに、31歳なんて、まだ子供じゃないですか。でも、あの頃の31歳はすごい。日記が遺っていますが、ちゃんと毛筆で、日々の思いを書きつらねている。私も含めていまの我々は恥ずかしいですね。父だけではなく、『きけわだつみのこえ』など、特攻隊で死んだ若者たちも死を覚悟し胸の潰れるような事を書き残している。涙なしには読めません。いまの軟弱で満ち足りた若者達に読んでもらいたいですねぇ（笑）。

うちの父は、日華事変ですから、太平洋戦争の序盤戦。敗戦の色濃い太平洋戦争末期の特攻隊員たちが味わった悲惨な状況とは少し違っていましたけれど。だからこそ、父の場合は、お国の政策のままに戦地にかり出されたという観はありますね。遺っている葉書などを読むと、「敵に勝ってうれしい」みたいなことが書いてある。やはり、当時の若者は洗脳されていて、そんな感情も自然だった。そういう時代だったのです。

Q 遺骨はどこに？

ちゃんと日本に還って来ました。それが、父の死因というのが……。とにかく、私はとても丈夫でしょ。それは父の家系らしく、父ものすごく頑丈な人だったらしいのです。それに素朴な農家出身だから、医者にもかかったことがなかった。で、そのまま戦争に行って、足を撃たれたので、すぐに負傷兵として輸送船に乗って帰還ということになったのだけれど。それが出血多量で……。いままでケガなんてしたこともないから、出血多量で死ぬということすら知らなかったらしい。船上で毛布をめくったら血の海の中で寝ていたそうです。そうなるまでなにも言わずにじっと寝ていたわけですから、我慢強いというか、知識が乏しかったというか。いまでは考えられないですよね。

Qお父さんの遺品はありますか？

父は読書家で、徳富蘆花が好きだったとは聞いていますが、残念ながら蔵書はほとんど遺っていません。銀行員で転勤があったし、加えて四国の実家が戦後、火事で焼けてしまったので、日記と葉書と手紙が少し遺っているだけです。

Qお母さんの生まれは？

母は、中流家庭の出で、現在の韓国の釜山生まれ。祖父の仕事の関係で、釜山で生まれて、女学校を卒業するまでそこで育ちました。母の時代は、女学校へ行くのはまぁまぁ普通。そこから大学に進学する女性は稀でした。母も、女学校を卒業すると東京に帰されて花嫁学校に行かされ、2、3回お見合いをして「この人と結婚しなさい」と言われて…。それで四国の農家の息子のもとにお嫁に行ってしまった。当時の女性のほとんどは、そんな風に結婚していたのだけれど、かわいそうにねぇ(笑)。愛情なんてあるわけがありません。二十歳(はたち)前に結婚させられ、二十二歳で未亡人。あまり母から胸のうちを聞いたことはないのですが、好きで結婚したのではないことは確かです。父の亡きあと、まわりからずいぶん再婚をすすめられたけれど、2度と結婚しなかったし。どんなにすすめられても首を縦に振らなかったのは、やはり結婚は2度とごめん、と思っていたようです(笑)。

そういえば、私のまわりって、両親はもちろん、周囲を見まわしても、「ああいう結婚ならしてみたいなあ」という理想像を見たことがないように思う。これじゃ、結婚に対する夢が育めるわけがないですよね。だから、ここまで独りできてしまったのかも…(笑)。

Q お母さんから「奈津子ちゃん、結婚して！」とは言われなかったですか？

まぁねぇ。20代の適齢期の時は、友だちも次々に結婚するから、それなりに言われた時期はあります。私の時代は、いまのように女性がずっと独身で居るなんていうことは、まだめずらしいと思われていましたから。でもどう説得しようと、ガンとして私が結婚しないものだから、母も諦めてしまい、途中からは言わなくなりました。それればかりか、最期のころは、「あなたがお嫁に行かなくてよかった」と言っていました。そりゃそうですよ。私が独身のおかげで、年をとってから思う存分、好きな旅行もできたし。いつか、母の同世代の人たちがお孫さんの面倒を見ているのを見て、「あんなことさせられなくて、よかった」とも言っていましたねぇ。

Q お母さんに似ている?

顔立ちはまったく違います。母は目が大きくてバタ臭い顔。私は目が細いしょうゆ顔ですか。でも気性は似ていますね。どちらも、自分の主張は譲らない。自分中心に生きていくB型だから。地球は自分を中心にまわっていると思っている、とってもわがままなタイプです(笑)。

Q お父さんが戦死したあとは?

当時住んでいた九州は父の転勤先ですから、母はすぐに東京の実家に戻ってしまいました。先ほど言ったように、母は嫌なことはしないタイプの人ですから。父の両親と一緒に四国の田舎暮らしなんて、とんでもない。当時としては、ひどい嫁ですけれどねぇ（笑）。

私は赤ん坊で何も覚えていないのですが、孫、つまり私を返せとさんざん父の両親に言われたらしいです。もちろん、母はなにがあっても私を手放さなかったし、四国に行くこともしなかった。いまでこそ、母親がひとりで子供を育てるというのは普通になっていますが、当時は稀でした。ましてや農家の跡取り息子の子供となれば、より婚家のものという意識が強かったでしょう。母は戸田の両親にはひどい嫁だと思われていたに違いありません。

Q お母さんが先生に？

母は、短い期間でしたが、教師をしていました。とはいえ当時は太平洋戦争が始まってしまい戦争の真っ最中。授業なんてやっている場合じゃない。毎日、学徒動員の一環で女学生を連れて工場で洋服を作ったり、旋盤を回したりしていました。結

上・誕生まもなくの記念写真と、若く美しいお母さんに抱かれての一枚。下・誕生から1年足らずで戦死したお父さんと一緒に写っている家族写真はこれ一枚。

局、教壇にはほとんど立っていないのですが。もっとも、母は教師に向いてない性格だから、それで良かったと言えば、良かったのですけれど。

だいたい、母が教師になったのも止むなくですから。まず、父の死後、私たちは世田谷の上北沢にある母の実家に身を寄せました。祖父は会社経営者ではなかったけれど、そこそこの役職についていたので、上流とはいえないまでも、立派な家を持っていたのです。とはいえコブつきの娘を遊ばせておけるほどのお金持ちではなかったので、母は働かなければならない。当時は戦争のおかげで、母のような若い未亡人がたくさんいましたから、彼女たちを集めて2年ほど勉強をすると先生の資格を取れる特殊なコースが東京女高師（現在のお茶の水女子大学）に設けられたのです。母はそこに入学をして、たまたま同じ場所に幼稚園（現在のお茶の水女子大学付属幼稚園）もあったので、私をそこに入れれば一緒に通えて都合がいいと考えたわけです。以来、私は、幼稚園から高校まで、お茶の水女子大付属に通うことになったのです。

祖母（母の母）と。戦争中は女３人の暮らし。

Q ひとり遊びが上手な子供だったとか？

私が小学校に通う頃には、母は教職資格を取って第八高女（現在の都立八潮高校）で家政科の教師になっていましたから、家に帰っても祖母しかいない。今にして思うと、当時祖母はたぶん50歳くらいでしたから若いとは思うし、しゃきしゃきしてもいたのですが、それでも子供の遊び相手にはならない。かといって世田谷からは遠い大塚にあるお茶の水女子大付属に通っているから、近所に友だちもいない。でも、それが当たり前のことだったので、寂しいとも思わなかったですね。母が勤めから帰って来たからといってべったり甘えたこともないですし。それは、大人になってからもずっと同じで、猛烈クールな親子関係（笑）。ですから、子供の頃はほとんどひとりで本を読んでいました。講談社の絵本から始まって、あらゆる本を読みあさって、いろんな妄想にふけって。今にして思えば小さな頃からフィクションの世界が好きで、後に映画に夢中になった理由もその延長だったと思います。

お人形をおんぶしたり、カタカタを押して得意満面の顔が愛らしい！お父さんが亡くなった時に持っていたのが右の写真。

Q お父さんがいなくて寂しい、とは思いませんでしたか?

物心がついても、私の記憶の中には最初から父親の存在はなかったので、まったく寂しいとは感じませんでした。それは、父親も旦那様も同じ(笑)。少しでも一緒に暮らした思い出などがあれば、その不在が身にしみて寂しい思いをするのでしょうが、幸か不幸か、私はどちらも体験したことがないので、寂しいという感覚を抱かずにすんでいます。

もし、父が生きていたら、私の人生もちょっと変わっていたかもしれませんねぇ。なにしろ明治生まれの人ですから、たぶん「嫁に行け!」って無理矢理に結婚をさせられて、好きな仕事なんか出来なかったかも。それを思うと、いなくて良かったと。私ってどこまでも親不孝ですねぇ(笑)。

Q 戦争の思い出は？

空襲のさなかに、世田谷から大塚窪町にあるお茶の水女子大付属小学校に通っていたのですが。当時はそれが当たり前だったけれど、頭の上をB29が飛び交って爆弾を落としているのだから、いま思えばとんでもなく恐ろしいことでした。「空襲！敵機来襲！」とサイレンが鳴ると、電車が止まってみんな近くの防空壕に避難しました。防空頭巾をかぶって。なんの役にも立たないのに（笑）。警報が解かれると、何事もなかったような顔をして学校に通っていました。

それで思い出すのですが、後年、ジョン・ブアマン監督の『**戦場の小さな天使たち**』（1988年）を観た時に、「世界中、子供は同じだなぁ」と思いました。英国人のブアマンは1933年生まれで、私と同世代。彼が子供の頃のロンドンは、日々、ドイツの空爆にさらされていました。その経験を描いた『**戦場の小さな天使たち**』に登場する子供たちは、空襲が来ると大喜び。なぜかというと授業が休みになるから。

ナチスの飛行機が上空を飛ぶと「ありがとう、ヒトラー!」と手を振るのです。ヒトラーのファーストネームはAdolf(エイドルフ)なので、原文のセリフは、「Thank you, Adolf!」。「エイドルフ」と親しみをこめているところが、よけいかわいらしいでしょ? 大人は深刻な状況を嘆いても、何が起こっているか分からない子供は、とりあえず学校が休みになるのが嬉しい。私も子供の頃、夜空から降ってくる焼夷弾を「花火のようにきれい!」と思っていました。無邪気な子供って、そういうものなのです。

Q 疎開の経験は?

1年ほどです。世田谷の地域はあまり激しい空襲には遭わなかったのですが、昭和20年3月10日の夜に、東京は大空襲を受けて下町一帯が一夜にして焼け野原になりました。世田谷から見ても下町方向の空が真っ赤に染まり、翌日、隅田川にはおびただしいほどの死体が浮いていたそうです。この空襲にさすがにおびえた祖母と母は、東京を逃げ出すことにしました。とはいえ、代々、東京に住みついていた家系だから頼る田舎の親戚なんていない。そこでやむなく父の実家を頼り、愛媛県に疎開したのです。といっても父の実家は手狭だったので、西条市のお寺の離れを借りて慣れない田舎の生活を始めました。

Q　初めての田舎暮らしはどんな思い出が？

まるで『**禁じられた遊び**』（1953年）のようでした。国民学校（！）2年生だった私は、お墓を遊び場にして、お供え物をこっそり盗んで来ておままごとをしたりして、けっこう楽しんでいました。でも、イナゴを捕まえて食べるというのは、やっぱり東京育ちの子供には無理（笑）。当時は食料不足が深刻になって、私が通っていた学校では、生徒は30匹のイナゴを捕まえないと家に帰してもらえなかったのです。だけど、私は触ることも出来なくてベソをかいて。結局、友達が自分の分を分けてくれました。

国語の時間などは標準語で本が読めるというので、黒板の前に出て読み方のお手本をさせられました。ピアノを習っていた私が学校にあったオルガンを弾くと、同級生は畏敬のまなざしで私を見たものです。でも、子供というのは環境に同化するのが早いですから、友だちと遊んでいるうちにすっかり土地の伊予弁をしゃべるようになってしまいましたが。

よく疎開先で苦労した話を聞かされるけれど、私は幸いにもイヤな思い出より、楽しかった記憶の方が多いですね。もちろん食べるものはなく、いつもお腹を空かせていましたけど。

私は、父の生まれた村にある小学校に通っていたのですが、そこは住んでいるお寺からは汽車の駅ひとつ分くらい離れている。田舎の駅ひとつ分は、子供にとってはけっこうな距離です。毎日、舗装されていないほこりだらけの国道を歩くのですが、手を上げるとトラックの運転手さんが、車を停めて乗せてくれる。ほとんど毎日、見ず知らずの運転手さんのトラックに乗って学校に通っていました。なにひとつ怖い目にも遭わずに。いまでは考えられないですよね？ 知らない人の車に乗ってはダメ、話をしてはダメ、でしょ。でも、当時は運転手さんたちもとても親切で、「乗せて」と手を上げると、行きも帰りも乗せてもらえた。母も、「娘が怖い目に遭うかもしれない？」なんて疑うこともなく、「いってらっしゃ～い！」。まぁ、母は早くに未亡人になってしまったせいか、男の人のいやらしい欲望なんか知らないし、考えも及ばないから、男の人はみんな良い人だとしか思っていなかったのでしょう。無知といえば、無知ですが。でも、やはり純朴で親切な人がたくさんいた、良き時代だったのです。

初めて映画を見たのも、疎開先でした。お墓に囲まれた住まいで蚊と蚤の猛攻撃を受けて、体はおできだらけ。なにしろ都会育ちの子供は、皮膚もヤワですから。そこで母は、唯一、あまり蚊の居ない場所を発見し、そこに頻繁に私を連れて避難することにしました。そこが映画館だったのです。当時、映画は学校では禁止されていましたが、母は「蚊から身を守るため」という理屈を付けて、映画館に。とはいえ、上映されているのは、当然ながら国威高揚の映画だったらしいのですが、私はさっぱり覚えていない。たぶんつまらなくて眠っていたのでしょうね。

Q 終戦を迎えたのは?

さんざん苦労して、昭和20年の(1945年)5月頃にやっと四国に疎開したと思ったら、8月には終戦。しかも、世田谷の家は幸いにも焼けなかったから、「行かなければ良かったねぇ」と母と祖母は言っていましたけれど、あとの祭り。母も、戦争が終わったら、一刻も早く東京に帰って来たかったのですが、疎開する時に他人に家を貸してしまったので、それもままならず。結局は、一年ほどしてから帰京。その疎開生活の一年間だけが、私の人生で唯一東京を離れて暮らした経験です。

Q 疎開後に四国を訪れたことは？

父のお墓がありましたから何回か行きました。父は「名誉の戦死者」で、金鵄勲章をいただいて戦死者として靖国神社にまつられてもいますので、母に連れられてよく靖国神社に行きましたが、遺骨は、父の故郷・四国にある戸田家のお墓に納骨されていました。四国はもともと石の名産地で、お墓も立派なものが多い。ましてや、うちの父は戦死者なので、古代エジプトのオベリスクのように、2メートルぐらい屹立した、それは、それは、立派なお墓。東京からはあまりにも遠いので、母も滅多にお墓参りには行きませんでしたが、さすがに五十回忌の時は父の親戚関係の方を招いて法要をしました。父が若くで亡くなったので五十回忌になったわけですが、世間的には珍しいことだそうです。母はそれで務めを果したと思ったのか「四国はこれで最後」と言い、結局、その通りになりました。

娘の私としては、「父を遠い四国のお墓にひとりでおいておくのはかわいそう」と思っていましたので、母が亡くなる前にお骨を取り出し、既に記憶の怪しくなっていた母にお骨を抱かせてから、本郷にある母の実家の墓地に移しました。

Q お母さんと一緒のお墓に眠っている？

それが一緒じゃないの。母は生前から「私が死んだら実家のお墓に。四国はイヤよ」が口癖だったので。といって、四国から移した父のお骨を母の実家のお墓に入れるわけにもいかないので、同じ墓地内の別のお墓に入れて。いま、両親は互いに手の届く距離で眠っています。

母は晩年、「お父さんのこと覚えてる？」と尋ねても「すっかり忘れた」と言っていました。97歳で亡くなるまでの、たった3年ぐらいしか一緒に暮らしていなかったのですから、結婚生活も記憶の彼方に行ってしまうのは当然でしょう。「顔も思い出せないわ」とも、言っていましたねぇ。写真は残っているのに（笑）。

Q 終戦後の東京の暮らしは?

上北沢の母の実家で暮らし始めたのですが、母は兄妹がたくさんいて。7人兄妹の長女。兄が二人、母が長女で次女がいて、三男、四男で、末に三女。四男は早くに亡くなっていたけれど、その他の兄妹のほとんどが焼け出されてしまったから、何世帯もの親戚が実家に集まってしまいました。大きな家とはいえ、一時期は20人ぐらい住んでいたこともありました。叔父や叔母、そしていとこたちと一緒の暮らしは、子供にとっては楽しいものでした。私は一人っ子ではありますが、いまでもいとこたちとは兄弟姉妹のように仲が良くて、行き来をしています。戦後のあの雑居生活がなければ、こんな風にはなっていないでしょう。

Q なかでもユニークな親戚は？

侍従として天皇陛下にお仕えしていた従弟が居ます。けっして上流階級の家柄ではありませんよ（笑）。従弟も私もごく普通の中流クラスの生まれ育ちです。彼が侍従になったきっかけは、魚オタクだったこと。彼は子供の頃から魚が大好きで、熱帯魚にハマって、たくさんの水槽にいろいろな種類の熱帯魚を飼っていました。ですから、大人になってからは当然のごとく水産関係の仕事に就いたのです。みなさんご存じのように、天皇陛下を始め、皇室の方々はみなさん魚がお好きで、いろいろな研究をしていらっしゃるでしょ。で、とある時、従弟が皇室で飼われている魚の世話をしに伺って、そのまま侍従としてお仕えすることになってしまいました。それ以前の従弟はごく普通の青年だったのに、侍従となってからは、人が変わったように礼儀正しく品がよくなって、びっくりしました（笑）。やはり人間は環境で変わるのですね（笑）。

上北沢にあった母の実家は庭が広く格好の遊び場。遊び相手は、終戦後に同居していたいとこたち。右下は七五三。

Q 終戦後、日本にアメリカ映画が一気になだれ込んできましたが？

まず、一緒に住んでいた叔父や叔母が、観て来た映画の話を興奮しながら話していたのを聞きました。なにしろ、戦後の東京は一面が焼け野原。戦争中よりもさらに食料が不足して、とにかくひどいものを口にして、いつもお腹を減らしていましたから、そんな状況のなかで観る華やかな外国映画は、言い尽くせないほどのカルチャーショック。当然、映画館にみんなが押し寄せるようになりました。

私も、その頃には教師を辞めて会社務めをしていた母と帰りに待ち合わせをしたり、叔父や叔母たちに新宿の映画館に連れて行ってもらうようになりました。とくに、母のいちばん下の弟はまだ学生だったので、よく自転車に乗せてくれて、映画館だけではなく、いろんな所に連れて行ってくれたりもしました。

まぁ、当時は映画館といってもお粗末なもので、焼け残った建物か木造のバラック。しかも、使い古されたフィルムは傷だらけで、画面に雨が降っているような映像だし、時にはフィルムが切れて、数分間、スクリーンは真っ白。それでもぎゅうぎゅう詰めの観客は、再び映像が映るのをおとなしく待っているのです。私みたいな子供は肩車してもらって観ていました。

Q 洋画の洗礼を受けた作品は？

戦後の1946年にアメリカ映画輸入第一号として公開された『**キュリー夫人**』。女性物理学者の伝記で、夫婦愛を描いた感動美談でしたね。それから『**チャップリンの黄金狂時代**』(チャップリン自身が音楽・解説などをつけたサウンド版が1942年に日本公開)、それから『**第七のヴェール**』(1947年)、『**荒野の決闘**』(1947年)、『**石の花**』(旧・ソ連の映画で初めて日本で公開された彩色映画)、『**カーネギー・ホール**』(1952年)、などなど……。

『**チャップリンの黄金狂持代**』は、観ているだけで大笑いできるスラップスティック・コメディですから、子供でも楽しめました。『**石の花**』は大部分はモノクロで、王冠をかぶった緑色のとかげだけがカラーになり、その美しさにドキッとしたものです。しかしその色も、カラー映画が普及した後日、見返したらかなりどぎつかったですね。『**カーネギー・ホール**』は、物語というより、カーネギー・ホールに立つ超一流のピアニストやバイオリニストの演奏シーンが素晴らしくて。クラシック音楽が大好きだった私としては有名な音楽家たちを観られるのが嬉しかったです。

西部劇の名作『**荒野の決闘**』も観ました。当時は子供ですから、字幕をちゃんと読んでいたのか、ストーリーを理解していたのか……記憶は曖昧。断片的です。ウン十年後、この映画の字幕を入れ替えることになった時、ハッキリ覚えていたのはドク・ホリデイを演じたビクター・マチュアが酒場の女のリンダ・ダーネルを、馬の水飲み桶に投げ込むというシーン。子供にとっては、よほど印象が強いシーンだったのでしょうね。

ともあれ、それまで本だけで想像していた外国の世界が目の前にぱ〜っと広がって、たちまち映画に夢中になりました。

Q そこからは映画との素晴らしい出会いの日々？

そうです。学校も映画を観ることに否定的ではなく、たとえば久米川にある学校の農場にお芋掘りに行く日や遠足の日に雨が降ると、映画鑑賞に変更になったりしていましたから。それに、ときどきお茶の水女子大の講堂でも洋画が上映されていたので、よくそこにもぐり込んでいました。

よく通ったのは通学路だった新宿や池袋の映画館。そこには闇市もたくさんあって、お腹が空くので鯨のベーコンやピーナツを買って入って……。ですから、昔の映画館の思い出には、必ず闇市で売っていた食べ物やランプ代わりのアセチレンガスの匂いも一緒についてきます。

Q すでに字幕翻訳者になりたいと思った?

いえ、まだです。なにしろ子供で、映画が大好きにはなりましたが、字幕をつける職業があるなんて知りませんから。

ただ中学生ぐらいになると多感な時期ですから、ジャン・コクトー監督の『**美女と野獣**』(1948年)では、壁から燭台を持った人間の腕が次々に出てくるファンタスティックな場面に陶然。『**子鹿物語**』(1949年)では恥ずかしさも忘れて、座席で泣きじゃくったり。ふだんは嫌々ピアノの練習をしていたのに、『**愛の調べ**』(1949年)を観たあとには、猛然と「トロイメライ」の練習をしたこともあります。ロベルト・シューマンと妻クララのロマンスを描いた作品で、クララをキャサリン・ヘプバーンが演じていました。

ピアノといえば、20世紀前半のフランスを代表する名ピアニスト、アルフレッド・コルトーの生の演奏を聴けたことも良い思い出です。場所は、お茶の水女子大の講堂。当時、戦火を逃れた講堂は数少なかったのですが、お茶の水女子大の講堂は幸いにも焼け残り、ステージ上まで座った聴衆が〈神様コルトー〉の演奏に聴き入りました。

とにかく、当時の日本人は美しいものに飢えていたのです。物のない不自由な戦争中に生まれ、狭い環境の中で育った私は、終戦によって押し寄せて来た外国の美しいものに触れて魅了され、一枚の白いスクリーンを通して、まったく異なる世界へ一気に飛びました。

Q 初めて英語を学んだのは？

中学に入ってから。戦争中は、もちろん敵は〈鬼畜〉だから、英語は一切禁止。接する機会はまったくなかったでしょ。なにしろ、疎開先の田舎の街に初めてＧＩたちが姿を見せた時には、人々はいっせいに物陰に隠れたくらいです。英語なんてまったく見たことも読んだこともありませんでした。それが、戦争に負けて連合軍が日本に入ってきたとたんに、手のひらを返したように、アメリカ一色になってしまう。アメリカ兵を見れば、「ギミ・チューインガム」とか「ギミ・チョコレート」とか言って、戦争孤児たちがむらがっている。「ギミ」は「Give me」のことだけど、私が初めて耳にした生の英語はそれかもしれません（笑）。

子供としては、昨日まで〈鬼畜〉と教え込まれていたのに、一夜明けたら、正反対になっていたというのは、なんとも受け入れがたかったですよ。「大人って、なんなの？　信用できないなぁ」と、心のどこかで思ってしまうのも当然です。あとになって、同じ世代の人と話をすると、やはり私と同じように感じていたようです。

というわけで、終戦後は、クリスチャン系の小学校では英語をカリキュラムに組んだりしていたようですが、お茶の水は国立校だから、中学生になって初めて、英語の教科書を手にしました。私は、すでに映画の洗礼を受けていましたから、「あの外国人たちが話している言葉を学べる！」とワクワクしたものですが……授業が始まってみるとガッカリ！（笑）。なにしろ、ペン習字のように〈a.b.c.〉が点線で書かれたものをなぞって書いたりしながら、発音記号ばかりを集中的に教えられて。授業といえば「アー」だの「ウー」だの発音をしながら「アイ・アム・ア・ボーイ」調のリーダーを読むばかり。英語への興味は一気にしぼみました。

同じように、数学も、計算尺というものを教えられてチンプンカンプン。アナログの計算機みたいなものだけど、それがややこしくて、さっぱり使えない、覚えられない。このおかげで、数学が嫌いになってしまい、一生、数学への拒否反応！ ただし、英語嫌いは、中学2年生の時に出会った先生のおかげで、克服できました。

この先生は女性で、授業のレベルがとても高かったのです。一応、教科書に沿った授業をするのですが、必ず最後に和文英訳の文章を宿題に。そして次の授業で黒板に書かせ、それを生徒たちが見て間違いを指摘させるというもので、私は文章が作れるのが嬉しくて張り切りました。辞書をひっくり返して、ときには大学を出ている叔父に教えてもらい、進んで黒板の前に出て発表をしていました。これで一気におもしろくなり、成績が上がって、英語との相性も良くなりました。英語力をつけるのは、やはり文章をかくことが大事。頭ではわかっていても、書いてみると、この冠詞は

〈the〉なのか〈a〉なのか、ここは複数なのか、単数なのかという、小さな疑問が湧いてくる。それをひとつひとつ解いていくこと、その積み重ねが力となっていくのです。

Q 高校時代には恋愛の経験もありでは？

ハハハッ、ないですね。なにしろクラスには女の子しかいないから。色っぽいお話はゼロ！　国立大学付属の良いところは、中学から高校へ進むにも、「アチーブメント・テスト」というのを受けるだけで、ほとんどトコロテン式に上にいけること。しかも、1学年が3クラスで１２０人～１３０人というこじんまりした人数で、小学校から高校までの12年間を一緒に過ごすのだから、おたがいの性格はおろか、家族構成まで知り尽くしている。ですから、長い、長いおつきあいも出来るというもので、いまでもお茶の水時代の友人たちと、しょっちゅう会ったり、旅行に行ったりしています。

それに、みんな個性的でおもしろい人ばかり。学校の教育方針の影響もあって、それぞれに好きな方向を見つけて、その才能を伸ばし、画家になったり、ピアニストになったりして、いまでも活躍している人は多いですね。

Q 映画以外に興味を持ったものは？

宝塚にちょっと寄り道をしました。艶のある男役で当時から歌唱力バツグンの越路吹雪に魅せられ、よく観に行ったものです。淡島千景も好きだったなあ。母もバレエやオペラが好きだったので、戦後初めてのバレエ公演、『**白鳥の湖**』や、オペラ『**蝶々夫人**』などにも連れて行ってもらい、感動した事を覚えています。ただ、当時は舞台公演が少なかったので、娯楽の主流はやはり映画。学生にとってロードショーは高いので、二本立て、三本立てに落ちる、いわゆる弐番館、参番館、あるいは名画座専門でした。よく通ったのは、学校に近かった池袋の『人世坐』、狭い石の階段を5階まで昇る新宿の『日活名画座』、三本立て、ときに四本立てというすごいプログラムを組んだ『オデオン座』チェーンなど。帰り時間が気になって、何度も観ている映画は映画館に入る前からあのシーンまで観たら帰ろうと決めているのに、ほとんどの場合、最後まで観てしまったものです。もちろん、母のサラリーでは母娘が食べていくのが精一杯。お小遣いをたくさんもらえる状況ではなかったので、ラジオや雑誌の試写会招待にもせっせと応募して、かなりの確率で新作も観ていました。

Q 終戦後、外国の文化をいち早く体験していた?

そうかもしれません。母の影響が大きかったですね。帝劇で戦後初めて上演されたバレエ公演『**白鳥の湖**』にも連れてってもらったけど、もう、実際に観ている人はほとんど居なくなっているんじゃないかしら(笑)。貝谷八百子さんと谷桃子さんのダブル・キャストでした。

オペラも、戦後すぐに観ていました。母方のおじで、私にとっては大おじに当たるのがＮＨＫの伝説的な草分けアナウンサーの松内則三だったのです。当時はＮＨＫしかなかったけど…（笑）。大おじはスポーツの実況中継が専門で、１９２９年秋季の東京六大学野球の早慶戦で、「夕闇の迫る神宮球場、ねぐらへ急ぐ鳥が一羽、二羽……」とか言って、有名になった人物です。その娘の松内和子がオペラ歌手で、メゾソプラノだったので『**カルメン**』とか、『**蝶々夫人**』のメイド、スズキなどが持ち役。日本があんなに貧しい時代に、何とか文化をよみがらせたいという必至の努力があって、幸いにも、私もその一端であったバレエやオペラというものを知ることができました。

もちろん劇場に行ける人は限られていて、大衆に最もアクセスがよかったのは、大衆値段でどこででも楽しめる映画。だから日本全国、映画館はどこも立錐の余地がないほど満パイだったのです。

Q 津田塾大学を受験した決め手は？

幼稚園から高校まで、ずっと同じ所に通っていると飽きるでしょ（笑）。外に出たかったのです。それに、母は、自分が女学校しか出ていないことで思わぬ苦労を強いられたこともあって、娘には大学を卒業して、ちゃんと職について欲しい。そこからは一家の大黒柱をバトンタッチ、というのが母と私の暗黙の了解でもありました。

大学を選ぶときは、まず専攻科目からですが、やはり私には英文科しかない。当時は英文科の優秀な学校は、東京女子大、津田塾大、聖心女子大あたりで、結局、津田塾大に入ることにしました。受験勉強もそれなりしましたよ。とはいえ、徹夜をしてまでがんばってはいません。私は、学生のときも仕事を始めてからも、いままでの人生で1回も徹夜をしたことがない。まぁ、飲んで朝帰りというのが、数回あったけれど（笑）。どんなに受験勉強が切羽詰まっていても、仕事に追われていても、翌日の能率がかえって落ちるので、徹夜はしませんねぇ。

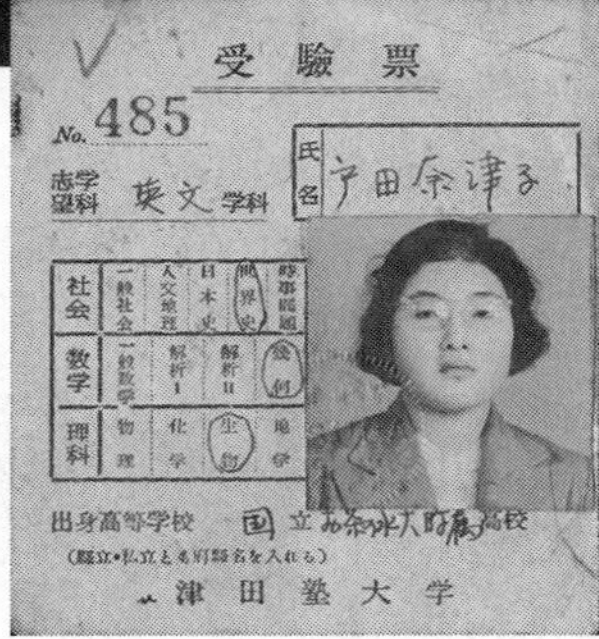

受験票

No. 485

志望学科　英文 学科

氏名　戸田奈津子

社会	一般社会	人文地理	日本史	世界史	時事問題
数学	一般数学	解析I	解析II	幾何	
理科	物理	化学	生物	地学	

出身高等学校　国立お茶の水大附属高校

津田塾大学

映画館通いに明け暮れた大学時代のスナップと津田塾大学英文科の受験票。

大学受験のときは、英語は、自信というほどではなかったけれど、いままでやってきた積み重ねがあるからなんとかなると思っていました。しかし、問題なのは、中学生のときから拒絶反応を起こしていた数学。とくに代数はチンプンカンプンだから、幾何のほうをやむなく選んで受験しました。幾何というのは図形だから、補助線が1本見つかれば問題が解ける。受験の本番の時に、奇跡的にそれがみつかって。私って一発屋なんです（笑）。

Q 津田塾大学時代の思い出は？

な〜んにもないです。白紙よ、白紙！（笑）。国分寺からさらに武蔵野の奥に入る不便な場所にあって。いまでこそ住宅街になっていても、当時は、雑木林の真ん中にあって、国分寺から大学までのバスが1時間に1本か2本しかない。遠くて、遠くて。しかも地方からの学生が大半で、一学年200人ほどの中で自宅通学の学生は1

割くらい。地方の学生は大学の寮に入り、生活のほとんどがキャンパスの中。そこで部活などをして学生生活を謳歌している。私は、長い時間をかけて通学する少数派だったし、部活とかも大嫌い（笑）。友だちなんかできませんよね。そんなわけで大学の4年間はかなり孤独でしたが、別に寂しくはなかった。だって、通学路の中央線沿線には映画館がいっぱいあったのですから。友だちに代返をたのんで大学に行き着く前に、映画館に消えることもたびたび。映画館に座ってさえいれば、映画を観てさえいれば、幸せでした。

その頃は、『**ローマの休日**』（1954年）でご多分に漏れずオードリー・ヘップバーンの妖精のような美しさにため息をつき、『**エデンの東**』（1955年）のジェームズ・ディーンに感情移入……。

それでも、なんとか卒業できたのですから、不思議ですよね（笑）。

Q 生の英語に接したことは?

大学では会話の授業もあったのですが、なにしろ1クラスに50人もの生徒がいて、数週間に1度か2度、「イエス」とか「ノー」とか答える程度。生きた英語を聞けるのも、FENの放送か、映画館の中でしたから、会話などは身に付くわけもなく、ヒヤリングもスピーキングのスキルもゼロでした。

やがてラジオから流れるポップスの歌詞を聞き取り、それをポータブルのアンダーウッド・タイプライターでポチポチと打って、歌詞ノートを作り始めましたが、正直、これはヒヤリングの勉強のためというよりは、歌詞を覚えて自分で歌いたかったからです。ペリー・コモ、フランク・シナトラの全盛期で、ゆっくりしたバラードだからなんとか聞き取れる。何度聞いてもわからないところは、いつまでもブランクのままでした。

そんな頃、大学2年の夏に学校の掲示板に『バレエ学校での通訳募集』という文字をみつけて、即、飛びつきました。『**愛と喝采の日々**』（１９７８年）にも出演している有名なプリマ・バレリーナ、アレクサンドラ・ダニロワが来日し、日本の若いバレリーナたちを指導する。その通訳というアルバイトでした。しかしバレエのレッスンですから、難しい話を通訳するわけではない。即席で覚えたバレエ用語でバレエの動きを説明し、簡単な会話を訳せば十分という程度のものでした（笑）。

余談ですが、その中に、のちに日本の誇るプリマ・バレリーナになる森下洋子さんがいらして。まだ小学生の低学年だった彼女は広島から遠路はるばるレッスンを受けに来ていたのですが、私のような素人から見ても、バレエの素質は抜きん出ていました。

その経験でバレエ用語もいくつか覚えた大学3年生の夏に、初来日したニューヨーク・シティ・バレエ団のアルバイトの声がかかりました。もちろん、喜び勇んで毎日、新宿のコマ劇場に通いました。団長は名振り付け師のジョージ・バランシン。『**掠奪された七人の花嫁**』（１９５４年）で驚愕すべきジャンプ力を見せたジャック・ダンボワズに加えてアレグラ・ケント、メリッサ・ハイドンなど錚々たるダンサーたち！　彼らのパフォーマンスをまるまる2週間、舞台の袖から毎晩観られて、しかも関係者として楽屋に出入りできたのですから、ミーハーな私にとっては心躍る体験でした（笑）。

でも仕事はバレリーナたちの楽屋の付き人で、雑用をするだけでしたから、英会話が上達するというほどのものではない。〈Play〉と〈Pray〉の発音を混同して、大笑いされるというような恥もいっぱいかきました。それでも、本場ニューヨークのシアトリカルな世界を生で観れたなんて夢のよう。世界の先端をゆく一流の人たちは、どんなジャンルであっても日々、研鑽を積み、才能にあふれている！　狭い世界しか知らない女子大生にとっては、貴重な日々でした。

しかし、それもひと夏の夢。その後は生の英語に触れるチャンスは、残念ながら、なかなか訪れませんでした。

Q 就職は、どうするの？

それが問題でした。大学3年が終わるころには、みんな卒論だの就職活動だのに忙しくなる。そこで、周囲からよく口にされた言葉が「就職は、どうするの？」。そんな風に友人から尋ねられた私の答えは「字幕の翻訳をやろうかしら？」でした。最近でこそ、字幕翻訳という職業があることが知られるようになったけれど、昔はほとんど知られていない。当時の英文科の学生に人気の職業はスチュワーデスでしたし、津田塾の同級生は公務員や教員になるのが一般的でした。でも、私はそういう職業に、まったく魅力を感じない。迷いに迷うなかで漠然と浮かび上がって来たのが字幕翻訳の仕事……。とはいっても、あんなにたくさん洋画を観てはいても字幕のことなど、まったく気にする余裕もなかったので、誰がどこで、またどういう仕組みで字幕を作っているのか、どこにアプローチをすれば仕事になるのかも皆目、見当もつきませんでした。もちろん映画界のコネも情報もゼロ！

Q 字幕の存在自体を意識したのは？

高校時代に見た『第三の男』（１９５２年）に、あまりにシビれまくって、時間とお金の許す限り上映される東京中の映画館に通っていました。最初は、主役のジョセフ・コットン目当てに観に行ったのですが、回を重ねるごとに彼の影は薄くなり、白黒の映像と音楽が渾然一体となって作り出す映画そのものの魅力にとりつかれてしまったのです。

スクリーンの前で、「スイスが５００年の平和で作ったのは鳩時計だけだ」という名台詞に感心し、あまりにも有名な墓地のラストのシーンにため息をついて。とにかく、同じ映画を数えきれないくらい観ているのですから、どんなミーハーな女学生だって、少しは字幕の台詞を覚えます。たとえば、ジョセフ・コットンが演じる三文文士が、ウィーンを訪ねる。ところが、彼を招いた親友ハリーはすでに死んでいる。その状況に納得のいかないコットンは、ハリーの死の真相を調べるうちにナイトクラブでポペスコというルーマニア人の闇屋に会う。そこで、コットンが「事件には第三の男がいたようだ」と言うと、闇屋はウィスキーのグラスを持ちながらシブい顔をして「今夜の酒は荒れそうだ」と言う。この「酒が荒れる」という男っぽい台詞が、女だけの環境で育った私にはなじみが薄くて、じつにカッコよく聞こえました。そこで、英語ではどんな風に言っているのかと気になり、繰り返し観ながら耳をそばだててなんとか聞き取った原文が「I shouldn't drink it. It makes me acid.」(私はこれ＝酒＝を飲んではいけない。これは私をacidにするから)。〈acid〉とは「酸性」の意味であり、同時に「不機嫌」「気難しい」の意味もある。翻訳者にとっては頭の痛いダブル・ミーニングの台詞ですが、それを「今夜の酒は荒れそうだ」と訳す。これぞ、名訳！ 当時の私がそれをハッキリ意識したわけではありませんが、「字幕とは直訳するのではなく、台詞のエッセンスを上手く日本語に置き換える作業なのだ。おもしろそう！」ということは直感しました。その記憶がずっと心に残っていたからこそ、就職活動をするときに、字幕翻訳の仕事をしたいという思いが芽生えたのでしょう。

Q 英米映画字幕の先駆者・清水俊二さんにいきなり手紙を出したのは、本当?

まったく見ず知らずの清水先生でしたが、なにしろ字幕翻訳の仕事への唯一の手がかりは、映画の巻末にクレジットされる〈日本版字幕　清水俊二〉という名前でしたから。映画を見るたびにお名前は頭に残っていたので、まず電話帳で住所を調べて「字幕翻訳をしたいのですが」という内容の手紙を書きました。

いま思えば、大胆でしたね(笑)。でも、数週間たったころに清水先生から返事のお手紙が届いて、「私は映倫の審査委員をしているので、映倫の事務所においでなさい」と書いてありました。そりゃ、嬉しかったですよ。何100回となくスクリーンでお名前を拝見していたご本人にお会いできるのだから。東銀座の雑居ビルにあった映倫の殺風景なオフィスは、いまでも覚えています。清水先生は、私を喫茶店に連れ出して、「字幕をやりたいとは、困ったねぇ。難しい世界だから」とおっしゃって、どう難しいのかはあまり詳しくは説明してくださらなかった。そのときは、正直なところ、ちょっとがっかり。もう、藁をもつかむ気持ちで伺ったのに「難しい」と言われ、その難しさの意味すらわからないのですから。まぁ、いまとなれば「職業としてのチャンスが巡ってくるのも難しいし、技術そのものが難しい」という、両方の意味があったことは分かるのですが。

とにかく、あまり失望が顔に出ないように、その日はお礼をのべて退散。もちろん、最初から良いお返事がいただけるとは思っていませんでしたから、「ここであきらめはしないぞ！」という気持ちだけをしっかり抱いて帰りました。

Chapter 2

就職　アルバイト
コッポラ監督との出会い

Q 初の就職先は、生命保険会社？

これも、大学受験と同じで、一発屋の私らしいというか、運がいいというか（笑）。ある日、大学の教務課から「第一生命の社長秘書にならないか」と連絡がありました。当時の矢野一郎社長が津田塾の理事をされていて、英文関係の秘書として、代々、津田の卒業生をスカウトされていたのです。そこで、同級生が次々と就職先を決めていくなかで、就職先を決めずにモタモタしている私にお声がかかったのです。清水先生とお会いして、字幕の仕事がすぐには出来ないということはわかっていたので、パン代を稼げる就職口が飛び込んできたのは渡りに船。ありがたく就職を決めました。当然のごとく、「映画の字幕をやる」という、まるで雲をつかむようなことを言い出していた娘にかなりの不安を抱いていた母は、大手の会社に就職が決まって、とりあえずはホッとしていました。

Q 給料はいくら？

一万数千円。当時としても安いですよねぇ。それでも会社が日比谷の映画街に近いので、自分のサラリーをいただいてロードショーを観られるのが嬉しかった。会社務めをして一番よかったのは、そのことかなあ。

Q OL経験の感想は？

退屈!!（笑）。当時の第一生命ビルは、戦後GHQ（連合国軍最高司令官総司令部）の庁舎として接収され、ダグラス・マッカーサー元帥の本拠となっていたお堀端の立派なビル。社長室は終戦直後、マッカーサーが執務をとっていた6階の角部屋。その隣の副官の部屋だったところが、津田塾の1年上の先輩と私に与えられた「職場」でした。眼下は白鳥が遊ぶ皇居のお堀。こんなに恵まれた職場はめったにないでしょうが、肝心の仕事は退屈というか、とにかく暇！ 社長をはじめ、重役たちのスケジュール管理などは、正規の秘書室にいる本物の秘書官たちの仕事です。我々二人は英語文書を扱う係で、国際ロータリー・クラブの会長をしておられた矢野社長が時々やりとりする英語の手紙を処理するだけ。週に何通という数です。それでも9時から5時までオフィスに居なければならないのですから、とにかく暇で、暇で。上司に見張られてるわけでもないので、いつも持ち込んだ本を読んでいました。人間、なにもすることがないというのも、大変な苦痛なのですよ（笑）。

Q OL暮らしは何年間？

一年半で、見切りを付けました。退屈だし、大企業にお定まりのダサイ制服のうわっぱりを着せられるのも、本当に嫌で、嫌で（笑）。ルール詰めというのも窮屈で

第一生命保険に就職。「嫌で、嫌で（笑）」仕方がなかったのが、この制服。

嫌だったし。つくづく、組織に合わない性格だと身にしみてわかりました。

Q お酒の味を覚えたのは？

大学時代にちょこっと飲んで、社会人になった時には普通に飲んでいました（笑）。会社では、外国からのお客様を迎えるパーティーや会食がけっこうありましたから、そこで案内をしたり通訳をしたりしながら、ちゃんと一緒に飲んでいました。以来、美味しい食べ物と美味しいお酒には目がない（笑）。

Q 退職後はなにを？

いまでいうフリーターというか、プータロウ（笑）。「翻訳のお仕事はなんでもいたします！」という感じで、アルバイトの日々。通信社の原稿を書いたり、化粧品会社や広告代理店の資料を翻訳したり。なんでもやりました。中央公論社に親戚がいたので、そのつてから『中央公論』の翻訳をして、それがきっかけでダイヤモンド社の単行本の翻訳もして。とにかく「案ずるより産むがやすし」ではないけれど、仕事はいもづる式に入ってきて、思ったよりは苦労もせずにすみました。

もちろん、その間も字幕翻訳者への夢はあきらめてはいません。清水先生には、あまりストーカーみたいに追いかけるのも嫌だし、失礼にあたると思っていたのですが、ちゃんと暑中見舞いや年賀状にかこつけて、「字幕への夢は捨てていません」と、さりげなくアピールしていました。そのせいか、先生も記憶の片隅に私のことをとどめておいてくれたのでしょう。ご自分が関係しているテレビ番組の輸出会社を紹介してくださって、輸出作のシナリオを英訳する仕事をすることになりました。作品は手塚治虫さんの『**鉄腕アトム**』や、テレビ時代劇の『**隠密剣士**』など。和文英訳は、英文和訳より難しく時間もかかりましたが、それだけに私には良い勉強になりました。それになにより、たとえ子供向けのアニメであろうと、台詞を英語に翻訳することが楽しくて、ますます「字幕をやりたい」という思いはつのりました。

そんな私の熱意を清水先生も感じてくださったのか、ある日「字幕はこうして作るものだよ」と、字幕作りの基本を教えてくださいました。教材は、先生が翻訳中だったクラーク・ゲーブル、マリリン・モンロー、モンゴメリー・クリフトという、三大スターが共演した**『荒馬と女』**（１９６１年）。この時初めて、映画の字幕は1秒に3文字か4文字読み取れる字数で、その基準に従って原文を日本語の台詞に置き換えてゆくものだと知りました。また、それぞれの台詞の時間的な長さを表にした〈スポッティング・リスト〉というものにも初めてお目にかかって。ほんと、いま思えば、「字幕をやりたい」と言ってはいたけれど、その基本中の基本を、何も知らなかったのです。それでも、先生から「試しに、ここをやってごらん」と、出だしの数ページのシナリオとスポッティング・リストを渡されたときには、おおいに張り切りました。なにしろ、アニメじゃない、本物のドラマですから。

Q 初めての挑戦はいかに？

『荒馬と女』の冒頭シーンは、モンロー演じる離婚したばかりのロズリンが事故を起こしてしまい車を売ろうとする。そんな彼女を見かねて世話好きの下宿のおばさんが自動車屋に車を引き取らせようとして言う台詞。「It's brand new, you know. She ought to get a very good price for it.」。ふつうに訳せば「ほら新車なのよ。いい値がつくようにしてあげてね」という感じなのですが、なにせ文字数には制限がある。そこで私は「新車なのよ。値をはずんであげてね」と訳しました。それをご覧になった清水先生は、「これはうまい訳だね」とおっしゃったあと、「君なら、（字幕を）できるかもしれない」と付け加えてくださって……。

清水先生の、このひと言には、本当に勇気づけられました。

Q いよいよ字幕翻訳デビューに?

と～んでもない! そんな甘いものではありません。お褒めの言葉をいただいたものの、それでは「仕事を手伝って」とか「仕事をあげる」というわけにはいきません。字幕作りは弟子にやらせて、それに師匠が手を入れるなんて事はできない仕事なのです。

いまでも私が「弟子たちが下訳した原稿を手直ししている」などと思う人がいるようですが、そんなことは一切ありません。弟子なんて、いままでひとりもいません! 他人の手が入ると翻訳が乱れ、いちいち手を入れていたら能率が落ちて、とても限られた時間内に仕上がるものではありません。

そもそも、映画会社から字幕を依頼されると同時に、公開日は決まっているのですから。それも、昔は数ヶ月先だったけれど、最近ではポストプロダクションが完了していないままのコマ切れの映像が届いて「公開日は来月ですから」なんていうのはザラ。下訳を待つなんてまどろっこしい。そんな悠長なことをしている時間的な余裕がありません。なにより、ひとつの作品に何人もの翻訳者の手が入ると、大切な台詞のリズムや台詞まわしが微妙に乱れて、決して良い出来にはならないのです。

Q 映画会社への扉が開いたのは？

大学卒業からほぼ10年。長いでしょ（笑）。もっとも、その間、私よりも母の方が不安だったと思います。仕事はあったとはいえ、定職にも就かず、嫁にもいかない適齢期の娘、ですからねぇ。当然、結婚へのプレッシャーも強くなりましたが、私としてはそれどころではない（笑）。どうしても夢をあきらめることが出来なかった。

そんななかで、清水先生に頼まれて、英文シナリオの不完全な映画や、シナリオの到着が遅れている映画のヒヤリングをするようになり、やっと洋画界への扉が開き、洋画配給会社からもシノプシス作りの仕事が来るようになったのです。

ちなみに、シノプシスというのはあらすじのこと。配給会社としては売れそうな新作を、台本が出来ている段階、まだ撮影する前に買い付けたい。でも、多くの候補作の長い台本をいちいち読んではいられない。だいたい、洋画配給会社の社員といえども、そこまで英語をすらすらと読みこなせる人はほんの一握りしかいないですから。そこで、20~30枚の原稿用紙に要約された日本語のシノプシスがあればラクでしょ。ギャラは1本数千円と、非常に安い（笑）。でも、ト書きと台詞から映画全体のイメージを読み取り、画面が想像できるようなシノプシスを作る作業はけっこう難しかったけれど、とても勉強になりました。これは、のちに字幕翻訳をするときにも大いに役立ったような気がします。

Q 通訳の仕事が先に？

いまは亡き映画評論家の水野晴郎さんが、当時はユナイト映画の宣伝部長をしていらした。あの頃のユナイト映画は、「007シリーズ」の大ヒットもあって、洋画界をリードしていました。といっても、しょせんは日本にある支社です。どんな些細な事でもアメリカ本社にお伺いをたてなければいけないから、膨大なコレスポンデンスがあるわけです。それもいまみたいにメールのない時代ですから、すべて手紙でやりとり。そこで、私は水野さんにビジネス・レターの処理を頼まれて、その仕事をパートで引き受けたのです。

そしてある日、水野さんからとんでもない依頼をされました。突然に『**アリスのレストラン**』（1970年）という映画のプロデューサーが来日することになって、「あなた、英語ができるんでしょ？ 通訳してちょうだい」……。と、言われても……大学時代にアルバイトでバレエ団の小間使いをした程度で、そのあとは生の英語を話すチャンスもなかったわけですから、当然ながら、私としてはビビって「まともに英語をしゃべった経験はありません」とお断りしました。しかし、水野さんは強引（笑）。気がつけば、記者会見の席に座らされていました。

会見のひな壇には、プロデューサーのヒラード・エルキンズと、ミセス・エルキンズが並んで。まず、その夫人の顔を見てびっくり。なんとチャップリンの『**ライムライト**』(1953年)で、チャップリンが恋する美しいバレリーナを演じたクレア・ブルームだったからです。

もちろん、通訳は無我夢中で、終始しどろもどろ。ヘタだったです(笑)。しかも、ヒラード・エルキンズは、話題を集めた全裸ミュージカル『**オー・カルカッタ!**』の前衛的なプロデューサーで、映画に進出した1作目がこの『**アリスのレストラン**』。60年代のフラワー・チルドレンの生態を音楽でつづった異色作ですから、話題もかなり高尚で難しい。初めて通訳なるものを経験するには、輪をかけて酷な状況です。冷や汗をかくやら、恥ずかしいやらで、2度と通訳の仕事を頼まれることはないだろうと思いました。そして、とにかく「この悪夢を、早く忘れよう」とばかり思っていました。

Q 悪夢は1回では終わらなかった？

なにがどうしたのか、意外にも、また通訳の仕事を仰せつかったのですよねぇ。それがユナイトだけではなく、ほかの映画会社からも頼まれて。ノーマン・ジュイソン監督の『**屋根の上のバイオリン弾き**』（1971年）の出演者たち、『**007 死ぬのは奴らだ**』（1973年）で2代目ジェームズ・ボンドを襲名したロジャー・ムーアやガイ・ハミルトン監督。富士映画では『**アントニーとクレオパトラ**』（1972年）のチャールトン・ヘストン、東和映画では『**キングコング**』（1976年）のジェシカ・ラング。いまやオスカー女優に成長したけれど、当時はまだ駆け出しで、初めての主演作だったのです。それから、ヘラルド映画の『**アマゾネス**』（1973年）で、見上げるように大きな美女軍団の通訳も務めました。

もちろん、必死で聞いて、必死で訳して。当時はサイマルのようなプロの通訳斡旋会社もないし、〝バイリンギャル〟と称されるような帰国子女もあまりいなかったから、私にお声がかかったのでしょう。でも、あんなにヘタな英語でもなんとか務まったのは、やはり長年、映画を見続けてきたおかげだと思います。原題を聞いてすぐに日本語の題名に置き換えられる、監督や俳優のそれまでの仕事をある程度は知っていることが大事なのです。たとえばフェリーニがいままでにどんな映画を作り、どんな評価をされているかを知っているか、いないか。そこが命の通じた通訳の分かれ目になるのです。

Q 字幕デビューはドキュメンタリー映画？

地球には太古の時代に宇宙からの訪問者があったという仮説を、ナスカ高原の地上絵やマヤ文明の遺跡などをたどって立証しようとするドキュメンタリー。台詞はないですから、ナレーションに字幕をつける仕事でした。しかも、小さなドイツ映画祭に出品するだけの小規模公開の作品。じつにマイナーなお仕事ではありましたが、字幕

アマゾネスの美女軍団と銀座で。

右・『ドクターモローの島』の
バーバラ・カレラと京都。
左・『アリスのレストラン』で
初の通訳を。

は、字幕。スクリーンに自分で訳した字幕が映し出される喜びを、初めて味わいました。しかし、残念ながら、これも一発だけ。あとは鳴かず飛ばずで、字幕の仕事は続きませんでした。

Q どうしても夢が叶わない。あきらめや焦りはなかった？

もう、それはしょうがないと、最初から覚悟していました。だいたい、チャンスがめぐってくること自体が難しい、究極の狭き門であることは、わかっていましたから。ギャンブルと同じですね。〝丁〟か〝半〟かその確率は五分五分です。〝丁〟と出る可能性と、〝半〟になる可能性は同じ。〝半〟と出れば、一生うだつが上がらない。そのことはキビしく認識していましたが、当時は高度経済成長期だったので「どんなに貧しくても飢え死にはしない。その覚悟はできている」と、開き直ってもいました。自分の好きなことを目指すのですから、そのくらいの覚悟がなければダメ。「夢を捨てなければいつか叶う」とよく言いますが、それはちょっと甘い。そうならないこともあるのが現実です。

Q 当時の稼ぎは？

翻訳や通訳やシノプシスの製作など、仕事自体は切れ間なくありましたから、ちゃんと生活が出来るくらいには稼いでいました。それに、当時は母も会社務めをしていて、私も働いている。ふたりとも収入がありましたから、貧乏ではなかったです。務め帰りの母を私が車でピックアップして一緒に外食をして家に帰る、というようなこともよくありました。家は、私の大学卒業を機に、長く住んだ世田谷の母の実家から川崎市の新百合ケ丘の公団に引っ越しました。正直なところ、物心ついてからこの年になるまで、幸いお金に心底困ったという経験をしたことがないので、お金には人があきれるほど無頓着で、計算下手です（笑）。

Q 本格的な字幕を手がけたのは？

1969年に入ってから。ユナイト映画から、フランソワ・トリュフォー監督の**『野生の少年』**（1970年）の翻訳をいただきました。トリュフォー監督自身が科学者を演じているこの作品は、狼少年が文明社会に復帰する実話の映画化で、撮影はフランス語だったのでしょうが、英語版に変えられていたので、なんとかクリア。しかし、それと時をおかずに東京第一フィルムから依頼された**『小さな約束』**（1973年）は、**『いとこ同志』**（1959年）などで二枚目俳優として活躍していたジャン＝クロード・ブリアリの監督作で、おばあちゃんと孫たちの交流を描く美しい小品ですが、こちらはフランス語のまま……。ここで「専攻は英語ですから、できません」とは言えない。せっかく来たチャンスだから、石にしがみついてもやらなければ。幸いにも、フランス語は大学の第二外国語で勉強をしていたので、まったくなじみがないわけでもなかったし。辞書を引き引き、何度も何度も原稿を見直し、推敲に推敲を重ねて、納品。

原稿が字幕工場に回されて、スクリーンに書き込まれ、いよいよ初号プリントを試写室で観る日が来た……のだけれど、映画が進むうちに、自分の字幕を読むにつれて、私の気分はどんどん落ち込み、挫折感でいっぱいに。なんと言っていいのか、具体的には言えないのだけれど、とにかくヘタなんです。画面と字幕が水と油。字幕の役割、特性というものがわかっていなかったとしか、言いようがありません。

自分でもそう思うのだから、当然、映画会社のほうも、このままでは劇場にかけられないと思ったのでしょう。そこで、またもや清水先生のお手をわずらわせることに…。映画会社が、先生に「ちょっと手を入れてやって」とお願いしてくれたのです。

Q スタートから挫折を味わって、辞めようとは思わなかった？

ぜんぜん！ 世田谷にある先生のご自宅に伺って、どこをどう直すべきかをひとつずつ教えていただいたのですが。いま思い出しても、あの時は右も左もわからなかったから、言われることに対して「なるほどねぇ」という思いの方が強かったです。紙の上と画面に書かれる違いもわからなくて、先生のちょっとした説明で初めて、紙の上の原稿と動く画面に書かれる原稿が違うんだと、学んだのです。

例えば、煙草を吸っている子供が「君も吸う?」と誘うシーン。見るからにツッパっている子供なので、字幕もツッパらせて「タバコ、やる?」と訳したのですが、こういう不自然な文章が、実は字幕の悪い見本。文字で読むとそれほど違和感なくても、大画面にポンとでると、不自然に浮き上がってしまう。清水先生は、そのせりふを「タバコ吸う?」という普通の文章に。こう直された文章は、ぴったりと画面にとけ込んでいました。やはり具体的に直されて、はじめて感覚的に理解できるものですねぇ。

そのほかにも、こと細かに教えてくださいました。「……んだ」という文章は、リズムが重く、品が悪くなるから字幕では避けるべき。「……思った」でよい。「……しちゃった」のような促音も、良くない。子供の台詞だと思えば、どうしても「僕、見ちゃったよ」としたくなるが「僕、見たよ」でいい。大きなスクリーンに大きな文字で映し出されるのだから、ビジュアルのバランスも考えなければいけないのだ。そして、字幕の文章は、必ずしも話し言葉そのものではない、というルールも学びました。

Q 清水先生とのお付き合いは?

翻訳のアルバイト時代から、じつは頻繁にお宅に伺っていました。入り浸っていたと言っても良いですね(笑)。清水ご夫婦にはお子さまがいないこともあって、若い人たちの面倒見がすこぶる良かったのです。奥様はお料理上手で、当時の宝塚のスター級の人たちを20人くらいずつ集めて食事会をしたり。そのほかにも、向田邦子さんも常連だったし、早川書房の翻訳者の方や、ヘラルドや東和の映画会社の社員もいたし。いろんなジャンルの人がたくさん清水邸に出入りをしていて、当時は〈清水一家〉と言われたりしていました。

先生ご夫妻には本当に可愛がられましたが、それは私だけが特別ではなく、周囲の若い人々すべてにそういう接し方をするステキなカップルだったのです。

Q 清水俊二とは、どんな存在？

字幕そのものの仕事を頂いたことは1度もありません。映画字幕という仕事は、自分の代わりに誰かにあげられるという質の物ではないから。いまの私だって、他の人にあげるなんていうことはできませんから。でも、先生は、要所、要所の疑問には、きちっと教えてくださる。あの頃の私は、なにもかもが初めてのスタートでしたから、わからないことが出てくるたびに世田谷に出かけて教えを乞うたものです。たとえば、映画にはよく歌が登場する。その歌詞は台詞とは違いますから、どういう風に訳していいかわからない。そこを意識すぎて、ついツッパって訳してしまう。すると

2000本近い映画の字幕を翻訳した清水俊二先生は、「字幕翻訳の基礎を丁寧に教えて下さった仕事の恩人」だ。

先生は「君、これは寮歌じゃないんだから」って（笑）。「もっと情感のある、詩的な言葉で訳しなさい」とか、もう、数えきれないアドバイスをいただいて……。「困ったときの清水だのみ」ではないけれど、居てくださることで大きな安心も得られたし、とても感謝しています。

清水先生がいなかったら、キャリア的にも技術的にも、ずいぶん戸惑っていたと思いますから、やはり恩人ですよね。

私にとっての恩人は、清水俊二先生と、フランシス・フォード・コッポラ。あっ、それと母ね。恩人はやはりこの3人だなぁ。

Q お母さんが3番目？

いえいえ、いちばんのおおもとは母でしょうけど（笑）。

Q 2人目の恩人フランシス・F・コッポラとの初対面は？

1976年（?）ホテルニューオータニのロビーが初めての顔合わせ。なにしろ、『ゴッドファーザー』シリーズ（1972年、75年）などで多くの映画賞も受賞している大物監督だし、なにより『カンバセーション・盗聴』（1974年）は大好きな作品でもあったので、私としては「どんな人物だろう?」と好奇心と緊張でドキドキしていました。しかし、監督はよれよれのレインコートを身にまとい、大きなお腹をつき出し、顔は真っ黒なひげ面。まるでテディベアのような風貌。しかも、度の強い眼鏡の奥にあるのは穏やかで静かな眼差し、体には似合わない柔らかで小さな声。「ハロー」と私の手を握ってくださったときには、ほっとして、緊張も解けました。

Q 役割は、通訳or字幕翻訳？

お世話係のようなもの（笑）。当時、コッポラ監督は泥沼化していたベトナム戦争を描く大作**『地獄の黙示録』**（１９８０年）の撮影をスタートさせたところ。なにしろ壮大なスケールの作品なので、アメリカだけでは資金が集まらない。しかも主役にキャスティングされていたスティーブ・マックィーンが突然、降りてしまい、出資者が次々に手を引いてしまった。窮地に立ったコッポラは日本にも資金援助を呼びかけて、日本ヘラルド映画の古川勝己社長が太っ腹にも資金の一部を提供することになったのです。この頃の私は、すでにヘラルドからも字幕や通訳の仕事をいただいていて、字幕を担当した中で初めてヒットらしいヒットをした**『ジョーイ』**（１９７７年）も同社配給の作品。そんなご縁もあり、ロケ地のフィリピンとの往復の途中、日本を中継地点にされるコッポラ監督のガイド兼通訳をヘラルドから依頼されたのです。

Q 巨匠の素顔は？

好奇心の塊で、あきれるほどに勢力的な知の巨人。映像、音楽は言うに及ばず、科学から食文化、女性のアクセサリーの歴史にいたるまで、あらゆる分野に造詣が深い。たとえば、当然のようにハイテク最前線に興味があって、「ナカミチのステレオ装置を見たい」とおっしゃる。私など初耳だった「ナカミチ」という会社は、マニアックな音楽ファンに人気のオーディオ機器メーカーだったのですが、どのメーカーの研究室でどういう新製品が開発されつつあるかをすべて把握しておられる。また、いまでこそ誰もが知っているハイビジョンですが、当時はハイビジョンの「ハ」の字も誰も知らない。でも、コッポラはすでにNHKの研究所で開発が進められていることを知っていて、成城にある研究所を訪問。ここには、以後、来日のたびに数回足を運び、矢継ぎ早の質問を浴びせる監督の知識の深さに、技術者たちは唖然としていました。まだネットというもののない時代にどういう情報ネットワークを持っていたのか、驚くばかりでした。

Q 初めての海外旅行でコッポラ邸を訪問？

サンフランシスコが、生まれて初めての海外旅行でした。音楽への造詣も底知れないコッポラ監督は、冨田勲さんのシンセサイザーのサウンドを高く評価していて、かなり初期の段階から**『地獄の黙示録』**の音楽は冨田さんと決めていました。冨田さんも大いに乗り気だったので、打ち合わせの為にサンフランシスコに飛んだのです。私もその通訳を仰せつかり、いわばタナボタ式に初の海外旅行が実現したわけです。

『地獄の黙示録』のフランシス・フォード・コッポラ監督によって、字幕翻訳者への輝かしい未来が広がった。

『地獄の黙示録』の音楽を担当するはずだった冨田勲氏とフィリピンのロケ地にヘリコプターで。

Q サンフランシスコからフィリピンへ?

コッポラ邸の豪華な地下室で、撮影済みの『**地獄の黙示録**』のシーンを観ながら、その画面に込めた想いや背景などを熱っぽく語るコッポラ監督。冨田さんも熱心に耳を傾け、私は長時間にわたって懸命に通訳をしました。そして、その後には「やはり、ロケ地を見て欲しい」と言う監督。その要望に応えるべく、冨田さんと私は、フィリピンへと旅立ったのです。マニラから小一時間。コッポラ監督が手配したヘリコプターで、ジャングルのど真ん中にあるヒドゥン・ヴァレーという小さな温泉リゾートに到着。撮影隊はそこを本拠に、ジャングルのあちこちに巨大なオープンセットを組み、撮影を続けていました。

これは、いま思い出しても超・エキサイティングな経験。まず、字幕屋が映画の撮影現場に足を踏み入れるなんていうことはまずないことだし、ましてや当時の私は、半人前の素人同然。にもかかわらず、生まれて初めて撮影の現場に立ちあっただけでもすごい経験なのに、そこは映画史に伝説として名を刻む『**地獄の黙示録**』の現場なのですから、毎日、身をつねって夢でないことを確かめたくなるほどでした。

しかし、冨田さんは長い時間を費やしたにもかかわらず、結局は契約上の問題がネックとなり、残念ながらこの作品への参加を断念せざるをえませんでした。

Q 映画史に名を残す大作の字幕をまかされた気分は？

公開前からすでに話題沸騰の大作だけに、字幕を依頼されたこと自体が耳を疑うほどでしたし、責任感で全身に緊張が走りました。

まず、字幕担当として白羽の矢が立つ前に、ちょっとしたプロセスがありました。製作自体が難航に難航を重ね、やっと1978年に完成した時点で、日本のジャーナリストへのお披露目ツアーがサンフランシスコであり、私も同伴したのです。そのときは、当然、字幕も入っていませんから、ジャーナリスト用にシナリオを短い読み物

＝シノプシスにまとめる作業をしたのです。撮影中に通訳をしながらコッポラ監督の製作意図や細かい説明を聞いたり、ラッシュ・フィルムを観ていたことが功を奏して、このシノプシスの出来を褒めてくださる方もいました。

やがて、フィルムは日本に送られ、字幕をつける作業に取りかかる時に、思ってもいなかった字幕の依頼を受けたわけですが……。私は、ずっと後になって知ったのですが、字幕担当者を決める段になって、コッポラ監督が「彼女は撮影現場でずっと私の話を聞いていたから、字幕をやらせてみてはどうか」と言ってくださったそうです。たぶん、映画会社としては大金のかかった大作をまだ駆け出しの新人に任せるのは、大きな賭けであり、躊躇もしたと思います。それでも、コッポラ監督の鶴の一声が映画会社の背中を押してくれたことは間違いありません。

Q ついに〈売れっ子字幕屋〉誕生ですね？

『**地獄の黙示録**』という映画は、みなさんもご存じのように、ベトナムの河を小さな哨戒船でさかのぼるアメリカ兵たちが、いろいろなドラマに出会うという、エピソードの積み重ね。凄まじい映像で見せるアクション・シーンの連続なのです。終盤でマーロン・ブランド演じるカーツ大佐が登場。ここから、この映画は一気にムードが変わります。ほとんど真っ暗闇な中で、ブランドがブツブツつぶやくのは、難解で知られるT・S・エリオットの詩。そのすぐ後、映画はジ・エンド。一体、この詩がなぜこの映画の結末となるのか。映画はそれで何を言いたいのか。観客は大きな疑問を抱いたまま、席を立つことになる。「最後がよくわからない」という声がわき上がり、またまた、清水先生が助っ人として出番となったのですが、エリオットの詩はエリオットの詩。説明がつくような台詞を書き足すことは不可能です。そのまま「難解な映画」というレッテルが貼られることになったのです。

ちょっと言い訳がましくなりますが、後にコッポラ夫人のエレノア・コッポラが撮ったドキュメンタリー『**ハート・オブ・ダークネス　コッポラの黙示録**』（1992年）や、その回顧録によれば、コッポラ監督がマーロン・ブランドのわがままに振り回され、時間切れのプレッシャーのなか、作品の締めくくりに悩みぬいたことが記録されています。監督自身が納得いく結末をつけられなかった映画なのですから、字幕作りが困難だったのもムリからぬことだったかもしれません。

ともあれ、字幕も含め、様々な議論を呼んで大きな話題となった『**地獄の黙示録**』は大ヒット。そして、とにもかくにもこの大作を手がけたことで「字幕屋のプロと認めよう」という業界のお墨付きをいただき、この日を境に、各社から降るように仕事が舞い込むことになったのです。字幕への道を志して、実に20年が過ぎていました。

Chapter 3

字幕翻訳　通訳
セレブとの交流

Q ハリウッドスターとの交流も同時期にスタート？

字幕をやりながら通訳もする。この二足のわらじを履いている人は、私くらいしかいません。字幕や翻訳を手がける方で、まったく英語を喋れないという人もいるくらいですから。訳をするのと、話すのは別ものなのです。でも、私は、最初に大恥をかいて（笑）、なんとか通訳の仕事を続けてきましたから、おかげさまで、どちらも仕事になる。そして、そのおかげで、たくさんの監督や俳優たちとお付き合いするきっかけとなった。いわば、〈二足のわらじ〉は、私にとって宝物のようなものです。

Q コッポラ・ファミリーとのお付き合いは？

その前にも何人かの通訳を務めましたが、やはりご自宅まで伺って、ご家族とも会ってというのは、コッポラ監督が最初です。『地獄の黙示録』の現場で、エレノア夫人とも仲良くなって。夫のフランシスは、天才であり万能のルネッサンス人みたいだけれど、同時に大きな子供でもある。エレノアはそういう夫をいつも控え目に支えている賢夫人。コッポラの製作会社アメリカン・ゾエトロープは1980年代に3回も破産しているけれど、一方ではニバウム・コッポラ・ワイナリーも経営していて、コッポラ・ブランドのワインの売れ行きはいつも好調。エレノア夫人は夫をつねにバックで支え、日本の女性よりも日本女性的と思えるほど良妻賢母。デザインの才能もあるアーティストで、ちょっと和風趣味の生地とかバスローブなどを作っておられます。

いまやアカデミー賞に輝く娘ソフィア・コッポラとも『地獄の黙示録』の時に会っていて、幼かった彼女からは、「Thank You!」のメッセージが書かれた可愛らしいクレヨン画を贈られたこともあります。その後、『ゴッドファーザー PART III』(1991年)で父娘そろって来日した時には、19歳。美しい成長ぶりにびっくりでした。

2013年にはソフィアの監督作『ブリングリング』(2013年)のプロモーションと、父親のフランシスが高松宮殿下記念世界文化賞の授賞式参加のために一家で来日。いまや2人の子供の母となったソフィアにくだんのカードを見せたら「懐かしいわぁ」とはにかみ笑いをしていました。笑ってしまったのは、父親のフランシスが自分のインタビューが終わると、記者たちに「娘の新作をよろしく!」と言いながら、『ブリングリング』のチラシをせっせと配っている。あの畏敬を呼ぶ巨人も、裏では人並みの親バカであることを暴露したほほえましい光景でした(笑)。

Q ハリウッドの聖人君子といえばマーティン・シーン?

マーティン・シーンとは、『**地獄の黙示録**』でウィラード大尉を演じていた頃からのお付き合い。ハリウッド随一のリベラル派で、反核運動をはじめ、イラク戦争開戦のときは声高に反対を唱えて、デモに参加するなど、逮捕歴数知れずという強者。

マーティンと同様、仲良くさせていただいているジャネット夫人によると、「パパ、また捕まったの!?」と家族は辟易しているらしいですけど（笑）。マーティンがデモに参加して逮捕されるのは、シーン一家には慣れっこのようです（笑）。俳優を志す前は、聖職者になるつもりだったという敬虔なカトリック教徒で、正義感に燃える人格者。彼と実際にお会いしたのは、三十数年前の『**地獄の黙示録**』の時だけなのに、今もお付き合いが続いているのも、彼の人徳に魅せられているからです。

その点、同じ逮捕でも、次男のチャーリー・シーンが逮捕される理由は、父親とは正反対。ドラッグの過剰摂取や交際女性への暴力ですから。どうして、あの聖人君子の父親を困らせる息子が生まれたのか…仕事で何度も会っているチャーリーも、素顔はとてもイイ子なんですが……。

『**ターミナル・ベロシティー**』（1995年）で何度目かの来日をした時には、リハビリ施設から出たばかりということで母親のジャネットも監視役で同伴。息子が食べる料理にまでアルコールが使われていないかをチェックする厳しさでした。でも「面倒をかける子ほどかわいい」と言われるように、パパもママもチャーリーをかわいがっているようです。

最近で「さすが」と思ったのは、２０１１年の東日本大震災の時でした。もちろん、震災が起こってすぐに、トム・クルーズやリチャード・ギアなど、お付き合いのあるたくさんのスターたちから「大丈夫か？」というメールをいただきました。その中で、シーン夫妻からはいち早く「被災者に義援金を贈りたい」というメールが届いたのです。しかも「赤十字社などに寄付しても被災者の手にはなかなか届かない。だから、被災者に直接に手渡す方法を教えてくれ」と。こういう運動やボランティア活動をいつもなさっている方ならではの言葉です。「なるほど、そういうものか」と教えられた私は、ある映画会社のスタッフで石巻で父親を失われた方がいるのを知り、その方に直接、義援金を送金していただきました。

『地獄の黙示録』でウィラード大尉を演じたマーティン・シーンの来日記者会見。この作品を機にマーティンとは家族ぐるみのお付きあいがいまも続いている。

幼い頃のソフィア・コッポラや一緒に旅をしたセレブの子供たちから、感謝のカードが届くことも。

Q リチャード・ギアの女性遍歴の目撃者ですよね？

ハハハッ、すべてではないですが、節目節目で。最初に会った頃の恋人は南米系の女流画家で、抜群のスタイルのエキゾチック・ビューティ。性格も頭も良い素敵な女性でした。彼女と別れた後は、『ノー・マーシィ／非情の愛』（１９８７年）のプロモーションで来日したとき、一緒に来日した共演者キム・ベイシンガーを追いかけたりもしたようですが、これは実らず（笑）。91年に結婚したスーパーモデルのシンディ・クロフォードとは何度か一緒に来日したことがあります。ちょうどその頃「この結婚は、同性愛を隠すための sham（偽装、インチキ）だ」と噂され、アタマに来たふたりは、イギリスの『ザ・タイムズ』紙の一面に「ぼくら夫婦はストレートで、子供を作る計画も持っています。離婚する気もありません！」という広告を、２万ポンド（約３００万円）も払って掲載し、大きな話題に。その言葉通り、２人はとても仲睦まじかったのですが、１９９５年に離婚してしまいました。私が一番長いおつきあいをしたのは、2002年に結婚した元ボンドガール（『007 消されたライセンス』）のキャリー・ローウェル。2003年に自宅で行われた内輪の結婚式にも招待していただきましたし、その後も、家族で来日した折には一緒に京都へ。二人の間には息子のホーマーも生まれ、50歳で初めて子供を持ったリチャードはメロメロ。以前は野球など、そっぽを向いていたのに、ホーマーが野球少年になってからは、息子以上のNYヤンキース・ファンとなり、少年チームのコーチを買ってでるほどの入れ込みようです。

会えば息子の話に花を咲かせるパパぶりが微笑ましかったのですが、やはり永遠のセクシースターってことか？　2013年の夏に、彼の浮気が原因で、突然の離婚発表。今度こそ腰を落ち着けたと思っていたのに…「永遠のプレイボーイ」の肩書きはいつ返上するのでしょうねぇ（笑）。

Q 三十数年、彼のような大スターと長い付き合いをするコツは？

誠実に付き合うこと。気負わないこと。あちらは大スターではあるけれど、必要以上に特別扱いはしない。通常の人間付き合いがそうであるように、自分を自分以上に、あるいは自分以下に見せないことが大事だと思います。

リチャードと初めて会ったのは、『**アメリカン・ジゴロ**』（１９８０年）のプロモーションでの来日。〈セクシー・シンボル〉と騒がれていた彼は、タバコをスパスパ吸って、机に足をど～んと乗せてインタビューを受けるようなツッパリ青年。最初は呆れてしまいましたが、付き合ってみればおもしろい人で、大学で哲学を学んでいたくらいですから、インテリでもあるのです。インタビュアーが中途半端な質問をすると、しっかり切り返しをしたり、逆に相手をすごく褒めちぎったり。いまで言う〈褒め殺し〉のようなことを言う。ちょっと意地悪で、人をからかうのが大好きなのです。その性格をのみこんで、誠意を持って接すれば、垣根を外して信頼を寄せてくれます。熱心なチベット仏教信者のリチャードは、来日するたびに京都のひなびたお寺を訪れます。いまでも覚えているのは、初めて京都を訪れた時に、観光客などが来ない小さなお寺の庭を眺めながら、突然、「I was here.（僕はここに来たことがある）」と言い出し、何のことかと戸惑ったら、「前世で来たことがある」という仏教徒らしい感想だったのです。その後、京都には何度もご一緒しています。静かなお寺で、仏像を眺め、庭に面した回廊で20～30分座禅を組む姿は、僧衣こそまとっていませんが、敬虔な仏教徒そのものです。

あまり信仰そのもののことを語る人ではなく、私もあえて聞きません。ただ、ちょっとした拍子に仏教や仏教美術の話に及ぶと、その知識たるや私の浅学を思い知らされるほど深い！　毎年、インドに出かけ、ダライ・ラマの元で厳しい修行を重ねただけのことはあります。

Q　黒澤明監督&リチャードのキューピットに?

『**背徳の囁き**』（1990年）のプロモーションでリチャードが来日した時ですね。ちょうど黒澤監督のお誕生日とアカデミー賞名誉賞を受賞したお祝いのパーティーに招待されていたので「一緒に行く?」と聞いたらリチャードは「ぜひ!」と言って、いそいそと同行。監督は、リチャードを見るなり「僕の映画に出てくれない?」とおっしゃった。そしてリチャードもまた、脚本も見ていないのに「イエス!」と即答。それからバタバタと話が決まり、彼は『**八月の狂詩曲（ラプソディー）**』（1991年）に出演することになりました。

撮影中のエピソードは数えきれないほど。真夏の伊豆でロケをした時には、ロケ弁にあたってしまい苦しんでいましたが、旅館のおかみさんにもらった梅干しでなんとか乗り切ったり。いまでもリチャードが話題にするのは、撮影初日の出来事。アメリカの撮影現場はディスカッションが自由で、俳優だって監督に対してどんどん意見を言う。リチャードもそれが当たり前だと思っていたのです。ですから撮影初日、ファースト・カットで黒澤監督が「ここは、こんなふうにやって」と指示を出した時に「でも、ぼくはこう思うのだけど……」と言い出した。知っての通り、黒澤監督は誰もが恐れる大監督。その監督に意見など言う者は皆無です。リチャードが「でも…」と口をきった途端、その場は一瞬にして凍りつき、周囲のスタッフも共演者も、監督の雷に備えてサッと引いてしまった。一同、息をつめるなかで、幸いにも監督が笑い声をあげられた。それで周囲はホッとして、ことなきを得たのです。リチャードにとっては、そんな経験は初めて。「あの瞬間、ぼくの周囲には誰もいなくなった」と、いまでも笑い話にしています。

Q リチャードが戸田家を訪問？

そんなこともありましたね。三十数年前に、いま住んでいるマンションを買ったのですが、都心なのに静かで緑に囲まれているという好ロケーション。バブルの時期にとんでもない値段に跳ね上がったことがあるのです。言っておきますが、元値はそんなびっくりするほど高くはないのですよ。たまたま母が新聞の広告を見て、抽選があるほどの人気物件が運良く手に入ったのです。

たまたまリチャードが何度目かの来日をした時に、跳ね上がった金額を言ったら、「すごい豪邸に違いない」と思ったのでしょうね。「行ってみたい」と言い出したのです。でも来て見て、びっくり。リチャードの家の玄関より狭いんですから（爆笑）。

Q ロバート・デ・ニーロが〈Ｂｏｙｓ〉と呼ばれていた？

『**レイジング・ブル**』（１９８１年）の時ですが、マーティン・スコセッシ監督が、ロバート・デ・ニーロをはじめハーヴェイ・カイテルなど「ファミリー」と呼ばれる役者を数人同伴して初来日しました。スコセッシ監督はツアー・リーダーとなって

上・『八月の狂詩曲（ラプソディー）』のリチャード・ギアと黒澤明監督。下・『アメリカン・ジゴロ』で初来日のリチャード。若くてハンサムなこと！

デ・ニーロたちの面倒をみていたのですが、ある一夜、「ボーイズが退屈しているから」と六本木のゲームセンターに連れて行ったのです。スコセッシ、デ・ニーロ、ハーヴェイ・カイテルなど、錚々たる面々が並んでパチンコをはじいていた光景は、ちょっと見ものでしたね。

デ・ニーロといえば、『タクシー・ドライバー』（１９７６年）をはじめとして、圧倒的な存在感を放つ名優ですが、そのイメージと裏腹に、素顔は口数の少ない物静かな人です。それ以後も、主演作で何度か来日をした彼に会ってはいたのですが、うちとけたお付き合いはしていませんでした。それが、２００７年のある日、突然、彼から電話がかかって来たのです。受話器を握りながら「電話番号も教えたことないし？？」と、ただただびっくりしていましたが、「ボブ・デ・ニーロだけど」と名乗る声はまぎれもないご本人のもの。「近々、家族で日本旅行に行くのでよろしく！」という内容でした。『グッド・シェパード』（２００７年）のプロモーションで来日をするついでに、一家で夏休み、というわけです。

あとでわかったのですが、私の電話番号を教えたのは『レナードの朝』（１９９１

年）の共演以来、友だち付き合いをしていたロビン・ウィリアムズ。ロビンと私は、来日のたびに家族旅行にお付き合いをしていた仲なので、日本旅行のコーディネーターを捜しているというボブに、即、私を推薦したのだそうです。

Q 大スターと過ごす1週間の旅は？

それはもう、悪夢のよう（爆笑）。冗談です。もちろん、とても楽しかったのですが、そもそも私は旅行コーディネーターではありませんからねぇ。予想外のことばかりで悪戦苦闘でした。

ボブの秘書からあらかじめリクエストされたのは大型バスを1台。ご一行様はボブ夫妻と3人の男の子。プラス、家庭教師兼アシスタントが2名という構成です。大型バスは日本にもシャンデリア付きのデラックスなものがあるので、これをチャーター。これで荷物は十分、積みきれるだろうと、たかをくっていたのですが、ほぼ世界を一周して、プライベートジェットでヨーロッパから成田に着いた一家の荷物は大小30個以上！ 山のようにあるのです。急きょもう一台、荷物専用のバスを手配し、そのバスがいつでも人間よりも先に目的地に着くように手配しました。

もちろんバス以外にも、新幹線の切符、宿泊先の予約もぜ〜んぶ私が手配。くどいようですが、旅行コーディネーターではないので、どんなに大汗をかいたことか(笑)。

さて、1週間の旅の始まりです。最初の目的地は、温泉好きのボブのリクエストで、箱根。強羅にある高級旅館に宿泊し、のんびり温泉につかり、周辺の観光を楽しみました。その後に向かったのは、京都。この移動は、東京駅までシャンデリアつきのバスで、その先は3人の子供たちが「絶対に乗りたい！」という新幹線に乗って。もちろん、荷物専用バスは、東名高速をひた走りして、ホテルに先着しています。

ボブは、初来日の1981年に訪れた二条城が強烈な思い出となっていて、「子供たちに、うぐいす張り廊下を絶対に見せたい」というので、まずは二条城を見学。また、子供たちの「忍者を見たい」というリクエストも叶える為に、東映の太秦映画村にも行きました。

ボブと奥様で女優のグレイス、3人の子供に2人のアシスタント……。とにかく大人数で大移動するファミリー・ツアーのお世話は、正直いって大変でしたが、「また、日本に来たい」と言うみんなの笑顔に疲れも吹き飛びました。そうそう、「お金がかかるけど、また家族で来たいね」とボブが言うと、奥様が即座に「映画に1本、出ればいいのよ」と答えたのには、笑ってしまいました。そう、どんなに豪華な旅行でも、映画1本のギャラでおつりが来るのだから羨ましい限りです。

その後、ボブは2013年に『マラヴィータ』のプロモーション来日で再会し、楽しい時間を再び過ごしました。誰もが敬愛する名優であり、ハリウッドの誇る〈ロバート・デ・ニーロ様〉を、気軽に「ボブ」と呼んでお付き合いできる私自身が、なんて幸せ者なのだろうと、いまさらながらに思います。飾らないボブの人柄に触れたあの旅は、私の貴重な財産になりました。

Q〝日本通〟のスターは多い？

「日本が好き」というスターは多いです。でも、リチャードのように、ワビ・サビまでがわかる人は稀ですね。そういえば、『エイリアン』シリーズ（１９７９、８６、９２年）でおなじみのシガーニー・ウィーバーのご主人で舞台演出家のジム・シンプソンは、高校時代に交換留学生として麻布のお寺で暮らしたことがある。ですから、彼は麻布十番の商店街にも詳しいし、いまでもそのお寺のご住職夫妻を「日本のパパとママ」と呼んでいます。もちろん、シガーニーもご主人の影響を受けて、日本が大好き。ニューヨークのアパートは、木の簀の子を敷いた日本風のお風呂があるそうで、麻布十番で木製の手桶や腰掛けを買い込んでいました。

シガーニーご夫妻とは、京都でなく、箱根にも何度かご一緒しましたが、根っからのニューヨーカーで、ハリウッド人種とは一線を画すテイストのお２人でした。

上・『レイジング・ブル』で初来日のロバート・デ・ニーロ。
下・2007年にはグレイス夫人＆子供たちと一緒に1週間の旅をしてすっかりを仲良しに。

Q　スピルバーグからの贈り物をいまでも愛用しているとか？

スティーブン・スピルバーグ監督との出会いも、古いです。最初は、彼が製作した『ポルターガイスト』（１９８２年）の時でした。そのすぐ後に『E.T.』（１９８２年）が完成して、ＴＶ番組の収録のためにロサンゼルスで再会しました。スピルバーグ自ら、自宅からオフィスまで全部を案内をしてくれるサービスぶり。好奇心旺盛で無邪気な子供がそのまま大人になったようなお人柄。映画『E.T.』のハートはスピルバーグ監督の心そのものです。『E.T.』の字幕担当後、封切りに合わせて来日したスピルバーグと、かわいい少女だったドリュー・バリモアとの通訳も。それらの仕事が全部終わった打ち上げの食事会の席で、彼の制作会社〈アンブリン・エンターテインメント〉のロゴ〈AMBLIN〉が刻印されたファイロファックスをいただきました。以来、三十年以上、スケジュールや仕事の連絡先はもちろん、スターから教えてもらった世界中のお薦めレストランの名前や住所、会った時に気になったスターの語録なども書きとどめ、1年365日肌身離さず愛用しています。これがなくては私の生活は成り立ちません。

スピルバーグ作品の多くの字幕を担当して来ましたが、なかでも忘れられない体験は『A.I.』（2001年）。完全秘密主義のなかで製作されたので、フィルムは国外に持ち出せない。でも日本での公開日は決まっているし、字幕作業の時間も必要。そこでやむをえず字幕作りをロサンゼルスにあるドリームワークスのスタジオ内の一室でやることになりました。そのセキュリティの厳しいことったら！ 部屋に入る時も出る時もガードマン付きで、缶詰状態。作業に使うテープ（当時はビデオ）は、頑丈な金庫に保管されていて、1巻ずつ出してもらうという有様でした。この仕事のために買った新品のノートパソコンと格闘しながら、約1週間ほどで、全編の台詞を翻訳。「これで完了！」と思って「終了キー」を押した瞬間……全データが消えた！ 全身から血が引く大パニック！

でも、助かりました。何たって、そこはコンピュータに強いスタッフが勢ぞろいのドリームワークスです。泣きべそをかいてる私の話を聞いた若いスタッフが「No problem!」とにっこり。ノートパソコンを手品師のようにいじって、データを復元してくれたのです！　あの時は彼が神様に見えました。

それ以降も、時折お会いするスピルバーグ監督は、最初に会った時のまま。まさに映画が好きで、好きでたまらない〈映画小僧〉であり〈Child at heart（子供の心を持った人）〉なのです。

Q　ジョージ・ルーカス監督からもプレゼントをいただいたとか？

黒澤明監督の『影武者』（１９８０年）の海外版プロデューサーのひとりを務めたルーカス監督が、ロケ地を訪問するために来日した時ですね。当時、デジカメを持っていなかった私を見て「信じられないよ！」と言って、デジカメをプレゼントしてくださいました。以来、ずっと鞄に入れて愛用しています。

来日したスティーブン・スピルバーグ監督と黒澤明監督の会食。

『E.T.』をテーマにしたTV番組の収録でロサンゼルスにある〈Amblin Entertainment〉を訪問。自転車に乗ったE.T.ともご対面！

Q ハリソン・フォードは『クレイマー、クレイマーだ』だった？

最初に会ったのは『**スター・ウォーズ**』（1978年）のプロモーションでの来日。その前に最初の妻と離婚したハリソンは、2人の息子を同伴。仕事の合間にせっせと子供の世話をしていたのですが、ある夜、子供が熱を出してしまい大慌てしたことを覚えています。そう、まさにシングルファーザーが子育てに悪戦苦闘する『**クレイマー、クレイマー**』（1980年）の図ですね。

ハリソンと言えば、いまでこそ〈インディ・ジョーンズ〉に〈ハン・ソロ〉という、大ヒット映画の人気キャラクターを演じた超有名スター。でも、当時はほとんど無名で顔も知られていない。風貌も、いまのようにスターオーラがあるわけでもなく、よく目にする外国人のバッグパッカーみたい。銀座通りを歩いていても振り向く人は1人もいませんでした。

ほかにも、微笑ましいエピソードがありました。この初来日には、レイア姫を演じたキャリー・フィッシャーも一緒でした。彼女は、もう、ハリソンのことが大好きで、ことあるごとにキャッキャッとじゃれてくる。それを「仕方ないヤツだなぁ」という、例のちょっと口をゆがめた苦笑い（ハリソンのチャーム・ポイント！）で軽くいなしている姿は、まさにステキなお兄さんの風情。けっして、恋人っぽくないのが、いかにもハリソン。叩けば〈マ・ジ・メ〉と音が出そうなほど、本当に真面目な人ですから（笑）。

Q ハリソン・フォードとは、運命の糸で繋がっていた？

そう、ちょっと不思議なご縁がありました。初来日でご一緒した彼と、家族ぐるみのお付き合いが始まったのは、83年に2度目の結婚をしたお相手がメリッサ・マティソンだったからです。『E．T．』の脚本家としても知られる彼女は、かつて『**地獄の黙示録**』の撮影中にフランシス・フォード・コッポラ監督のアシスタントをしていた女性。私は、たびたび来日するコッポラ監督の通訳をしていた関係で、彼女とも親しくなっていたのです。そんな彼女が、何の予告もなく、ある時、来日するハリソンと手を握り合って目の前に現れたのです。「驚いたでしょ。私たち、結婚したの」と言われて、ただただ口があんぐり、という状態でした。人のご縁とは、本当にわからないものです。

以来、メリッサともども親しくお付き合いをさせていただいて、『**推定無罪**』（1991年）の取材の通訳のためにロサンゼルスに行った時には、超高級住宅地ベル・エアにある自宅を訪問。スターの家というと、きらびやかな豪邸をイメージしますが、鬱蒼とした緑の続く坂の上にあるフォード邸は大きくて、立派だけれど、木肌の外観をまとう落ち着いた佇まい。玄関に続く廊下の脇には、売れない頃は大工仕事をしていたというハリソンの経歴を証明するかのように、みごとな手作りのチェストが置かれ、まさに真面目で地味好みのハリソンらしい雰囲気でした。

出迎えてくれたのは、メリッサと、ハリソンとの間に生まれた3男のマルコムと、生まれたばかりの長女ジョージア。ハリソンは、しばらくしてバイクをかっ飛ばしてご帰宅。黒い革ジャン姿のまま、むずかるジョージアを抱き上げてあやす姿が、いまでも忘れられません。なんでも、ジョージアはフォード家に数10年ぶりに生まれた女の子だそうで、パパはメロメロでありました。しかし、そんな仲睦まじいご夫婦も、2003年に離婚。後にキャリスタ・フロックハートと再々婚をして、現在に至っています。

ハリソンと『**インディ・ジョーンズ/クリスタル・スカルの王国**』(2008年)で再会したときは、上等なお財布ととてもステキなデザインのブローチをいただき、もちろん、いまでも大切に使っています。

Q 80年代に出会った、ほかの大物は?

数えきれません(笑)。当時は、興行成績がアメリカに次いで日本が2位という洋画界が元気な時代。それだけにハリウッドの映画会社にとっても日本でのプロモーションは不可欠で、多くのスターや監督が引きも切らずに来日していましたから。

たとえば、ダスティン・ホフマンも『トッツィー』（1983年）と『レインマン』（1989年）を携えて来日。いつも奥様と子供たちを連れて来て、とってもにぎやかなのです。記者会見でも恐妻家をネタにしたぼやきのギャグを言ったりして、とても朗らかな好人物です。それに、演技について話し出したら、止まらない。身ぶり手ぶりをまじえた語り口で、わかりやすい例を出して。しかも、インタビュアーによって、ちゃんと違った答え方をする。そこが、同じアクターズ・スタジオ育ちの名優でも、ロバート・デ・ニーロとは対照的（笑）。ボブ・デニーロは絶対にしないけれど、ダスティンは、インタビュー中に気さくに席を立ってあれこれシーンの再現してくれるのです。『トッツィー』の話になれば、女装もしていないのに、一瞬にして、あのトッツイーがその場に出現してしまう。本当に「役者じゃのう」と感心させられる名優です。

アーノルド・シュワルツェネッガーやシルヴェスター・スタローンに会ったのも、80年代の半ば頃から。スタローンは、あの喋り方や筋肉ムキムキのアクション映画が多いせいか、あまり知的なイメージとは無縁に思われがちだけど、アカデミー賞最優秀作品賞に輝いた『**ロッキー**』（1977年）の脚本を書いただけあって、じつはとても知的なジェントルマンなのです。スラム育ちで学歴もない彼は、映画館の案内係をバイトにして、こっそり映画の構成をノートに書き綴り、それで映画の作り方を勉強したのだそうです。

対して、シュワちゃんの愛称で親しまれているシュワルツェネッガーは、「ガハハ！」という豪快な笑い方がトレードマーク。その裏側では結構、わがままなところもあって、泣かされた宣伝スタッフもいたのですが、カリフォルニア州知事を経験した最近はガラリと人が変わり、周囲のスタッフにも気配りをする温厚な人柄に。

2013年にスタローンとの共演作『**大脱出**』（2014年）で来日した時は、記者会見で私について「彼女は初来日の時からのパートナー。僕のおかげで彼女は3台もフェラーリを持っている」なんていうジョークを飛ばしていました。おっしゃる通り、来日のたびに通訳はさせていただいてはおりますけれど、フェラーリはおろか、オモチャの車1台いただいたことはありません。誤解がないよう、ここで念を押しておきます（笑）。

Ｑ メル友は、オスカー俳優？

確かに、長い間お付き合いを続けて連絡を取り合い、クリスマスカードをいただいたり、私がアメリカに行った時にお会いする映画人も何人かいますが、そこはやはり節度が大事。大スターともなれば、電話やメールで彼らに直接コンタクトするのははばかられるので、たいていは秘書やアシスタント、または仲良くなった奥様を通しています。そんな中で、Ｆ・マーリー・エイブラハムは最初から直接のお付き合いをしている良き友人です。彼は、『アマデウス』（１９８５年）でアカデミー賞主演男優賞を受賞した名優。私が初めてお会いしたのも、その作品のプロモーションでの来日でした。顔はゴツイのに（笑）、とても優しくて、エレガントで、にこやか。そうそう、来日中、日本の『アマデウス』のサリエリを演じた、松本幸四郎丈を歌舞伎座の楽屋

いまやハリウッドを代表するスターのハリソン・フォードだが、『スター・ウォーズ』で初来日した時は、ほとんど無名でスターオーラもなしだった。

2011年に金子も同行したニューヨーク旅行。『アマデウス』で来日してから親交のあるF・マーリー・エイブラハム夫妻と、彼の行きつけのレストランで。

脚本を書いた主演作『ロッキー』がアカデミー賞作品賞を受賞。一気にスターになったシルベスター・スタローン。その知的な人柄は、意外だった。

に訪ねたとき、靴を脱いだら左右の靴下がチグハグで、穴まであいていたので大赤面！ アカデミー賞の名優も、そういう所には無頓着なんですねぇ。でも、演技のことなると、熱弁をふるう。コメントのひとつひとつが舞台で鍛え上げた役者ならではの発言でした。

一緒にお仕事をしたのは、その1回だけなのですが、帰国してからも手紙のやり取りが続き、最近ではメールで近況報告をしあって、ニューヨークに行った時は必ず、奥様と一緒にお会いしています。２０１１年には、彼が出演している現代版『**ベニスの商人**』を観に行きました。同じ頃に、アル・パチーノも同じ芝居をしていたのですが、ニューヨーク・タイムズ紙では「パチーノを凌ぐ名演」と絶賛されて、私まで誇らしい気持ちになりました。最近では、日本でも大ヒットした『**グランド・ブダペスト・ホテル**』（２０１４年）で、久しぶりにスクリーンの彼と再会しました。やはり舞台で長いキャリアを積み重ねて来た実力派俳優の貫禄は違います。今後も彼とのお付き合いを大切にしたいと思っています。

Q 仕事も順調な80年代。私生活での変化は？

『**地獄の黙示録**』のあとに、新百合ケ丘の公団から、大崎にマンションを買って引っ越しをしました。これも、母の決断ですね。私は、そういうことに無頓着ですから。もちろん、都心に近くなって便利になりましたから、よかったのですが（笑）。

あとの変化は……私が50代になった頃から、母と一緒に海外旅行をするようになったことですかねぇ。なにしろ、海外に初めて行ったのは『**地獄の黙示録**』の時。それから10年くらいは、しゃかりきになって働いていましたから。ちょっと気持ち的にも余裕ができて、70代になった母に親孝行をしようという気持ちもあったかもしれません。

といっても2人きりで出かけるのではなく、1台の車に乗りきれる友人たちを誘って行くのです。ドライブ旅行の大半は道路状況もよく、食の充実したヨーロッパ。かなりの地域をレンタカーを借りて気ままにめぐり歩きました。もちろん右側通行で、左ハンドル。予約しなければオートマティック車はなく、シフト式です。ナビなどない時代ですから、自分で運転しつつ地図を見るという離れ業。最初のころは、かなりの長距離を走破して、我ながら怖いもの知らずだったと思います。それでも烈しく道に迷うこともなく、もちろん、無事故。すべてが楽しい思い出です。

Q お母さんのお気に入りの国は？

私が独り立ちするまで苦労した母も、定年で務めを辞め、私にバトンタッチした60歳からは、パック旅行に乗って、スイスイ海外旅行に行くようになりました。やがて私とのドライブ旅行時代が始まり、最後の海外旅行は88歳のパリ。パリは何度も行っていたので、地図が全部、頭に入っていて、「あそこを曲がればあのお店がある」、「あの美術館にはこのルートで」と何でも知ってる。フランス語はおろか、英語も全然しゃべれないのに、ジェスチャーで見事に意思を通じさせていました。やはりパリがいちばん好きだったようで、亡くなる直前まで「もう一度、パリに行きたい」とよく言っていました。

一度、ニューヨークにも行きましたけど、あそこはイマイチ波長が合わなかったようです。私にとってニューヨークは劇場通いが一番の目的ですが、英語にヨワい母には芝居は退屈で、つい別行動が多くなってしまうのです。それにしても初日から市バスに乗って、独りで街を見物してきた勇気には驚きました。ホテルの名前と住所を書いたカードを持たせて、「これを見せてタクシーで戻ってくるのよ」と言ったのですが、ニューヨークの街は碁盤の目で、通りをまっすぐに上下するバスに乗っていれば、いま何丁目にいるかすぐ分かる。「この街を歩くのは簡単だわ」と涼しい顔をしていました（笑）。

Q 90年代は、ロビン・ウィリアムズとの出会いから？

『いまを生きる』（１９９０年）の初来日が最初の出会い。

常にハイテンションで、ジョークを連発する彼の口癖は「Vampires suck on blood but I suck on people's laughs.（吸血鬼は人の血を吸い取るけど、ぼくは人の笑いを吸いとる）」。

人が笑えば笑うほど、そこからエネルギーを吸い取って、さらに笑わせる。いわば、吸血鬼ならぬ〈吸笑鬼〉。そんなロビンの通訳は、私も笑いを吸い取られてヘトヘト（笑）。記者会見やインタビューでも、真面目にコメントしていたかと思えば、急におもしろいことを言い出すし、さっき観たテレビの形態模写をはじめたりする。それも前もってネタを考えるのではなく、打てば響くようにその場でジョークやものまねを連発できるのだから、やはり天才としか言いようがないですね。

とはいえ24時間テンションが上がりっ放しというわけではありません。家族といる

『いまを生きる』で初来日以来、親交を深めてきたロビン・ウィリアムズ。京都への家族旅行にも3回ほど同行し、人前ではあまり見せない繊細な彼の素顔に親しく接した。

時は、さすがに静かにしています。ただ、その中に知らない人間がひとりでも入ってくると、コメディアンの血が大騒ぎして、ついつい芸をしてしまう。ある時「疲れない？」とたずねたら、「それがぼくの幸せだ」と……。

Q 家族旅行に同伴したことは？

3度ほど、京都に行きました。俵屋という老舗旅館に泊まるのですが、畳の上に敷いた布団の上に寝ることや、お味噌汁や海苔付きの和定食など、それ自体がスペシャルな体験だったようで、とても楽しんでいました。もちろん人前でのハイテンションはなし。静かに座って庭を眺めたり、親子でお風呂へ入ったり。いちばん下の息子はパパに負けないほど頭の回転が速くて、やんちゃなのですが、「この子も、ここにいると禅僧みたいになってしまう」と、パパのロビンは言っていました。

奥様のマーシャは、『**ミセス・ダウト**』（1994年）では製作者としても名を連ね

『フィッシャー・キング』『グッド・ウィル・ハンティング／旅立ち』などロビン・ウィリアムズから贈られたシナリオ本の数々には、1冊ごとに温かい人柄を感じさせる素敵な直筆メッセージが書かれている。

ている賢夫人で教育熱心。３人の子供のために、きちんと見学スケジュールを組んで、神社仏閣を見学したり、染色や陶芸などの１日体験などにも連れて行ったり。パパのロビンは静かに、その後ろをついていくという、どこにでもいるようなファミリーマン。ハイテンションでジョークを連発する顔とは違う、もうひとつの顔があるのです。優しくて、温かくて、誠実。私がちょっとしたことをしてあげるたびに、小さな声で「サンキュー・トダ」と言ってくれる。もちろん、他のスターからも「サンキュー」は言われるけど、1回1回口にしてくださるのはロビンだけでした。

映画を１本撮り終えるたびに、ロビンはシナリオをきれいに製本して、スタッフ全員にメッセージを添えて配るのですが、私の本棚にも、きれいに装丁されたシナリオ本が10数冊、並んでいます。それぞれに、その作品をヒントとしたユーモアたっぷりの献辞が手書きで添えられていて、私の大切な宝物。『グッドウィル・ハンティング／旅立ち』（１９９７年）の巻頭ページには "To Toda san. You ain't never had a friend like me" 「戸田サンへ。僕みたいな友達はほかにいないだろう?」と。本当に、その言葉どおり！ 彼が亡くなった今は、この言葉がただただ私の胸をしめつけます。

Q ロビンと最後に会ったのは？

２０１１年3月。遊びでニューヨークに行ったので、連絡を取ろうとしていたのですが、最初は行き違いがあって上手くいかない。そこで、彼が主演している舞台『Bengal Tiger at the Baghdad Zoo』が上演されているという劇場に直接行くと、公演は数日後からだということが判明。劇場のスタッフが「ロビンは、稽古にくるよ」と言ってくれたのでメッセージを託しました。すると、その日のうちにアシスタントから電話があり「明日、稽古場にいらっしゃい」とのこと。もちろん、翌日、指定された42丁目の稽古場へ行き、ロビンの歓迎を受けました。あの毛むくじゃらの腕の、温かいハグと優しい笑顔…そしてびっくりしたことに、その場でゲネプロ（通し稽古）が始まったのです。ブロードウェイにかかる舞台のゲネプロを最初から最後まで見られるなんて。考えられないような貴重な経験です。完全な通し稽古を数メートルの距離で見せて頂き、感謝とともにお別れをして…それがロビンとの最後になりました。

Q　2014年8月11日、ロビンは自らの命を絶ってしまったのですね？

天才的コメディアンであることは誰もが知っていましたが、映画人ばかりか世界中、オバマ大統領からも追悼コメントが出て、その反響の大きさに彼の偉大さをあらためて痛感しました。幸運にも彼の素顔に触れる機会を与えられた私には、このニュースは大ショックではありましたが、同時に来るべき時が来たという、相反する感慨もあるのです。

私のつたない言葉ではうまく表現できないその想いを、彼の親友であり、『フィッシャー・キング』（1992年）でロビンと仕事をしたテリー・ギリアム監督は次のような哀悼の言葉にしています。

When the Gods gift you with the kind of talent Robin had, there's a price to pay, there always is. It doesn't come from nothing. It comes from deep problems inside, a concern, all sorts of fears – and yet he could always channel those things and turn them into something gold.

神々がロビンが持っていたような才能を人に与える時、その人は必ず代償を払わされる。そういうものなのだ。ただそうなるのではなく、人間の奥深くの苦悩、不安、いろいろな恐怖が底にあるのだが、ロビンはそれらのものをいつも輝く黄金に転化することができた。

〜テリー・ギリアムの追悼メッセージより〜

そしてもうひとり。俳優ビリー・クリスタルの言葉も胸に沁みます。彼はスタンダップ・コメディアンの時代からの苦労を分かち合った間柄で、ビリーが来日した時は、ロビンに紹介されたと、私が通訳を依頼されました。ロビンの死を知ったビリーは、ただ「"No words"（言葉がない）」と。

私も"No words"という思いでいっぱいです。

Q　〝ロビン・ウィリアムズを偲ぶ会〟は、いかがでしたか？

2014年9月27日（現地時間）、サンフランシスコのCURRAN劇場で行われました。舞台上のスクリーンには、クリス・コロンバス監督の編集によるありし日のロビンの姿が次々と映し出され、牧師さまのお祈りとともにゴスペルのコーラス隊が登場。そのにぎやかな歌声が、いかにもロビンを偲ぶ会にふさわしい！　進行役のビリー・クリスタルも、開口一番「いいねぇ。僕も改宗しようかな」と、彼ならではのジョークで笑わせる。その後に十数人の人々がスピーチをしたのですが、みなさん〝人を笑わせることを天命〟としていたロビンを想い、抱腹絶倒の話を披露していきます。ウーピー・ゴールドバーグの笑いと涙の入り交じったスピーチ……でも最後は誰もが涙声になり、そのまま降壇していきました。

最後はロビンの3人の子供たちが登場して、けなげにパパの思い出を語るのですが、やはり……会場の涙は止まりませんでした。すべてが心からロビンを愛してやまない人たちばかりでしたから。

故人の人柄を反映した、まさに泣き笑いの2時間！　最後に登場したスティービー・ワンダーの歌声を聴きながら、感動的なお別れの会は終わりました。

劇場でのイベントのあと、元妻のマーシャさんがセッティングしたディナーにご招待いただいたのですが、そこにはジェフ・ブリッジス、ベン・スティラー、ベット・ミドラー、ダニー・デ・ヴィートなど錚々たるメンバーが。私はジェフの隠れファンなので、つい駆け寄って数分、ロビンの思い出を語り合いました。

相手が大統領でもホームレスでも、あらゆる人を分け隔てなく愛したロビンでしたから、その愛を受けた人々の感謝をこめた会でした。
心から、ご冥福をお祈りします。

Q 新星マシュー・モディーンと温泉に?

行きました。彼が来日するたびに、仕事が終わった後は温泉!(笑)。最初の来日は『**メンフィス・ベル**』(1991年)。配給はメジャーの映画会社ワーナー・ブラザースですから、宣伝費もたっぷりあったのでしょう。担当の宣伝マンの配慮で、箱根に温泉旅行。そこで、すっかり日本のよさに目覚めたマシューは『**ウインズ**』(1993年)では、まだ小学校へ入ったばかりの長男ボーマンを連れて来日。当然のごとく「どこかへ行こうよ!」とノリノリ。とはいえ、配給会社の日本ヘラルドにはそんな予算がない。そこで苦肉の策として、いまはなき映画専門誌『**ロードショー**』の編集長にお願いして、那須にある集英社の保養所にロケバスをチャーター

上・1993 年マシュー・モディーンと那須へ。下・1995 年。「日本の普通の家に行きたいという彼の要望で金子宅でホームパーティを。

して行くことになりました。そこでは花火をしたり、お風呂に入ったりして、のんびり！　帰りは日光に寄り道して東照宮を見物したり、ゆば料理に舌鼓を打ったりして、マシューは大満足。もっとも息子のボーマンはちょっと気難しい子供で、人見知り。パパの側を離れたがらないのには、困りましたが（笑）。

　そして3度目は『カットスロート・アイランド』（１９９６年）、修善寺の『あさば』に宿泊。マシューには日本人のカメラマンの友人がいて、彼やその友だちも合流。１泊した後には、友人のひとりが所有しているヨットでちょっとしたクルージングも楽しみました。聞けば、日本の友だちとは、まだ俳優として売れない、モデル時代に知り合ったそうで、長い、長いおつきあい。そういった古い友人も大切にしているところにマシューの人柄がうかがえます。

　マシューは、かつて〈『トップガン』を断った男〉として話題になったことがあります。そう、トム・クルーズを世界的なスターにした大ヒット作の主役を自ら降りたのだから、惜しい！　しかし、マシューが語るその理由は、「流血の殺戮場面を演じなければ大スターになれない。あの（善良な男のイメージが売り物の）ジェームズ・

スチュワートだって、西部劇では大勢を撃ち殺したからね。でも、ぼくはイヤだ」というもの。そして、「売れる映画よりも、ちゃんと良質の映画に出たい」とも言い添えるのです。その言葉通り『トップガン』（1986年）を断りながらも、巨匠スタンリー・キューブリック監督がベトナムの悲劇を描いた『フルメタル・ジャケット』（1988年）の主役に抜擢されて世界中の注目のスターとなったのだから幸運だったのかも。ただし、スターとして君臨するには、マシューは純粋すぎるかもしれないですね。あまりにも〈良質な作品〉を求めすぎて、イマイチ作品に恵まれない日々が続いているようです。

マシューとのコンタクトは、彼がニューヨークから引っ越したりしたせいもあって、数年途絶えていたのですが、2012年に久しぶりにメールが来ました。内容は、大林宣彦監督の『青春デンデケデケデケ』（1992年）をアメリカ版で作りたいとのことで、聞けば、最初の来日の時に大林監督からは口約束でOKをもらっているのだとか。その正式な契約のお手伝いを私もすることになったのですが、おかけでマシューとのご縁が再びつながったのは、嬉しいです。

Q 『フルメタル・ジャケット』の字幕翻訳者を交代した理由は？

そのマシュー・モディーンが主演した**『フルメタル・ジャケット』**の監督、スタンリー・キューブリックは究極の完全主義者でした。自分の映画が公開される時は、あらゆる国のポスターデザイン、宣伝コピーなど宣材の全て、フィルムの現像の焼き上がりチェックまで、とにかく全てに目を通します。日本で印刷したポスターは色が気に入らないと言って、自分が住んでいて目の届くイギリスで印刷させていたほどです。

じつは、**『2001年宇宙の旅』**（1968年）、**『時計じかけのオレンジ』**（1972年）など、過去の作品はほとんど大先輩の高瀬鎮夫さんが字幕をつけられていて、「キューブリックは字幕原稿の逆翻訳を要求する。バカげたことをなさる大先生だ」とぼやいておられました。その高瀬さんが亡くなられ、私に回ってきたのが**『フルメタル・ジャケット』**だったわけです。

ベトナム戦争たけなわの頃、アメリカ国内の陸軍基地でしごきぬかれた新兵たちが、やがて地獄のようなベトナムの戦地へと送られていく。これだけで言葉の汚さは想像がつくでしょうが、とくに前半の鬼軍曹のしごきの場面のすさまじいことと言ったら！　日本人の発想にはまったくないののしり文句を、新兵に浴びせまくるのです。たとえば、「Go to hell, you son of a bitch!」という台詞に「貴様など地獄へ堕ちろ！」という字幕をつけたとします。キューブリック監督の要求どおり、その字幕を文字通り英語に直すと、「You -hell-drop」となり、英語の構文にととのえるとなると「You drop down to hell!」のようなことになる。「Go to hell, you son of a bitch!」が「You drop down to hell!」になって戻って来たら、キューブリック監督でなくても「違う！」と怒るでしょ。英語とフランス語のように語源を共有し、いまも血縁関係を保っている言語同士ならともかく、まったく異質の言語の間で翻訳・逆翻訳をやって、元の文章にもどることはありません。

「a son of a bitch!」の気持ちは、「貴様」という、「you」とは違う日本語の人称でじゅうぶんに表現されていると思います。英語は、相手のことは you ひとつ。でも、日本語には相手を呼ぶ言葉がたくさんあります。相手が、男の場合、女の場合、子供の場合、大人の場合、目上の場合、目下の場合……。そういう言語の違いを考慮せず、逆翻訳の文字づらだけを見るのは、ナンセンスです。

「a son of a bitch!」を直訳すれば「メス犬の息子」「ふしだらな女の息子」です。でも、日本人が喧嘩をしている時に、「メス犬の息子め！」と言われても、なんのこっちゃ？　で、気が抜けてしまいます。日本人の観念のなかでのケンカのボキャブラリーは、「バカヤロー！」とか「こん畜生！」。貧困だけど、それが怒りを挑発する一番、ポピュラーな表現です。

映画を観ている時に、観客がドラマに感情移入して浸りたいのは当然。その時に「メス犬の息子め！」という聞き慣れない表現に訳しても、観客は「？？」と戸惑うばかり。「コノヤロー！」と抵抗のない表現にして、自分がケンカをしている気分になってもらうのが字幕の役目だと思っています。

Q 字幕の役割とは？

まず、フィルム・メーカーは、自分の映画に後日、外国で字幕がつくことを考えながら撮ってなどいません。映画で使われている言語を理解する観客が、100％の意識を投入して楽しめることを考えているのです。「字幕を読む」という行為は、映画鑑賞に割り込んでくる余分な作業。字幕とはそもそも、あってほしくない余分な存在なのです。その余分なものに、観客がその表現に一瞬でも戸惑ったり、画面が変わっても読みきれなかったりして、鑑賞を妨げられるような字幕は、良い字幕とは言えません。

そこで『**フルメタル・ジャケット**』ですが、日本人には唖然とするほど、卑猥な侮蔑語やフレーズが機関銃のような早口で乱射されます。監督は、これもすべて忠実に字幕にのせろと要求して来ましたが、そんな翻訳は絶対に読み切れるものではありません。字幕を読むのに追われて、観客は映像など見ている余裕がありません。「ケツの穴でミルクを飲むまでしごき倒す！」という文章を読んで、そのイメージが瞬間に咀嚼できますか？　もちろん、シナリオは一語一句磨き抜かれたもので、どの言葉もなんらかの意味があって、そこにあるのですから、勝手に切り捨ててよいものではない。でも読み切れず、内容のイメージも即座に把握できない「画面の字の羅列」にどういう意味があるのでしょうか？

字幕翻訳の担当者としては、オリジナルの台詞をあくまで尊重しつつも、「字幕を読む＝余分な作業」が、観客の負担にならず、映画のすべて―映像、芝居、音楽、その他の要素―をトータルに楽しんでもらいたい。そこにはおのずと正しいバランスがあるはずで、そのバランスを第一に考えることが、字幕を作る者の持つべき姿勢であり、責任だと思っています。

Q　キューブリック監督に、字幕事情を説明しましたか？

残念ながら、この問題はすべて一方通行で進んで、結局、『フルメタル・ジャケット』の字幕は、映画監督の原田眞人さんが手がけることになりました。

原田さんはキューブリック監督の要求通りに翻訳をしても字幕は読めると考えていました。シナリオがすでにしっかり頭に入っていて、2度も3度も映画を見返していれば、むろんそれで問題はないでしょう。でも、入場料を払って映画館に来る観客は、まったく白紙の状態で字幕を読むのです。ややこしい文章では、理解するのに翻訳した人間の2倍、あるいは3倍はかかる。そのあとに、映画そのものを楽しむ余裕は、どれほど残っているのでしょうか？

当時、ある映画評論家が「フィルム・メーカーが心血を注いだシナリオの言葉は一語たりとも切るべきではない。読み切れなければ2度でも3度でも観ればいいのだ」と言いました。そりゃあ、評論家は2度でも3度でもタダで試写を観られます。しかし、2000円近い入場料を払い、2時間あまりの娯楽を求めて映画館に足を運ぶ一般の観客は、どうなるの？　腹を立てていた私に、清水俊二先生は「映画は評論家のために作られているのではない」と、一刀両断。溜飲の下がるひと言でした（笑）。

Q 「誤訳だ」と批判されることに対しては、どんな気持ち？

お叱りや間違いの指摘は真摯に受け止めますが、基本的には気にしないことにしています。ほとんどの指摘が文字数の制限とか、字幕に課せられる制約を理解していないので……。

たとえば、『E.T.』が公開された時に、1枚の葉書をいただきました。主人公の少年の家は離婚家庭で父親が不在。そこで、少年が、父親の残していったセーターに鼻を埋めて「『シー・ブリーズ』のにおいがする」と言うシーンがあるのです。葉書の内容は、そのシーンについてで、「シー・ブリーズ」という商品名があるのに、字幕をなぜ「オーデコロン」にしたのかというお叱りでした。たしかに、「シー・ブリーズ」のあの香り、または「シー・ブリーズ」をつける男のイメージを知っている人には、許せない字幕でしょう。しかし、当時の日本で「シー・ブリーズ」が何であるかを知っていた人が何人いたでしょうか？　それがどういう製品の商品名であることを知らない大半の観客は、この字幕で「一体、何のこと?」と頭の中に疑問符が浮かび、意識が映画のドラマから離れてしまうのです。

Q 新しいスターたちが続々と誕生した90年代。来日と字幕作りで大忙し?

年間50本近く、フル回転で字幕をつけていたでしょうか。若手のスターが続々と来日してきましたから、二枚目大好きのミーハーとしては、楽しかったですね(笑)。

Q 90年代の先陣を切ったスターは

『ハートブルー』(1991年)のキアヌ・リーブス。フレッシュでピカピカ。いま思い出しても本当に美しい男の子でした……といってもすでに27歳になっていたのですが(笑)。「このコは絶対にスターになる」と確信しましたね。それ以来、何度か通訳をしたのですが、彼は自分のプライベートな部分をあまり語らないタイプなので、いつもちょっとした距離感を感じていました。やはりとてもシャイな性格だからでしょう。それに、とても繊細。

『マトリックス』（1999年）の記者会見で、「アメリカでは少年による銃乱射事件が多発しているけれど、『マトリックス』のようなアクション映画が社会にもたらす影響についてどう思うか」という質問が出ました。そのときキアヌは「I don't know.（僕は、わからない）」と答えたのです。でも、あとになって「僕はなんであんなつまらない答えをしたのか。もっとはっきり意見をいうべきだった」としきりに悔やんでいました。ブレイクして何年もたつというのに、シャイなキアヌは歯がゆいほど不器用なのです。

しかし9年後。**『地球が静止する日』**（2008年）では、成長をみせました。当時、大阪府知事だった橋下徹氏を表敬訪問したのですが、弁の立つ橋下氏の風刺の効いた質問にもジョークを交えて答え、にこやかな笑顔。その姿に「彼も〝大人〟ができるようになったか」と、こっそり感心してしまいました。

もうひとつ、彼は大抵のアメリカ人のように自分の母親のことを「ＭＯＭ」とくだけた言い方はせず、きちんと「ＭＯＴＨＥＲ」と呼びかけます。それだけお母さんのことをとても大切にしているのです。そして「僕のマザーは世界一シックな女性だ」と自慢している礼節を心得た息子です。

Q トム・クルーズと初めて会ったのは、彼の新婚時代？

『遥かなる大地へ』（１９９２年）のプロモーションで、90年の12月、ラブラブの共演者ニコール・キッドマンと一緒に初来日をしました。当時、ニコールはオーストラリアからハリウッドに進出したばかりのニュースターだったので、口さがない人々の間では「ハリウッドでの地位を獲得するために、大スターのトムに取り入ったのでは？」などと囁かれていました。しかし当のご本人２人はマジにラブラブで、トムは

「彼女は料理がうまいんだ」とのろけ、ニコールもトムを気づかいつつも、毅然と知的な雰囲気をふりまいていました。

しかし男と女の関係は当事者以外、わかるはずはない。自分の家族であっても、わからないのです。結婚にゴールインして、「ニック」「トム」と呼び合っていたステキなカップルも2001年に離婚。それも、トムがペネロペ・クルスに心を奪われて。そのペネロペとは結婚までには至らずに、ケイティ・ホームズと結婚。2006年に2人の間に実子スリちゃんが生まれ、トムの子煩悩ぶりはマスコミの餌食となりました。しかし「子はかすがい」にはならず、いまのトムは結局、シングルに戻ってしまっています(笑)。

私生活はともあれ、スターとしてのトムは明るくサービス精神の塊。いっときも周囲への気配りを忘れません。すでに三十数年。何回、彼に会ったでしょうか。『**ミッション：インポッシブル**』(1996年)からは、ほとんど毎年、1回か2回は日本のファンの前に姿を現していますが、その人柄、サービス精神がまったく変わらないことには驚嘆のほかありません。

彼のいちばんの魅力をひと言でいうなら、尽きることなき映画への情熱。『ミッション:インポッシブル』のシリーズなど、自らがプロデュースして主演しているので、通常の役割では満足できず、予告編も編集し、サントラまで自分で決めるのですから。『ミッション・インポッシブルⅢ』(2006年)の取材のための通訳でロサンゼルスに行ったときは、自分のオフィスに日本人のジャーナリストを招いてインタビューをした後に、「いま、サントラのデモテープが届いたから、聴いてよ」と一行を別室に連れて行き、自らターンテーブルにCDを置いて得意満面の笑み。すでに約束の時間をオーバーしているにもかかわらず、「どう思う? いい感じでしょ?」とマスコミを放さないのです。

レッドカーペットでのファンサービスぶりは、いまや日本のファンの間では超有名。暑い時も、震えるような寒さの中でも、2時間、3時間にも及んで、来ている最後のひとりのファンにまで握手やサイン、そしてツーショット写真を撮り続けるのですから。スターは誰もがファンを大切にしますが、トムほどの人はいないと断言できます。

もちろん、私にも変わらぬ気配りをしてくれます。毎年、お誕生日には花束を贈っていただき、来日をした時にはお土産をいただいて。うーん、ある時いただいたプラダの金色のお財布が忘れられません。大切に使っていたのですが、なんと、ロンドン旅行の際にスリに遭って、盗まれてしまいました。お金は諦められても、お財布だけはどうしても取り戻したくて、ロンドン警察に被害届を出したけれど、いまだに戻って来ません。残念!!

そのロンドンで、トムに、会いました『オール・ユー・ニード・イズ・キル』(2014年)のロンドン・プレミアの最中に、私が出演するテレビ番組がお邪魔をするという企画。超多忙ななかでも、相変わらず100万ドルのスマイルで迎えてくれて、貴重な時間を割いてくださいました。このときはトムが映画の中で着ていた甲冑のような機動スーツを私も試着するという経験をしました。その写真を見せたところトムは大爆笑!「すっごく重かっただろ? あとで写真を送ってね」と。その写真には、わずか2週間後に来日した彼にサインをしてもらい、また私の宝物が増えました。

『ラスト・サムライ』のプロモーションで2003年に来日したトム・クルーズは、当時の総理大臣小泉純一郎氏を表敬訪問。

右・『オール・ユー・ニード・イズ・キル』でトムが着ていた機動スーツをロンドンで着用。左・大阪の道頓堀川に浮かべた船に乗り込んで同作のプロモーションに大わらわのトム。

Q ジョニー・デップは、トムと対照的なスターだと？

そうですね。トムは『**トップガン**』でいきなり世界的なスターになりましたが、同世代のジョニー・デップはアンチ・ハリウッドというか、クセの強い作品に好んで出演していて、マニアの間では評価が高かったけれど、大スターではなかった。彼がマネーメイキング・スターの座についたのは『**パイレーツ・オブ・カリビアン／呪われた海賊たち**』（２００３年）ですから、遅咲き。そして、ブレイクの仕方も対照的なら、個性も対照的ですね。エネルギー全開の〈動〉のトムに対し、ジョニーは〈静〉の魅力を持っているスターです。

トム・クルーズは予告編から宣伝まで映画のすべてに関わりたいタイプですが、ジョニーはあくまで演技に集中するタイプ。カメラの前では演技に全力投球することが彼の生き甲斐なのです。ある時「時には完成した作品を観ないこともあるんだ」という言葉を聞いて、私は驚きました。こういうスーパースターは、めったにいないでしょうね。

ジョニーは、どんな質問にも本音で答えようと、じっくり考え、言葉を選ぶ。誰に対しても誠実にその姿勢を崩さず話すところが素敵だと思います。体裁を取り繕うとか、適当な答えでごまかそうとか、一切しない。だから、「僕がここに居られるのは、ファンの皆さんのおかげです」という、ある種、定番の言葉も心から真摯な想いで言っているのがわかるでしょ。昔、ブチ切れてホテルに火をつけた人と同じだなんて、信じられませんよね（笑）。やっぱり、天才肌のアーティストなんでしょうねぇ。

Q 『タイタニック』の大ヒットはレオナルド・ディカプリオには、重荷だった?

たぶん（笑）。『**タイタニック**』（１９９７年）がレオとの出会いで、当時はまだ少年っぽさの残る青年でした。この映画が世界で初めて上映されたのは六本木の東京国際映画祭。それを皮切りに歴史的な大ヒットとなったのです。ジェームズ・キャメロン監督とレオは、「あのときの観客の反応が大ヒットの前兆だった。一生、忘れられない」と今でもよく言っています。

レオは来日時に遊び仲間を伴ってくることが多く、この時、同行したグループのひとりは、その後、『**スパイダーマン**』（2002年）でスターの仲間入りをしたトビー・マグワイア。レオは仕事があるけれど、友達仲間は遊ぶのが仕事で、レオも仕事が終わると彼らとジョイポリスを借り切ったり、K-1を観戦したり、まぁ、よく遊びまわっていました（笑）。遊び盛りの年齢なのですから仕方ありません。

印象的だったのは、『**ザ・ビーチ**』（2000年）の来日での言葉。「僕はスターじゃなくて、アクターだ」としきりに強調していました。「演技で実力勝負したい！」という思いが強かったのでしょう。デ・ニーロに憧れ、俳優を目指したレオとしては、「**タイタニック**」の歴史的大ヒットによって、一気にビッグスターに祭り上げられたことが、ある意味、不本意だったのかもしれません。人気だけではなく、実力で認められたいというのがレオの切なる願いだったのです。のちに自らのプロダクションを立ち上げ、敬愛するマーティン・スコセッシ監督とコラボした『ギャング・オブ・ニューヨーク』（2002年）を、私財を投入してまで完成させたばかりでなく、『アビエイター』（2005年）、『ディパーテッド』（2007年）、『シャッター・アイランド』（2010年）、そして『ウルフ・オブ・ウォールストリート』（2013年）と、立て続けに出演。その間にもサム・メンデス、クリント・イーストウッド、クエンティン・タランティーノ、そしてバズ・ラーマンなど、錚々たる監督と組んで、演技力を磨き続けています。そんなレオも、『シャッター・アイランド』で来日した時は男の色気ムンムン。こぼれんばかりのセクシーさに圧倒されました。確かな演技力を持っていることは十分に実証済みなので、これからどんな路線を歩み、どんな俳優に大成していくかが楽しみです。

Q トム・ハンムスに「Ｍｏｍ！」と呼ばれるご気分は？

トム・ハンクスとは「お母さん」と呼ばれるほど年が離れていないと思っていたので、「失礼しちゃうわ」と（笑）。『キャプテン・フィリップス』（２０１３年）で来日したときの第一声も「Ｍｏｍ！　お腹がすいたよ」ですって。

何回も来日してお会いしているトムですが、いまでも印象に残っているのが、自らの監督作『すべてをあなたに』（１９９７年）で、出演した若手俳優を引き連れて来たときのこと。まるで修学旅行の引率の先生のように若者たちの世話を焼いていました。たとえば、テレビ番組に出演することになった時も、本番までの待ちが長い！　気の短いスターなら、怒って帰ってしまったでしょう。若手の俳優たちもさすがにイライラし始めたのですが、トムはそういう彼らをジョークや昔の思い出などを次々に語って、なだめようとするのです。あの大スターが、無名の若い俳優たちをね。足を引っ張り合うハリウッドで、トム・ハンクスの悪口を言う人だけは１人もいないという噂は本当なのだと納得しました。

２００４年には『**ターミナル**』で来日してから、たった10日後に今度は『**ポーラー・エクスプレス**』（２００４年）を携えて来てくれました。こんな短期間で2度の来日にも驚きますが、とにかく笑顔を絶やさず、ファンサービスを惜しまない、素晴らしいお人柄。コメディアン出身の彼にはエンターテインメント精神が体にしみついているのです。記者会見を待っているジャーナリストを前に、「Well, how am I gonna entertain them?（どうやって彼らをエンターテインしようかな）」なんてささやく。たしかに〝エンターテイナー〟の彼は、作品についてジョークを織り交ぜて、ものすごい早口で山盛りしゃべってくれましたが……通訳の私は疲れました（笑）。

Q ブラッド・ピットは、パートナーの影響で大変身？

ブラッドはいまでこそインタビューでも記者会見でもきちんと自分の意見を言っ

て、さらには心血を注いでいる平和活動に関しても熱心に語ります。でもそれは、アンジェリーナ・ジョリーというパートナーを得てからのことです。

ブラッドが初めて日本にやって来たのは、『セブン・イヤーズ・イン・チベット』（1997年）のプロモーションで。同行したのはジャン＝ジャック・アノー監督。当時のブラッドは、ひとりでインタビューを受けるのが不安だったらしく、すべて「監督と一緒に」という条件付き。「いくら新人とはいえ、30歳を過ぎているのに、監督付きじゃないとダメなんて、ずいぶん幼い人だな」と思いました。質問を向けられれば、ちょこっとコメントはするものの、すぐに続かなくなって、コメントが宙ぶらりんのまま、監督にSOSの眼差しを向ける。そんな幼い、ナイーヴなところは、翌年『ジョー・ブラックをよろしく』（1998年）で来日した時も変わっていませんでした。今度は、監督抜きで、ひとりでインタビューを受けたのですが、答えがまとまらなくなると、通訳の私に救いを求める眼差し（笑）。一躍スターになったのはいいけれど、その状況にどう対処していいのかがわからず不安だったのでしょう。

そんなブラッドに変化の兆しが伺えたのが、『トロイ』（2004年）で来日をした時。一緒に来たウォルフガング・ペーターゼン監督やエリック・バナと一緒に出席するはずの記者会見を急性胃腸炎でキャンセルしたのですが、翌日、「おわびに単独で記者会見をやる」と言い出したのです。私としては、以前の頼りない印象が残っていますから「大丈夫かなぁ?」とちょっと心配でした。しかし、この時のブラッドは10分の予定を30分に延長して立派に質疑応答をこなしたのです。

いま思えば、当時はすでに『Mr. & Mrs. スミス』(2005年)の撮影でアンジェリーナ・ジョリーと出会い恋に落ちていたんですねぇ。

そんなアンジェリーナと6人の子供たちを連れて来日したのは、『ベンジャミン・バトン/数奇な人生』(2009年)のプロモーションでのこと。インタビューでは、以前とは別人ではないかと思うほど堂々として、自分の人生観も含めてみごとなプロに変身したことを示してくれました。「あなたが急に6人の子持ちになったのでビックリしたわ」と言ったら、「僕もビックリしている」と笑っていました。当然、ベビーシッターは雇っているのですが、それでも子育ては大変らしく、二言目には「疲れる」と言っていました。それも「疲れる」を日常的な「TIRED」ではなくうね（笑）。

「FATIGUE」という強い表現を使っていましたから、かなりヘトヘトだったのでしょ

ブラッドの変身＝成長に関して言えば、やはりプロデューサーとしての才能の開花も見逃せません。もともとシネ・フィルだった彼が、元妻ジェニファー・アニストンと共同で立ち上げた制作会社〈プランBエンターテインメント〉（現在ブラッドひとりで所有）は、『チャーリーとチョコレート工場』（2005年）や『**ディパーテッド**』（2007年）などを世に贈り、制作活動が活発。近年では、寡作の巨匠テレンス・マリックが監督し、カンヌ国際映画祭のパルムドール賞（最高賞）を受賞した『**ツリー・オブ・ライフ**』（2011年）や、2013年のアカデミー賞を席巻した『**それでも夜は明ける**』（2014年）など、大手の映画スタジオが難色を示すような題材にスポットを当てて、みごとな結果を出し続けています。いまや、二枚目スターというだけでなく、ハリウッド映画そのものに貢献しているブラッド。昔を知るものには予想もできない成長ぶりです。

Q シャーリズ・セロンとカラオケに？

『バガー・ヴァンスの伝説』（2001年）が初来日。そして、体重を14キロも増やして暴力的な同性愛者を熱演してアカデミー賞主演女優賞を受賞した**『モンスター』**（2004年）で2度目の来日をした時に、カラオケをご一緒しました。私はカラオケが苦手なのですが、映画会社の宣伝プロデューサーがディナーの後にセッティングをしていたので。シャーリズは、さすがに歌がうまい！ ABBAの『ダンシング・クイーン』など歌いまくって大はしゃぎ。私もついつられて歌ったり踊ったりしてしまいました（笑）。

もちろん、遊んでばかりいたわけではありませんよ。インタビューでの彼女は、フェミニズムの活動も熱心なキレ者ですから、どんなに答えにくい質問にも正面からきっぱりと答える。とてもシャープな頭脳の持ち主です。

Q ジョディ・フォスターもシャープな頭脳の持ち主ですよね？

そう、『羊たちの沈黙』（１９９１年）の頃に会った時は「刃物みたいに切れる女性でコワい」という印象でした。

ジョディの初来日は、『ダウンタウン物語』（１９７７年）のプロモーションで。お母さん同伴でやって来た14歳のジョディは、映画会社のもてなしで宝塚の舞台を鑑賞したそうです。私が彼女の通訳を担当したのは『羊たちの沈黙』からで、「今でもタカラヅカを覚えています」と言っていました。その頃の彼女は、『告発の行方』（１９８９年）に続き2度目のアカデミー賞主演女優賞を受賞したばかりでスター女優の貫禄ばっちり。「オスカー像は、私も来客も必ず入るトイレに飾ってあるの」とにこやかですが、質問に対してはビシッと切り込むような答え方をする。しかも、大変な早口で表現も凝っているので、通訳する私も気が抜けません。その後『ネル』（１９９５年）で来日しましたが、ヒロインの野生の少女が話す奇妙な「ネル語」は

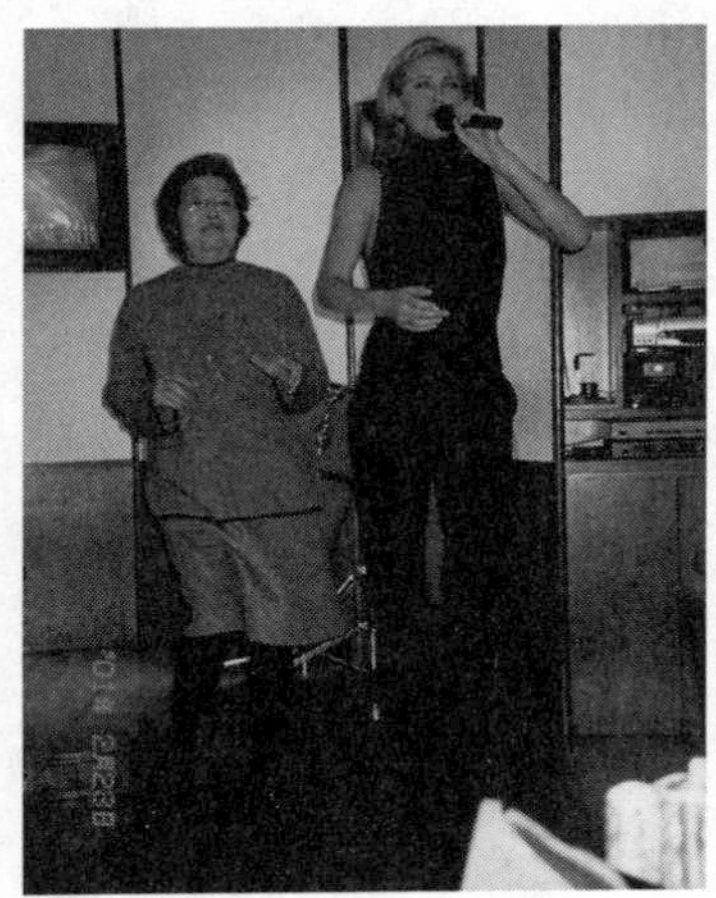

上・『ジョー・ブラックをよろしく』で来日したブラッド・ピット。「インタビューは監督と一緒に」と言っていた頃。下・『バガー・ヴァンスの伝説』で初来日したシャーリズ・セロンはカラオケで乗りまくりマイクを握りっぱなし！

ジョディ自身が言語学を勉強して、ゼロから組み立てたのだそうです。女優業を一時、返上してエール大学で学び、優秀な成績で学位をとった知性がにじみ出ているすばらしい女性です。

ちょっと近寄りがたかったジョディに、柔らかな雰囲気がでてきたと思ったのは、2人目の子供を出産した後、**『パニックルーム』**（2002年）の頃でしょうか。そして、**『幸せの1ページ』**（2008年）には、ふたりの息子を同伴して来日。美しい目をした可愛い子供たちでママにそっくり。インタビューの合間に母子3人でふざけあう光景は、かつてのジョディからは想像もできないものでした。ブラッド・ピットといいジョディ・フォスターといい、スターといえども人間。親になると大きく変わるものなんですねぇ。

Q　80年代、90年年代は超多忙。遊ぶ暇もなかったのでは？

平均すると年間50作品ぐらいてがけていましたから、一日中机にかじりついていました。とはいえ、前にも言ったように徹夜もせず、せいぜい夜の12時くらいまで。ちゃんと睡眠も取っていました。要は、集中力の問題。時間の使い方が上手いというよりは、集中力で乗り切った感じです。

いまも昔もあまり生活サイクルは変わりません。朝起きて、8時には机に向かってだいたい夕方の5時、6時まで仕事をする。私は仕事を始めると、お茶一杯口にしない。おやつなんていう間食はおろか、お昼さえも食べない時が多々ありました。それくらい時間に追われっぱなしの毎日でしたが、それでも外食に出たり、友達と付き合う時間はちゃんと作っていました。海外からゲストが来れば、数日とか1週間、その間は机から離れて、そっちの仕事に専念していましたしね。いま思うと、よくできたものだと我ながら感心してしまいます(笑)。

あまり自慢できることではないですが、家事はほとんどしていません。仕事量からいって、とてもムリでした。母はその状態を見ているし、また働くことが大好きな人でしたから、当たり前のようにすべての世話をしてくれていました。たまに私が掃除などすると、それが気に入らなくて、必ず自分でやり直すんですから！　娘がせっかくやる気を出しても、その気が萎えてしまいますよ。

母が亡くなってからは、もちろんすべて自分でせねばなりません。といっても、平均週に半分は外食ですから、家ではいたって粗食です。サラダとかお味噌汁を作るとか、鮭を焼くとか。でもこういうシンプルなものは、それはそれでおいしいのですよね。

掃除や洗濯は母がいたころから来てもらっているヘルパーさんにお任せですね。彼女は、我が家のことを知り尽くしていて、どこに何があるか、私より把握してくれているので、とても助かっています。

Q　大病をしたことは？

ない、ない！　至って元気に山ほど仕事をこなし、かつ遊んでいました。いつも仕事に追われるプレッシャーはありましたが、かといって寝込んだこともないし、海外旅行にも行っていたし。もちろん、肩は凝りましたよ。30代くらいからスポーツジムの会員にはなっていたのですが、目的はサウナとマッサージ。スポーツ・マシーンなどには触ったこともないし、プールに足を突っ込んだこともない（笑）。ここ、3、4年は気が向くとウォーキングマシーンで30分くらい歩きますが効果はゼロ。消費するより取り入れるカロリーの方が断然高いのですから、痩せるはずがありません（笑）。

このように内臓的にはいたって健康なのですが、唯一、眼にだけは酷使のツケが回ってきました。もともと超ド近眼だったのですが、それも原因で、左目が最近ｉｐｓ細胞の移植ですっかり有名になった「黄斑変性症」になりました。左目の中心部がドーナツ状に真っ暗で、字も読めないのですが、幸い、眼は2つある！　片目だけでなんとか今日まで過ごすことができています。

Q　当時を思い出すと？

よく仕事をして、よく遊んで、よく食べて。たくさんの素晴らしい人や伝説のスターに出会って……。

ハリウッド史に燦然と輝く二枚目スター、ロバート・レッドフォードにも会えましたしね。『**ナチュラル**』（１９８４年）で初来日した彼の美貌は、まばゆいばかり。金髪男性に弱いんですよ、私（笑）。加えて、その足の細さ！　ジーンズの中で脚が泳いでいる感じで、スラリとしている。

もちろん、どんな時も自分を崩すことなく、毅然と「ロバート・レッドフォード」を演じている。若手映画人の育成を目的としたサンダンス・インスティテュートを設立し、新人監督の登竜門サンダンス映画祭を無から立ち上げた高い志を持つ人だけに、いつお会いしても知的で魅力的。非日常的な人生のなかで、常に地に足をつけた生き方をしている精神力は驚きです。

もうひとりハリウッドの伝説といえばメリル・ストリープ。アカデミー賞に21回もノミネートされ、そのうち3度も受賞し、4人の子供の母であり、彫刻家ドン・ガマー氏の良妻であり、熱心な慈善家としても知られる彼女。その素顔は、本当に気さくで、温かみのある女性。ミュージカル『マンマ・ミーア！』（2009年）で何度目かの来日をしたときには、昔チアリーダーをやっていた経験が功を奏して、ダンス・シーンで開脚ジャンプが出来たというエピソードを披露。「もう脚が開かないかと思ったのに、開いたのよ」とケラケラとうれしそうに笑うのです。

いまでも印象に残っているのはDNAの話。いろんな役柄をリアルにパーフェクトに演じ分けるコツは？　という質問への答えが「鏡を見ると自分の顔の向こう側に、おばあさんや大叔母さんの顔が見える」。俳優ならではのこのコメントは「そういうものだろう」と、それなりにわかるのですが、その先が違う。「私という人間の中には、古代の先祖のDNAが埋もれている。そのなかに役に通じるDNAが必ずあるの。それを私は掘り起こすのよ」と。そこまで深く考え、それを自分の演技で開花させる。やはり、メリルのような大女優だから言えることだと衝撃を受けました。

Q　2000年代も新しい出会いがいっぱい？

ヒュー・ジャックマン、ジョージ・クルーニー、ダニエル・クレイグ、マット・デイモン……。みなさん個性は違っても、いい人ばかり。私はよく「いい人！」と言いますけど、決してリップサービスではありません。世界に名だたるスターになれるような人は際立った才能があり、その上に、撮影に関わるあれだけの大部隊を率いてゆく役目があるのですから、人間的にも「イヤなやつ」であるはずがないのです。

Q　ヒューに歌ってもらった？

ハリウッドの出世作となった『X-MEN』（2000年）で初めて会って。そのときはデボラ夫人と養子にしたばかりの長男を同伴。生後間もないそのベビーがビザを取得していないことが入国後、判明。手続きでてんやわんやの大騒ぎになりました。彼に会った誰もが口をそろえて言うように、ヒューはいつも大らかで、気さく。『X-MEN2』（2003年）を携えた2度目の来日の時は、ちょうどブロードウエイ・ミュージカル『ボーイ・フロム・オズ』が大成功の時期でもあったので、インタビュー中に歌を歌ってくれました。ま、ホテルの部屋は狭いので真似事ではありましたが、軽いステップまで。とにかく190センチを超える長身で、あの長～い足を蹴り上げるのですから迫力満点。アカデミー賞や、ブロードウェイのトニー賞の授賞式では何度か軽妙に司会を務め、歌や踊りを披露してくれています。

ちなみに、私のシステム手帳には、彼の直筆の〈シドニーのお薦めレストラン〉リストがあります。うれしいことに、「俳優のたまり場」とか「スープが美味しい」といった説明と星取りマークまで書いてくれて。そんなところにもヒューの誠実さ、温かい人柄がにじみでてると、思いませんか？

Q ジョージは大人の男の魅力いっぱい？

ジョージ・クルーニーは、苦労人です。建設現場で働いたり、劇場の清掃係をしたりして演技クラスの学費を稼いでいて、キャリアをスタートさせたのはエキストラから。テレビ・ドラマ『ER 緊急救命室』で小児科医ダグ・ロスを演じて注目を集め、やっと芽がでたのは33歳の時。10年間も端役ばかりで苦労して来たのですから、ラッキーにも20代でスターになった人たちとは、やはり成熟度が違います。

ブラッド・ピットやマット・デイモンと一緒に『オーシャンズ12』（2005年）で来日したときも、記者会見では上手にその場を取り仕切って、共演した連中から〝兄貴分〟として一目置かれています。同じメンバーでやってきた『オーシャンズ13』（2007年）の記者会見でも兄貴ぶりを発揮。ちょうどブラッドが「アンジェリーナ・ジョリーと結婚か？」と大騒ぎされていた時期だったのでジャーナリストもそれについての質問ばかり。ブラッドははた目で見ていてもウンザリしていて、横にいた私もハラハラしていました。そういう時に、すかさず救いの手を差し伸べるのがジョージなのです。来日直前にバイク事故で首に白い包帯を巻いていた自分を牧師に見立てて、ブラッドに向かい「しっかりしなければダメだよ。マイ・サン（我が子よ）！」と牧師口調の説教をはじめて、みんなを笑わせたのです。当意即妙のウィットの効いたジョークでその場の緊張をほぐす。といってジョーク一辺倒ではなく、真面目な質問にはきちっと相手が満足するような答えを出す。ブラッドやマットが「ジョージに任せておけば、大丈夫」と信頼しきる気持ちがよくわかります。

頭の切れが抜群のジョージは、映画評論家でニュースキャスターでもあった父親ニック・クルーニーの影響もあってか、政治への関心&意識も高い。『コンフェッション』（2003年）に続いて監督2作目となった『グッドナイト&グッドラック』（2006年）のテーマ性と完成度を見ても、あの人好きのする笑顔の奥に、あなどれない頭脳が隠されていることがうかがえます。

Q クルーニー一家のマット・デイモンは?

気さくなナイスガイ。しかも名門ハーバード大学の文学部に籍を置いていた。「卒業する前に仕事が忙しくなってしまい、卒業はしていない。僕はドロップアウトだよ」と言うけれど、親友ベン・アフレックと一緒に書いた『**グッド・ウィル・ハンティング／旅立ち**』（1998年）でアカデミー賞脚本賞を受賞した才能の持ち主です。聞くところによれば、お母さんが〈幼児教育の才能開発〉を専門に研究しているプロフェッサーだそうで、マットに演技の才能があることを2歳の時から見抜いていたというのだからうらやましい家庭環境。彼がとても礼儀正しくて、サービス精神旺盛なのも、その育ちが影響しているのでしょう。

私が会ったのは『**ボーン・アイデンティティー**』（2003年）が初めてだったのですが、その時に聞いたおもしろい話を紹介しましょう。知っての通り、この作品はマットにとって初めての本格的アクション。ハデな殴り合いのシーンがたくさんあるのですが、もちろん現場では本当に殴り合うのではない。殴った振りをして相手の顔すれすれにパンチをかますのですが、慣れていないマットは相手のスタントマンにまともなパンチをバシッ！ そのお詫びに、「本物のパンチを入れてしまったら、シャンパンを1本贈る」と約束したのは良いけれど、なんと「1日で1ケースのシャンパンを贈る羽目になった」そうです。

映画の現場って、スクリーンに劣らないほどおもしろいドラマがいっぱいある。そういう裏話を監督やスター自身の口から聞ける役得に恵まれているのが通訳です。

1. ジョニー・デップ　2. ダニエル・クレイグ　3. ヒュー・グラント
4. ジョディ・フォスター　5. ロビン・ウィリアムズ

6. シガーニー・ウィーバー　7. リチャード・ギア　8. シルヴェスター・スタローン
9. デンゼル・ワシントン　10. ジョージ・チャキリス　11. クリント・イーストウッド
12. トム・ハンクス

1. レオナルド・デカプリオ　2. キアヌ・リーブス　3. ヒュー・ジャックマン
4. メリル・ストリープ　5. メル・ギブソン　6. ショーン・コネリー

7. トム・クルーズ　8. ハリソン・フォード　9. マット・デイモン
10. ケビン・コスナー　11. ロバート・デ・ニーロ

Q 良い時代に映画に巡りあった？

思えば私はラッキーでした。初めて映画に触れた頃は、モノクロの素晴らしい作品がたくさんありました。戦後になって封切られたフランク・キャプラ作品。そしてリアルタイムで観たジョン・フォード、ウィリアム・ワイラー、アルフレッド・ヒッチコック、ビリー・ワイルダー……etc. そのころのハリウッドにはジャンル問わず、どんな系統の作品でも手がけられる監督が大勢いました。職人肌、それもとびきりの職人肌を持ったフィルムメーカーたちです。最近はそういう監督が少なく、ハデなビジュアルではなく、ストーリーでグイグイ観客を引っ張っていく作品が少なくなったように思われます。もし私が今の時代の映画で育っていたら、果たして字幕作りを仕事にしたいと思ったかどうか…。最近の私が抱えている疑問です。

幸い、仕事量がピークだった80年代、90年代も素晴らしい映画が目白押しでした。アカデミー賞作品賞候補にしたいと思う映画が、毎年、簡単にリストアップできたのですから。『クレイマー・クレイマー』、『E．T．』、『アマデウス』、『バック・トゥ・ザ・フューチャー』（1985年）、『ニュー・シネマ・パラダイス』（1989年）、『フィッシャー・キング』、『日の名残り』（1994年）、『ファーゴ』（1996年）、『グッドウィル・ハンティング／旅立ち』……数え上げたらきりがありません。

最近は、アカデミー賞候補作品数が増えていますが、10年後、20年後にまで語り継がれるような作品が何本残るのか……ちょっと疑問に思うのは私だけでしょうか。

Q 戸田さんにとって、映画とは？

答えようのないその質問をされるのが、いちばん嫌なんだけど(笑)。ま、それしかないから……私の人生のすべてだったかも。映画だけで終わった人生なんて、単細胞かもしれませんけれど、ほかに生きたい道がなかったのだから仕方ありません。自分のわがままを通して、映画字幕の仕事を選んで、それなりに責任をとって生きてきて……結果、今に至ってしまいました。それで良いと思っているし、後悔はありません。望んだ仕事をするようになってからは、「たとえ今日、突然死んでも悔いは残らない」とずっと思っていましたから。この先？　この歳になれば、もう恐れることなし！　ですよ（笑）。

Chapter 4

旅行　グルメ

Q 80年代から現在まで、旅三昧。ロケ地をめぐる旅が多い？

ロケ地を目的にした旅は、プライベートで計画したことがありません。旅の途中で、たまたま「あの映画のロケ地だったのね」というのはありますけど。ロケ地が目的の旅は、宣伝のために映画会社がお膳立てしてくれたものの経験がありますが、おおむね通常の観光ルートとは関係なく、個人では絶対に行くところではないので、それはそれで貴重な体験です。

たとえば、『エリック・ザ・バイキング　バルハラへの航海』（1990年）で行ったマルタ島。そこには、ハリウッドが海に見立てて撮影をする大きな湾があって、有名なロケ地なのです。私が行ったときには、ロビン・ウィルアムズ主演の『ポパイ』（1981年）で使った船もそのまま残っていました。この映画は今はビッグ・スターになった若き日のティム・ロビンスが主演で、長身の彼が撮影の待ち時間、ヒョロヒョロとビーチを歩いていたものです。また関根勤さんが奴隷船の船長で、筋肉モリモリの奴隷たちをムチでひっぱたく役。不思議な映画でしたが、英国のあの伝説的な「モンティ・パイソン」が企画したコメディですから、当たり前かもしれません。マルタ島は海の水をろ過して飲料水にしているのですが、どうもその技術がイマイチで、コーヒーまでしょっぱいので参りました（笑）。

『マッドマックス２』（１９８１年）、『マッドマックス　サンダードーム』（１９８５年）で行ったオーストラリアもすごかった。３６０度、どこを見回しても地平線でバカ広くて、しかもそこが全部ひとりの人の持ち物だったりする。ところどころ木で作った粗末な十字架があるのだけど、それは車が故障してここで死んだ人のお墓だ、とか。

『マッドマックス２』のころのメル・ギブソンはほとんど新人で、バイキング式のランチの時、隣で紙のお皿に食事を取っている中肉中背の地味な青年が、売り出し中のこの映画のスターと知って「まさか」と思ったものです（笑）。

オーストラリアは同国の観光局に招待され、オリエント急行を模した豪華列車で３泊の旅をしたこともあります。しかし、行けども行けども窓の外の風景は乾ききった砂漠だけ。あまりに退屈で、ちょうど持っていたケビン・コスナーの『13デイズ』（2001年）の字幕作りを、車中で仕上げてしまいました（笑）。

Q プライベートの旅は、どのように計画？

「良さそうなところ」という情報が耳に入ると、「じゃぁ、行ってみようか」という感じです。それでも、三十数年間で、ヨーロッパ大陸をはじめとして、いろいろな国々を旅しました。とくにヨーロッパは観光地や大都市ばかりでなく、小さな町や村を巡りめぐって……。その行程を地図に線で書き込んでいくと、地図を塗りつぶせるくらい広範囲になります。

そもそもは『アバランチ・エクスプレス』（1979年）という映画の宣伝で行った旅が、私式の旅行の大きなヒントになったのです。

映画はミラノからアルプスを越えてアムステルダムまで走る急行列車を舞台とした

カゴに入った犬と猫を見つけて、その可愛らしさに思わずなでなで。
パリの街角で。

政治アクションです。リー・マーヴィン、ロバート・ショウ、その他オールスターキャストの大作で、クライマックスはこの列車を襲うアバランチ（雪崩）。

我々の旅は、数人の映画記者とレンタカーで列車のルートを追い、それを記事にするというものでした。名前も知らない町や村、観たこともない景色などを見ながらの旅はいままでに経験したことがなく、それがきっかけでドライブ旅行の楽しさに目覚めたのです。

Q 戸田流、旅のメソッドは？

まずは空港に着いたらレンタカーを借りる。一緒に行った仲間が1台の車に乗り切れることが原則ですが、人数がそれ以上の場合は運転手付きのバンを手配する。頭割りにすれば、せいぜい1日5000円くらいですむのだから、安いものです。レンタカーで気をつけなければならないのは、ヨーロッパの人たちは経済観念に厳しいですから、オートマティック車が少なくて、たいていがギア車だということです。オートマに乗り慣れている私も最初はビビりましたが、15分も運転してれば、慣れます。都会はともかく、郊外は道もガラガラですからご心配なく。どうしてもオートマじゃなければ不安という方は、出発前にレンタカー会社に連絡して、オートマ車を予約すればよいのです。

1980年代から毎年、こういうドライブ旅行を始めて、フランスとイタリアのほとんど、ドイツ、スペインなどを回りましたが、10日以上ひとりでハンドルを握り、無事故です。ムリをしなければ誰にでも出来るという生きた証拠(笑)。チャレンジなさることをおすすめします。

常連のドライブ仲間は、母や従姉妹なども含め、親しい友人たち。そのだれひとりとして運転が出来ないし、地図も読めない(爆笑)。結局、私が全部を仕切っていました。今でこそナビというものができましたが、オートマと同じで、ヨーロッパのレンタカーがナビ付きかどうか。あらかじめ予約する方が無難でしょう。またナビがあっても、大きな地図は必須。地域の全体図を把握しておいた方が、動きやすいのです。

車を借りたら、いざ目的地に向かってスタート。急ぐ理由がない限り、高速に乗ってはダメよ。一般道をのんびり走ってこそ、親切なローカルな人々に出会い、ひなびた村を発見できる。道端でフォアグラや土地のワインなど、その地域特有の産物や食べ物をゲットできるし、美しい花の群生や動物が草を食んでいる姿や、ときには、息をのむような美しい光景を楽しめるのですから。

飛行機や列車では行けないところを見たり体感することこそが、旅行の醍醐味です。

Q 宿泊はどうするの?

都会のホテルはもちろん予約を入れますが、都会を離れたら基本的に予約なし。予約をしてしまうと、決まった時間に到着しなければいけないと思い、知らない道で焦

イタリア・谷の中央に屹立して、橋を渡らないといけない
ほとんど廃墟の古い町

イタリアの田舎道で
パンク！ トランク
を空けたらスペアタ
イヤがない！
でも、近所のお兄
ちゃんが助けてくれ
て自動車屋へ

る。焦りは事故の元です。目的の方向に向かって走りながら、日が沈んできたら、そのへんで泊まることにして、宿を探します。そこで頼りになるのが旅のバイブル〈ミシュランガイド〉。ヨーロッパではどんな小さな村でも入り口には名前が書いてあり、ミシュランで検索すれば、その村のホテル、レストランなどが必ず紹介されています。ハイシーズンでも観光地でない限り、どんなホテルも1部屋、2部屋は空いていて、今までの経験で、部屋がなかったということは皆無です。

Q 言葉が通じないと、怖いのでは？

そんなことはありません。都会人の中には不親切な人もいますが、田舎に行けば、みな親切。道に迷っても地図を指して「ここ！」と言えば、行き方を教えてくれます。

私は、ドイツ語がぜんぜんダメなのですが、ある旅でフランスから国境を越えてドイツに入ったことがあります。入ったはいいけれど迷いに迷って、飛行場の跡地のような野原のような広い場所に出てしまった。夜の12時くらいで、まわりは真っ暗。見えるのは牛の光る目だけ（笑）。それでもなんとか1軒のお宅を見つけて、ドアを叩いたのです。そこには若夫婦と赤ちゃんが住んでいて、私は赤ちゃんを指して、辛うじて知っていた〈Kinder（赤ちゃん）〉とドイツ語を口走ったら、「君、ドイツ語をしゃべれるのか」と旦那様がにこやかに。「迷ってしまったので、ホテルに電話がしたい」と身振り手振りで伝えると、ホテルに電話をかけてくれて、道筋も懇切丁寧に教えてくれました。夜中にもかかわらずですよ。言葉をしゃべれないからこそ、いい旅の思い出ができたという体験をしています。

Q 都会の道での運転は難しい?

大都会は大変です。東京をまったく知らない人が、都心で一軒家のホテルを見つける困難を想像してみてください。ローマなどは遺跡だらけで、細い道は一方通行だらけ。とても目的地に行き着けるものではありません。そういう時のために、私が苦労の末に開発した戸田式メソッドがあるので、お教えしましょう（ニヤリ）。

都会に入ると、必ずその辺りにカフェがあります。そこでお茶を一杯飲んで、タクシーを呼んでもらう。タクシーが来たら、運転手に市内の目的地を告げて、「後ろをついて行くから離れないようにね」と念を押して、その後ろを走れば、迷わず目的地に行き着けます。タクシー代は着いてから。だから運転手は一生懸命に先導してくれます。逆に市内から郊外に出る場合も同じ。タクシーを雇って、郊外の空いた道に出るまで先導してもらえばノー・トラブルです。ぜひお試しあれ。

Q 失敗談はない？

細かいあれこれはありますが、幸い大きな事故につながったことはありません。

戸田式メソッド

1 現地でレンタカーを借りる
2 大きな地図で全体像を頭に入れる
3 ヨーロッパでは「ミシュランガイド」は必需品！
4 ホテルの予約はしない
5 都会への出入りはタクシーを案内役に
6 高速道路には乗らない
7 オフシーズンに行け
8 車は1台。人数オーバーならマイクロバスを雇うドライブ旅行では、フランスのカルカッソンヌという城壁町に行った時のことが思い出されます。中世が舞台の映画を見ると、濠で囲まれた堅牢な石づくりの城壁町があって、馬に乗った騎士が近づくと、はね橋が降りてきて、騎士がカッカカッとひずめの音を響かせながら、橋を渡って城門の中に消えてゆくという場面を見たことがあるはず。

カルカッソンヌという町は、今でも中世そのままの形で残っているのです。今は、はね橋こそ、いつも下りていますが、橋の幅は昔どおり。はね橋を渡って町の中に入ると、そのまま幅2メートルぐらいの狭い石畳の道路で、しかも両側はびっしりとみやげ物店が並んでいて、観光客がはみ出している。

当然、車はすれ違えないので、橋のたもとと道路の上のほうに信号があって、信号に従って車の進行方向が決まるのです。しかし初めて行った私が、そんなことを知るわけがない！　信号がグリーンだったので、人ごみのなかに車をつっこんだら、前にも行けず、バックも不可能！そのうち信号が変わって、反対方向から車が降りてきて、私の車が超狭い道路を完全にふさいでしまったせいで、通れなくなってしまったのです！

完全にパニック状態の私。見かねた町の青年が運転席の私をどかして、バックではね橋まで戻ってくれた。やれやれと思ったのもつかの間。橋のたもとには昔ながらの馬をつなぐ石柱があって、バックした車はその石柱にドカン！ 後ろのバンパーが見事に凹みました。親切な青年に文句を言うわけにもいかず、オロオロしていると、その青年、平然と"Rien, rien."("Nothing."何でもないよ）と言いながら、片足で凹んだバンパーを1回蹴っ飛ばすと何とバンパーは元どおりに！ この時、借りてた車はボルボで、この車は丈夫だという伝説は本当なのだと身にしみて学びました。

もうひとつの災難は、ロンドンでスリに遭ったことかな。それまで長年、旅をしていたのに、気がゆるんだのか、スリ体験はそれ1回。２００９年の秋に、ロンドンで3泊、スペインに1週間、帰りにまたロンドンで4泊というスケジュール。なのに、ロンドンに到着した翌日にお財布をスラれた！

友人との待ち合わせ前に、トラファルガー広場周辺を散歩して、女王陛下の護衛を担当する赤い制服の近衛兵とのツーショットを近くにいたおばちゃんに撮ってもらったりしていました。その時、背後に人がいた気配を感じて振り向いたのですが、誰もいない。そのまま友人に会いに行ったのですが、そこでバッグの口が開いていることに気がついて。財布の中身は、クレジットカード4枚と10万円を換金した現金と、その朝、買ったばかりの人気ミュージカル『ビリー・エリオット』のチケット。ホテルにチェックインしたときに出したカードだけは写しが残っていたので、即、使用停止の手続きをとれました。これを教訓に、クレジットカードの番号等はいつも控えをとっておくようにしました。

その後、ホテルの人が保険の手続きをするのに必要だから被害届を警察に出すようすすめてくれたのですが、これがねぇ（笑）。警察では、調書を取った後に〈Victims of Crime〉（「犯罪行為の被害者」）という証明書を出してくれて、そこには「あなたは犯罪の犠牲者であり、我々は誠意を持ってあなたの犯罪を捜査する」という誓約文が書いてあるのだけど。驚いたことに、帰国して1週間もしないうちにロンドン警察から「あなたの犯罪の捜査は打ち切りにしました」という手紙が届きました。一体、どの程度の捜査をしてくれたのでしょうねえ（笑）。

『ビリー・エリオット』のチケットは劇場側に事情を話したら、買った記録があるということで再発行してくれました。日本ならチケットの現物がないと入れてくれないでしょうから、このサービスはイギリスのほうが進んでいます。しかしなんとしても惜しいのはお財布！ トム・クルーズにプレゼントされたプラダのゴールドのお財布だったのです！

Q イギリスが嫌いになった？

いえいえ、今でも大好きです。昔は食べ物がまずくて、それだけが難だったけれど、いまは美味しいレストランもたくさんできました。味覚はともかく、ガーデニングのセンスにかけては英国人は突出しています。

とくにイングランド中央部にあるコッツウォルズ地方は、まるでおとぎ話に出てくるような村が点在する楽園です。そこを知ったのは、メル・ギブソンから。以前、イギリスへの旅を計画している時に、イギリスでバカンスを過ごしたというメル夫妻に、「どこがおすすめ?」と尋ねると、奥様のロビンが、「コッツウォルズ!」と即答されたのです。お二人が絶賛するだけあって、期待以上の本当に美しい地域でした。その時は、ネッシーで有名なネス湖のほうもまわったのですが、くすんだ色合いの山と湖だけの荒涼とした大地。日本ならネッシー饅頭ぐらい、売ってるでしょうにね(笑)。

Q アフリカも制覇している?

アフリカといっても、ケニアだけです。意識した目的ではなかったのですが、結果的に『**愛と哀しみの果て**』(1986年)のロケ地をめぐることになりました。メリル・ストリープが演じたヒロインの住んでいた屋敷もありましたし、ロバート・レッドフォードと恋を語った美しい湖もあって。これでレッドフォードみたいな素敵なガイドがいたら文句はなかったのですが、それは夢で終わりました（笑）。最近はかなり規制が厳しいと聞きますが、その頃は野生の動物が至る所で間近に見られて、ライオンや象の群れにも、ジープでかなり接近することができました。同行している現地のガイドは銃1挺、持っていないのですよ。「事故はないから」と彼らは言うのですが、お腹をすかせたライオンに遭遇したら果たしてどうなのか……ちょっと心配になりました。

Q ニューヨークやフランスは、数えきれないほど訪問している？

ニューヨークは、大好きなお芝居やオペラが観られるから、機会があればいつでも行きたいです。フランスはパリも魅力だけど、それと同じぐらい地方が素晴らしい。国土が広く、地方によって風土がまったく異なるのですから。2008年にはプロヴァンス地方の民家を借りて2週間くらい滞在する楽しみを味わいました。サン・レミ・ド・プロヴァンスという街から車で15分ほど離れた農家の敷地内にある一軒家を借りてのんびり。そこを拠点に、近くの町や村を訪ねて。たとえば画家のゴッホが療養していたサン＝ポール・ド・モゾル修道院の病院があって、遠い昔にゴッホが見たであろう、同じ風景を眺める。映画的には、リドリー・スコット監督、ラッセル・クロウ主演の**『プロヴァンスの贈り物』**（２００７年）のロケをした屋敷にも行って美味しいワインをたっぷり飲みました（笑）。２０１３年にブラッド・ピットが来日した時に、彼とアンジーの共同所有するワイナリーで作ったワインをおみやげにいただいたのですが、そのワイナリーも近くにありました。あまりに広い地所で、垣根からのぞいても延々とブドウ畑がつらなるだけ。中央部にあるはずのお２人が滞在するシャトーはまったく見えませんでした（笑）。

Q 食いしん坊としては〈食いだおれツアー〉も頻繁に？

私の旅の仲間には、幸運にも希代の美食家がいるのです（笑）。世界中のミシュランの三ツ星レストランを片っ端から制覇しているだけではなく、日本はおろか世界中の知られざる美味しいお店や食べ物を即座に教えてくれる特技の持ち主。その上、安くて便利な航空便や旅のルートを瞬時に見つけ出す。私にとっては、彼なくして旅はありえないというほどの便利な存在。彼への感謝は尽きません（笑）。

２０１０年に香港へ行った時は、食べ歩きは到着した直後からスタート。遅めのお昼ご飯、夕食。翌日の朝食・昼食・夕食……。空港に向かう帰国日の朝・昼の食事まで お店は決まっていて、予約できるところはすべて予約済み。それも路地の奥の汚い食堂から、ジャッキー・チェンが「世界でいちばん美味しい中華料理」とお薦めの高級店まで、バラエティ豊か。飽きることがありません。食事にかける時間がだいたい2〜3時間くらいとして、次に食べるのは4時間後という感じですから、ほぼ終日、テーブルの前に座っていることに。おかげで帰国後、体重計には絶対に乗りたくない気持ちは察していただけると思います。

Q 旅の挑戦はいまでも？

２０１３年12月には、つい近くのパラオの海に初めて行きました。海の美しさ、白い砂浜、人がいないこと、想像していたより良いところでしたね。ある意味、ハワイに勝るかも。人なつこくて、お利口なイルカたちとも遊べます。日本から5時間で、時差がないというのも手軽でいいでしょ。再びパラオに行きたいと思っています。

Q 多くの経験を経て、旅のスタイルも変わって来ましたか？

もうドライブ旅行は卒業ですね。眼を悪くして、夜は標識が見えにくくなっているので（笑）。計画しているのは、数人の仲間と、マイクロバスを借りてのイタリア↓

ニューヨーク、ハドソン川の花火大会を前にしてフェリーに乗り込んで。

フランス。川辺のレストランでランチを楽しむ。さすが農業国フランスだけにおいしい野菜がいっぱい。
もちろん、美味しいワインは食事に欠かせません！

プロヴァンスで借りた田舎の家。この旅でフェンネル（日本で言うウイキョウ）の味に目覚める。料理しても美味しいし、それを使ったお酒 PASTIS も美味！

ウィーン↓ドバイの旅。長靴のようなイタリアのつま先まで下りて、私はオペラを見たいのでウィーンに寄って『ラ・ボエーム』を楽しみ、初めてのドバイへ。トランジットがドバイなので「1度はドバイを見てもいいだろう。トムが『**ミッション：インポッシブル／ゴースト・プロトコル**』（２０１１年）で登ったあの世界一高いビルもあるし……」と、軽く滞在することにしました。

旅のスタイルは変わっても「知らない世界を見る、体験する」というスリルは変わりませんね。映画の魅力のひとつは未知の世界に触れることにありますが、それをリアルに体験するのが旅。私の人生は要約すると、この2つの魅力に支配されてきたようです。

Chapter 5

戸田奈津子×金子裕子［対談］

Photo:藤巻亮平

金子　以前からお忙しい方なのは知っていましたが、最近はさらにご多忙。連絡を取るたびに、北海道や九州や京都など地方にいらっしゃっていて、いつも驚いていました。

戸田　最近、急に忙しくなっているの。北海道では戦闘機に乗ってきました。

金子　それって、『トップガン　マーヴェリック』の宣伝のお手伝いで？

戸田　いえ、以前から自衛隊に知り合いがいて、『マーベリック』と同じ戦闘機を見せてくれるというので。もちろん飛んではいないわよ。コックピットに座らせていただいただけですけど。貴重な体験でした。

金子　自衛隊の方とどうやって知り合いに？

戸田　5～6年前にタップダンスを習ったことがあって、その先生のお父様が自衛隊の偉い方。私と年齢も近いからと紹介してくださってからのお付き合い。で、『マーヴェリック』をやるときに、海軍パイロットの方を紹介していただきました。自衛隊のトップガン＝〝ブルーインパルス〟の方々とご飯も食べたわよ。普通の居酒屋や焼肉店で。みなさん、とても好青年なの。

金子 「この歳になって、新しい友達ができた」とおっしゃっていたのは、憧れのブルーインパルスでしたか。羨ましいです。

戸田 全く映画に関係ないお友達は、他にもいます。たとえば10歳くらい年下の女性だけのグループとかね。まぁ、私はどこに行っても、最年長ですけど（笑）。その中には、社会心理学の分野の方もいて。たとえば最近はトラウマが原因で若い人の犯罪が増えている。そういう精神分析を研究していらっしゃる方の話って、普段はうかがう機会がないでしょ。

金子 全く畑違いですから。

戸田 ちょっとした出会いで意気投合して、いまでは定期的にお会いしています。本当に知らない世界を見るのは、興味をかき立てられるし、楽しい刺激になります。

金子 元ファッション業界や広告代理店関係の方々との定例会もあるとか？

戸田 こちらはみなさん映画フリークで、古い映画にめちゃくちゃ詳しい！ 集まる場所はＤＶＤも上映できるから、好きな映画を見ながら飲んだり食べたり喋ったり。これがまた、すごく楽しいんですよ。

金子 違うジャンルの方々とは、字幕作りに必要な専門分野のアドバイザーとして知り合ったと思っていましたが、違うんですね。

戸田 仕事のための下心があってお付き合いを始めたことはないです。たまたま日常生活の中で知り合って、今度の『マーヴェリック』のように「じゃぁ、専門家を紹介していただこうかな」となっただけ。映画は裁判ものが多いから、以前から知り合いの弁護士さんに「もし助けていただけるなら、お願いします」という感じですね。

金子 食いしん坊だから、シェフのお友達も多いですよね。それに昔から世界中を回る食い道楽ツアーのお仲間もいらっしゃるし。

戸田 そう。そういう方たちがしょっちゅう誘ってくださるから、夜のスケジュールがぎっしり（笑）。

金子 新しい出会いを求める旺盛な好奇心と旺盛な食欲が、元気の源ですね。

戸田 歳を取ると、だんだん億劫になってくるでしょ。だから「好奇心はなくしちゃいけない」と、いつも自戒しているの。私の同級生に会うと、周りが亡くなったり体が動かなかったりで、友達が減っていく話ばかり。新しい世界を知る機会なんかないでしょ。でもありがたいことに、いまの私はその反対。やはり幾つになっても刺激がないと駄目よ。

金子　はい。いつまでもお元気で輝いている先輩をお手本に、年を重ねていきたいです。

戸田　とにかく、お互いに元気で楽しい毎日を過ごしましょうね。それが一番（笑）。

２０２３年５月

あとがき

われながら理解できないのだけど、私は本職である「翻訳」という仕事をまったく苦にしない…というより、時間を忘れるほど楽しむことができる。ところが自分の文章で白い紙を埋めることは大の苦手であり苦痛。とくにそれを本という形で後に残すなんて、絶対にご免こうむりたいと思う人間である。

確かに今まで何冊か「本のようなもの」は出版の運びになってきた。だが白状すれば、すべてやむを得ず、どうしても断りきれなくての結果なのである。

はっきり言って、今回もその例外ではなかった。

私が自分で文章を書かないことを知っている双葉社は「よくご存じの金子裕子さんをインタビューアーに立てますから」という、新しい切り札を出してきた。

金子さんは映画のライター・インタビューアーで、映画俳優の通訳の場で30年近く顔を合わせ、公私ともに親しくしている方である。彼女のプロとしての手腕を熟知してはいるものの、インタビュー形式でどういう本に仕上がるのか。正直言って、そのイメージは曖昧模糊としていた。そういう中からできあがったのが、この本である。

金子さんが私のつたない人生をさかのぼって引き出して下さった忘れかけていた記憶や思い出。私には過去にもう一度足を踏み入れる懐かしさはあったが、それが果たして縁もゆかりもない読者の方々の興味を満たすのか。それは疑問だったし、今も不安である。

ただ人間は誰でも、いつの時代も、その人の生まれた時代のなかを生きている。別の時代の人々は彼らの言葉を聞いて、その時代の生の息づかいを知るのである。

自分を例にあげれば、父親の戦死、戦争、戦後、復興期、そのなかで映画にハマった一少女がどんな道を歩んだか。それは同じ時代を生きた何億という人々の、ほんの小さな人生の一例にすぎない。そういう踏まえの中で読んでいただければ幸いである。

最後に私の重いお尻を引っぱりあげ、叱咤激励して下さった双葉社の更科さん、金子裕子さん、その他、お世話になった方々に心より感謝を捧げます。

二〇一四年九月吉日

戸田奈津子

登場作品リスト＜本書の登場順＞

『ハロー・ドーリー』(1969年:ジーン・ケリー)
『愛と哀しみの果て』(1986年:シドニー・ポラック)
『ターミナル』(2004年:スティーブン・スピルバーグ)
『戦場の小さな天使たち』(1988年:ジョン・ブアマン)
『キュリー夫人』(1946年:マーヴィン・ルロイ)
『チャップリンの黄金狂時代』(1942年:チャールズ・チャップリン)
『荒野の決闘』(1947年:ジョン・フォード)
『カーネギー・ホール』(1952年:エドガー・G・ウルマー)
『第七のヴェール』(1947年:コンプトン・ベネット)
『石の花』(1947年:アレクサンドル・プトゥシコ)
『美女と野獣』(1948年:ジャン・コクトー)
『子鹿物語』(1949年:クラレンス・ブラウン)
『愛の調べ』(1949年:クラレンス・ブラウン)
『ローマの休日』(1954年:ウィリアム・ワイラー)
『エデンの東』(1955年:エリア・カザン)
『愛と喝采の日々』(1978年:ハーバード・ロス)
『掠奪された七人の花嫁』(1954年:スタンリー・ドーネン)
『第三の男』(1952年:キャロル・リード)
『荒馬と女』(1961年:ジョン・ヒューストン)
『アリスのレストラン』(1970年:アーサー・ペン)
『ライムライト』(1953年:チャールズ・チャップリン)
『屋根の上のバイオリン弾き』(1971年:ノーマン・ジュイソン)
『007　死ぬのは奴らだ』(1973年:ガイ・ハミルトン)
『アントニーとクレオパトラ』(1972年:チャールトン・ヘストン)
『キングコング』(1976年:ジョン・ギラーミン)
『アマゾネス』(1973年:テレンス・ヤング)
『野生の少年』(1970年:フランソワ・トリュフォー)
『小さな約束』(1973年:ジャン=クロード・ブリアリ)
『いとこ同志』(1959年:クロード・シャブロル)
『ゴッドファーザー』(1972年:フランシス・フォード・コッポラ)
『ゴッドファーザーII』(1975年:フランシス・フォード・コッポラ)
『カンバセーション・盗聴』(1974年:フランシス・フォード・コッポラ)
『地獄の黙示録』(1980年:フランシス・フォード・コッポラ)

(　)内は日本公開年度:監督名です。

『ジョーイ』(1977年:ルー・アントニオ)
『ハート・オブ・ダークネス　コッポラの黙示録』(1992年:ファックス・バー、ジョージ・ヒッケンルーバー、エレノア・コッポラ)
『ゴッドファーザー　PART III』(1991年:フランシス・フォード・コッポラ)
『ブリングリング』(2013年:ソフィア・コッポラ)
『ターミナル・ベロシティー』(1995年:デラン・サラフィアン)
『ノー・マーシィ／非情の愛』(1987年:リチャード・ピアース)
『007　消されたライセンス』(1989年:ジョン・グレン)
『アメリカン・ジゴロ』(1980年:ポール・シュレイダー)
『背徳の囁き』(1990年:マイク・フィギス)
『八月の狂詩曲(ラプソディ)』(1991年:黒澤明)
『レイジング・ブル』(1981年:マーティン・スコセッシ)
『タクシー・ドライバー』(1976年:マーティン・スコセッシ)
『グッド・シェパード』(2007年:ロバート・デ・ニーロ)
『レナードの朝』(1991年:ペニー・マーシャル)
『マラヴィータ』(2013年:リュック・ベッソン)
『エイリアン』(1979年:リドリー・スコット)
『エイリアン2』(1986年:ジェームズ・キャメロン)
『エイリアン3』(1992年:デヴィッド・フィンチャー)
『ポルターガイスト』(1982年:トビー・フーパー)
『E. T.』(1982年:スティーブン・スピルバーグ)
『A.I』(2001年:スティーブン・スピルバーグ)
『スター・ウォーズ』(1978年:ジョージ・ルーカス)
『クレイマー、クレイマー』(1980年:ロバート・ベントン)
『推定無罪』(1991年:アラン・J・パクラ)
『インディ・ジョーンズ／クリスタル・スカルの王国』(2008年:スティーブン・スピルバーグ)
『トッツィー』(1983年:シドニー・ポラック)
『レインマン』(1989年:バリー・レヴィンソン)
『ロッキー』(1977年:ジョン・G・アヴィルドセン)
『大脱出』(2014年:ミカエル・ハフストローム)
『アマデウス』(1985年:ミロス・フォアマン)
『グランド・ブダペスト・ホテル』(2014年:ウェス・アンダーソン)
『いまを生きる』(1990年:ピーター・ウィアー)

『ミセス・ダウト』(1994年:クリス・コロンバス)
『グッドウィル・ハンティング／旅立ち』(1998年:ガス・ヴァン・サント)
『フィッシャー・キング』(1992年:テリー・ギリアム)
『メンフィス・ベル』(1991年:マイケル・ケイトン=ジョーンズ)
『ウインズ』(1993年:キャロル・バラード)
『カットスロート・アイランド』(1996年:レニー・ハーリン)
『トップガン』(1986年:トニー・スコット)
『フルメタル・ジャケット』(1988年:スタンリー・キューブリック)
『青春デンデケデケデケ』(1992年:大林宣彦)
『2001年宇宙の旅』(1968年:スタンリー・キューブリック)
『時計じかけのオレンジ』(1972年:スタンリー・キューブリック)
『ハートブルー』(1991年:キャスリン・ビグロー)
『マトリックス』(1999年:アンディ&ラリー・ウォシャウスキー)
『地球が静止する日』(2008年:スコット・デリクソン)
『遥かなる大地へ』(1992年:ロン・ハワード)
『ミッション:インポッシブル』(1996年:ブライアン・デ・パルマ)
『ミッション・インポッシブルIII』(2006年:J・J・エイブラハム)
『オール・ユー・ニード・イズ・キル』(2014年:ダグ・ライマン)
『パイレーツ・オブ・カリビアン／呪われた海賊たち』(2003年:ゴア・ヴァービンスキー)
『タイタニック』(1997年:ジェームズ・キャメロン)
『スパイダーマン』(2002年:サム・ライミ)
『ザ・ビーチ』(2000年:ダニー・ボイル)
『ギャング・オブ・ニューヨーク』(2002年:マーティン・スコセッシ)
『アビエイター』(2005年:マーティン・スコセッシ)
『ディパーテッド』(2007年:マーティン・スコセッシ)
『シャッター・アイランド』(2010年:マーティン・スコセッシ)
『ウルフ・オブ・ウォールストリート』(2013年:マーティン・スコセッシ)
『キャプテン・フィリップス』(2013年:ポール・グリーングラス)
『すべてをあなたに』(1997年:トム・ハンクス)
『ポーラー・エクスプレス』(2004年:ロバート・ゼメキス)
『セブン・イヤーズ・イン・チベット』(1997年:ジャン=ジャック・アノー)
『ジョー・ブラックをよろしく』(1998年:マーティン・ブレスト)
『トロイ』(2004年:ウォルフガング・ペーターゼン)

登場作品リスト

『Mr. & Mrs.スミス』(2005年:ダグ・リーマン)
『ベンジャミン・バトン／数奇な人生』(2009年:デヴィッド・フィンチャー)
『チャーリーとチョコレート工場』(2005年:ティム・バートン)
『ツリー・オブ・ライフ』(2011年:テレンス・マリック)
『それでも夜は明ける』(2014年:スティーヴ・マックィーン)
『バガー・ヴァンスの伝説』(2001年:ロバート・レッドフォード)
『モンスター』(2004年:パティ・ジェンキンス)
『羊たちの沈黙』(1991年:ジョナサン・デミ)
『ダウンタウン物語』(1977年:アラン・パーカー)
『告発の行方』(1998年:ジョナサン・カプラン)
『パニックルーム』(2002年:デヴィッド・フィンチャー)
『幸せの1ページ』(2008年:マーク・レヴィン、ジェニファー・フラケット)
『X-MEN』(2000年:ブライアン・シンガー)
『X-MEN2』(2003年:ブライアン・シンガー)
『オーシャンズ12』(2005年:スティーブン・ソダーバーグ)
『オーシャンズ13』(2007年:スティーブン・ソダーバーグ)
『コンフェッション』(2003年:ジョージ・クルーニー)
『グッドナイト&グッドラック』(2006年:ジョージ・クルーニー)
『ボーン・アイデンティティー』(2003年:ダグ・リーマン)
『バック・トウ・ザ・フューチャー』(1985年:ロバート・ゼメキス)
『ニュー・シネマ・パラダイス』(1989年:ジュゼッペ・トルナトーレ)
『日の名残り』(1994年:ジェームズ・アイヴォリー)
『ファーゴ』(1996年:ジョエル・コーエン)
『エリック・ザ・バイキング　バルハラへの航海』(1990年:テリー・ジョーンズ)
『ポパイ』(1981年:ロバート・アルトマン)
『マッドマックス2』(1981年:ジョージ・ミラー)
『マッドマックス　サンダードーム』(1985年:ジョージ・ミラー)
『13デイズ』(2001年:ロジャー・ドナルドソン)
『アパランチ・エクスプレス』(1965年:マーク・ロブソン)
『プロヴァンスの贈りもの』(2007年:リドリー・スコット)

※本書は２０１４年に刊行された書籍『KEEP ON DREAMING 戸田奈津子』をもとに加筆修正の上、文庫化したものです。本文内の情報等は刊行当時のものです。
「Prologue」と「対談」は書き下ろしです。

双葉文庫

と-25-01

キープ・オン・ドリーミング
Keep on Dreaming

2023年7月15日　第1刷発行

【著者】
戸田奈津子（とだなつこ）・金子裕子（かねこゆうこ）

【発行者】
島野浩二
【発行所】
株式会社双葉社
〒162-8540 東京都新宿区東五軒町3番28号
［電話］03-5261-4818(営業部)　03-5261-4854(編集部)
www.futabasha.co.jp(双葉社の書籍・コミックが買えます)
【印刷所】
中央精版印刷株式会社
【製本所】
中央精版印刷株式会社

【フォーマット・デザイン】
日下潤一

ISBN978-4-575-71497-5 C0195
Printed in Japan